गुनाहों का सौदागर

राहुल

प्रकाशक : डायमंड पॉकेट बुक्स (प्रा.) लि.
X-30 ओखला इंडस्ट्रियल एरिया, फेज-II
नई दिल्ली-110020
फोन : 011-40712200
ई-मेल : sales@dpb.in
वेबसाइट : www.diamondbook.in

Gunahon ka Saudagar

By : Rahul

गुनाहों का सौदागर

यद्यपि इलाके में लूटपाट और अपराध की कई वारदातें हो चुकी थीं, और लोग अन्धेरा होते ही अपने घरों में घुस जाते थे, फिर भी रात के साढ़े नौ बजने पर भी लाला सुखीराम की दुकान अभी तक खुली थी, जबकि उस रोड पर सामने गर्ल्स कॉलेज की लम्बी चारदीवारी थी।

गर्ल्स कॉलेज के गेट से मौरिस रोड के चौराहे तक कॉलेज की दीवार के सामने बड़े-बड़े लोगों की कोठियां थीं, जिनके फाटक आठ बजे से ही बंद हो जाते और घरों में न्यूज, सीरियल वगैरह के बाद लोग केबल टीवी देखने में लग जाते।

लाला सुखीराम जान-बूझकर इसलिए अपनी दुकान देर तक खोले रहता था कि अड़ौस-पड़ौस की कोठियों के लेक्चरारों, प्रोफेसरों और दूसरे उच्चपदाधिकारियों के यहां के नौकर डिनर के बाद ही निबटकर सुबह के ब्रेकफास्ट के लिए डबलरोटी, मक्खन, दूध की थैलियां, जेली, जेम, बिस्कुटों के पैकेट और अंडे वगैरह लेने निकलते थे।

एक ही दुकान खुली देखकर वे लोग उसी दुकान पर आते थे। मौरिस रोड के पिछवाड़े के इलाके वालों को भी मालूम था कि लाला सुखीराम की दुकान ही इतनी रात में खुली मिल सकती है। इसलिए वे लोग भी आकस्मिक या इमरजेंसी जरूरत के लिए उधर ही आते थे।

लाला सुखीराम के लिए एक सबसे बड़ी सुविधा यही थी कि उसका मकान दुकान के ऊपर ही था और सीढ़ियां दुकान से बिल्कुल मिली हुईं थीं। अतः वह आराम से दुकान बंद करके अपने घर में घुस सकता था।

दुकान पर उसका छोटा बेटा अमृत साथ रहता था। बड़ा लड़का विवाहित था और उसने शिक्षा के बाद सर्विस कर ली थी। नौकरी से लौटने के बाद वह अपनी बीवी और दो बच्चों के साथ टीवी देखने में लग जाता।

उस समय भी लाला सुखीराम के साथ उसका बड़ा बेटा अमृत ही दुकान पर था।

प्रायः लाला सुखीराम दिनभर की आय की धनराशि साढ़े सात से साढ़े आठ बजे तक गल्ले से निकालकर घर में भिजवा देता था। उसके बाद की जो आय होती थी, वह इतनी बड़ी रकम नहीं होती थी, जिसके लुटने की आशंका रहती क्योंकि उन दिनों शहर और सिविल लाइन क्षेत्र में लूट और डकैती की वारदातें बहुत हो रही थीं। मगर अभी तक कोई गिरफ्तारी नहीं हुई थी। जनता इस बात को प्रशासन की लापरवाही की संज्ञा का नाम दे रही थी।

उस रात एक ग्राहक थोक का सौदा भरवाने आ गया था, जिसके कारण दिन भर की आय लाल घर नहीं भिजवा सका था। अब आखिरी ग्राहक एक प्रोफेसर के नौकर की

डबलरोटी, मक्खन, अंडे वगैरह देने के बाद उसने अमृत से कहा–"चल, बेटा–झटपट सामान लगा दे। तब तक मैं गल्ला संभाल लूं।"

"बापू, शटर गिरा लूं?"

"अरे पगले, शटर गिराकर क्या करेगा? अब इतनी जल्दी कौन आ रहा है?"

"बापू! अभी परसों ही पिछवाड़े की गली में नौ बजे के बाद ही मोटरसाइकिल सवारों ने एक प्रोफेसर के हाथ की घड़ी और जेब का बटुआ छीन लिए थे रिवॉल्वर दिखाकर!"

"शुभ-शुभ बोल। चल, जल्दी कर।"

अमृत सामान काउंटर से उठाकर रखने लगा। लाला सुखीराम ने गल्ला खिसका लिया, लेकिन नोट निकाल-निकाल कर काउंटर के नीचे ही हाथ किए-किए गिनने लगा।

अचानक एक मोटरसाइकिल की दनदनाहट सुनाई दी और लाला के हाथों से नोट छूटते-छूटते बचे।

मोटरसाइकिल ठीक दुकान के सामने रुकी। उसके ऊपर तीन सुन्दर वेशभूषा वाले नौजवान सवार थे, जिनमें से दो आराम से उतर आए। तीसरा मोटरसाइकिल पर ही बैठा रहा और इंजन भी स्टार्ट रखा।

अमृत के हाथ भी कांप गए थे। लाला ने जल्दी से नोट गिरा दिए और उन्हें जूते से काउंटर के नीचे सरका दिया।

दोनों नौजवान ऊपर आ गए तो लाला ने बड़ी विनम्रता से पूछा–

"क्या चाहिए, साहब?"

अचानक दोनों ने रिवॉल्वर निकाल लिए। एक का रुख लाल की तरह था, दूसरे का अमृत की तरफ। अमृत चुप खड़ा रह गया। उसका चेहरा फीका पड़ गया था। लाला के चेहरे से तो लगता था, मानो उसके शरीर से आत्मा ही निकल गई हो।

एक नौजवान ने लाला से कहा–

"चलो, माल ढीला करो...जल्दी..."

लाला ने कंपकंपाते हाथों से गल्ला खोल दिया और थूक निगलकर बोला–"ब...ब...बस...इतनी ही आमदनी है गल्ले में!"

नौजवान ने गल्ले में झांका और गुर्राकर बोला–"हरामजादे! सुबह से शाम तक नोट गिनता है और गल्ले में ये चालीस-पचास रुपए?"

अमृत ने तनिक गुस्से से कहा–"गाली क्यों देते हो?"

दूसरे नौजवान का उल्टा हाथ अमृत के गाल पर पड़ा और वह लड़खड़ाकर अलमारी के टकराया और लाल ने चिल्लाकर कहा–"अमृत...बेटा...!"

मोटरसाइकिल की आवाज सुनते ही पहले ही से ऊपर गैलरी में लालाइन और उनकी लड़की रीता आकर नीचे झांकने लगी थीं।

जैसे ही लाला की चीख सुनी, ऊपर से लालाइन ने छाती पीटते हुए चिल्लाकर कहा–

"हाय राम! ये तो लुटेरे हैं।"

रीता चिल्लाकर पुकारने लगी–बापू...भैया..."

लालाइन ने चिल्लाकर कहा–"हाय...ये तो मेरे पति और बेटे को मार डालेंगे।"

फिर रीता दौड़कर दूसरी मंजिल की सीढ़ियों पर आकर चिल्लाई–"बड़े भैया...बड़े भैया!"

लेकिन बड़े भैया के कमरे में चलने वाले टी॰ वी॰ का वाल्यूम इतना तेज था कि उसकी आवाज उनके कानों तक पहुंच ही न सकी।

दूसरी तरफ लालाइन लगातार चिल्ला रही थी– "बचाओ...बचाओ...।"

अरे, कोई आओ...मेरे पति और बेटे को बचाओ।"

"चौकीदार...चौकीदार...!"

रीता ने झट दूसरी खिड़की खोली और अपने मकान की दीवार से लगी कोठी में रहने वाले प्रोफेसर के लड़कों को पुकारने लगी–"चांद भैया...मोहम्मद भैया...चाचा...चाची...अरे कोई है..."

लेकिन उन लोगों के यहां भी टी॰ वी॰ का वाल्यूम इतना ऊंचा था कि उनके ड्राइंग-रूम तक आवाज पहुंचने का सवाल ही नहीं पैदा होता था।

प्रोफेसर की कोठी से लगी दूसरी कोठी में रहने वाले पी॰ डब्ल्यू॰ डी॰ के इंजीनियर की पत्नी शीला ने पुकारकर कहा–"क्या हुआ, रीता? लालाइन की तबियत तो ठीक है?"

रीता ने बेचैनी से कहा–"आंटी! भगवान के लिए जल्दी से अंकल और तीनों भैयों को भेज दीजिए दुकान पर।"

"दुकान पर...।"

"क्या हुआ दुकान पर?"

"लुटेरे आ गए हैं–बापू और अमृत भैया के सिवा दुकान मैं कोई नहीं।"

"हाय राम! अभी भेजती हूं।"

शीला भागकर कमरे में घुस गई और दरवाजा अन्दर से बन्द कर लिया। रीता और भी ज्यादा जोर-जोर से रोआंसी होकर पुकारने लगी। फिर पलटकर गैलरी में आ गई, जहां लालाइन चिल्ला-चिल्लाकर रो रही थी और नीचे दुकान में तोड़-फोड़ और मारपीट की आवाजें आ रही थीं।

* * *

गर्ल्स कॉलेज के गेट पर खड़े चौकीदार ने हंगामे की आवाज सुनी। साथ ही किसी ने अन्दर से दरवाजा खोलकर उससे पूछा–"यह कैसा शोर है, गोरखा?"

चौकीदार ने जवाब दिया—"लगता है, लाला की दुकान पर डाका पड़ रहा है।"

अन्दर खड़े माली ने उसकी भुजा पकड़कर अन्दर खींचते हुए कहा—"अबे, तो तू क्यों मरने को बाहर खड़ा है? अन्दर आ जा फटाफट।"

चौकीदार अन्दर घुस गया और दरवाजा अन्दर से बन्द कर लिया।

* * *

पुलिस की एक गश्ती जीप गर्ल्स कॉलेज के गेट के पास पहुंचते-पहुंचते धीमी हो गई। उसमें एक दरोगा और चार कांस्टेबल थे।

एक कांस्टेबल ने कहा—"शोर की आवाजें आ रही हैं।"

दूसरा बोला—"यह तो मोरिस रोड के चौराहे की तरफ से ही आ रही हैं।"

तीसरा चौंककर बोला—"ओहो, लाला सुखीराम के यहां डाका पड़ रहा है।"

"वही साला लालची इतनी रात तक दुकान खोले बैठा रहता है।"

पहले कांस्टेबल ने दरोगा से कहा—"साहब! इधर शरदपुर की गली में मोड़ लीजिए।"

सब-इन्स्पेक्टर ने फुर्ती से जीप गली में मोड़ी और तेजी से दौड़ाता हुआ घटनास्थल से विपरीत दिशा में ले गया और इस बीच उसने लाइटें भी नहीं रोशन की थीं।

* * *

चार गश्ती कांस्टेबलों का दस्ता मौरिस रोड के चौराहे तक आया और शोर सुनकर रुक गया। उनके हाथों में लाठियां थीं।

एक कांस्टेबल ने कहा—"यह सामने मोटरसाइकिल खड़ी है—वहीं से शोर की आवाज आ रही है।"

दूसरा बोला—"ऊपर गैलरी में औरतें भी चिल्ला रही हैं।"

दूसरा बोला—"अरे, वह गैलरी तो लाला सुखीराम के मकान की है।"

"और उनके नीचे ही लाला सुखीराम की दुकान है।"

"पूरे रोड पर एक वही दुकान रात में देर तक खुली रहती है।"

"जरूर उसी दुकान पर डाका पड़ रहा है।"

"चलो, सामने के रोड पर निकल चलो।"

एक नौजवान कांस्टेबल अमरसिंह ने हैरत से कहा—"आगे निकल चलो...क्यों...?"

दूसरा बोला—"अबे, देखता नहीं...वहां डाका पड़ रहा है।"

"तो फिर हम काहे के लिए गश्त पर निकले हैं?"

"क्या मतलब?"

"एक दुकान पर डाका पड़ रहा है और हम लोग शोर की आवाज सुनकर निकल जाएं? लुटने वालों की मदद करने भी न जाएं?"

एक कांस्टेबल ने हंसकर कहा–"अरे रंगरूट! नया-नया भरती हुआ है न।"

अमरसिंह ने बुरा-सा मुंह बनाकर कहा–"शब्द रंग-रूट नहीं, रिक्रूट है।"

"अच्छा, अंग्रेजी पढ़ी है तूने।"

"बी० एस० सी० पास हूं।"

"तो फिर एम० एस० सी० या डी० एम० क्यों नहीं बन गया।"

"तुम लोग बातों में समय गंवा रहे हो–वहां किसी की जान चली गई तो?"

"अबे तो क्या सोलह सौ रुपल्ली के लिए हम अपनी जान दे दें।"

"क्या मतलब?"

"गधे! हमारे हाथों में डंडे हैं–आजकल के जेबकतरों की जेबों में भी देसी कट्टे जरूर रहते हैं–वे तो मोटरसाइकिल वाले हैं, विदेशी रिवाल्वर रखते होंगे।"

"तो फिर तुम लोगों ने पुलिस की नौकरी क्यों की है?"

"बच्चों का पेट पालने के लिए–उन्हें अनाथ करने के लिए नहीं।"

"क्या तुम लोगों ने वर्दी पहनते समय जनता और कानून की रक्षा की शपथ नहीं ली?"

"अबे, शपथ ग्रहण का नाटक तो वे मंत्री भी करते हैं, जो कुर्सी संभालते ही देश के लाभ विदेशियों को बेचने लगते हैं।"

अमरसिंह ने गुस्से से कहा–"यह कानून और जनता से गद्दारी है। हम लोग कानून और जनता के रखवाले हैं।"

"तेरे घर में कोई है?"

"क्यों नहीं? एक बूढ़ी मां है। एक जवान बहन है।"

"तेरी शादी नहीं हुई?"

"अभी नहीं, पहले बहन की शादी होगी।"

"साले, इसीलिए इतना फुदक रहा है। एक बार बीवी के साथ सो लिया होता तो सबसे पहले यहां से भागता।"

"क्या बकवास है?"

"तू शोर सुन रहा है न?"

"तुम लोग भी सुन रहे हो। औरतें कैसे छटपटा रही हैं।"

"क्या उनके पड़ोसी नहीं सुन रहे होंगे।"

"क्या मतलब?"

"कोई पड़ोसी अब तक उनकी मदद को निकलकर आया? बराबर की कोठी में ही एक बन्दूक है। प्रोफेसर साहब की कोठी में ही बन्दूक है—वह भी लाइसेंस वाली।"

एक हड़बड़ाकर बोला—"अबे, वे इधर ही आ रहे हैं लूटमार करके।"

"तीन-तीन हैं।"

"जल्दी छूपो।"

तीन कांस्टेबल एक पनवाड़ी के खोखे के पीछे छुप गए। लेकिन अमर वहीं खड़ा रहा तो एक ने दांत पीसकर कहा—"अबे, क्या मरेगा?"

अमर गुस्से से बोला—"मैंने वर्दी पहनते समय जो शपथ ग्रहण की है, उसे नहीं तोड़ सकता।"

एक अधेड़-उम्र कांस्टेबल ने उसे गंदी-सी गाली देकर कहा—"अबे, गधे के बच्चे! तू कलयुग में क्यों पैदा हो गया? तुझे तो सतयुग में जन्म लेना चाहिए था। हम सबको भी मरवाएगा।"

इस बीच मोटरसाइकिल समीप पहुंच चुकी थी।

अमरसिंह ने लाठी घुमाकर मोटरसाइकिल पर मारी। लेकिन लुटेरे जवान पहले ही चौकन्ने हो गए थे। चलाने वाले ने एकदम मोटरसाइकिल लहरा दी। अमरसिंह की लाठी सड़क पर पड़ी। उसके दोनों हाथ बुरी तरह से झनझना गए। लेकिन साथ ही मोटरसाइकिल भी डगमगा गई।

अमरसिंह ने झपट्टा मारकर पीछे बैठने वाले की भुजा दबोच ली। उसके उस हाथ में कट्टा था, जिसका फायर बेकार गया।

बीच वाले ने हाथ मोड़कर फायर किया। लेकिन अमरसिंह झट झुक गया। मोटरसाइकिल रुकी नहीं थी, भागती ही रही। अमरसिंह ने पीछे वाले की भुजा इतनी जोर से दबोच रखी थी कि उसके लिए छुड़ाना मुश्किल हो रहा था।

आगे वाले ने चिल्लाकर कहा—"पप्पी! तू कूद जा, बाद में देख लेंगे सालों को।"

पीछे वाले ने चिल्लाकर कहा—"अबे गोली चला मार डाल साले को।"

इस बार अमरसिंह ने जोर से झटका दिया और पीछे वाली गद्दी पर से उखड़ गया। मोटरसाइकिल फर्राटे भरती चली गई।

पप्पी नामक जवान गिर पड़ा।

अमरसिंह ने उसे मजबूती से दबोचते हुए चिल्लाकर कहा—"पकड़ लिया।"

पप्पी ने अपने-आपको कई झटके देकर छुड़ाने की कोशिश की। लेकिन अमरसिंह एक नौजवान शक्तिशाली पट्ठा था। पप्पी खुद को नहीं छुड़ा सका। उसका कट्टा भी गिर गया।

जब पप्पी अकेला रह गया, तब बाकी तीनों गश्ती सिपाही खोखे के पीछे से निकल पड़े। फिर उन लोगों ने आते ही इस प्रकार जोर-जोर से चिल्ला-चिल्लाकर पप्पी को चांटे मारना और गालियां बकना शुरू कर दिया, जैसे उन्होंने ही पप्पी को पकड़ा हो।

* * *

दूसरी तरफ जब मैदान साफ हो चुका था, तब लाला सुखीराम की दुकान के बिल्कुल सामने गर्ल्स कॉलेज के एक क्वार्टर में से एक अधेड़-उम्र नौकर ने झांककर पूछा–"क्या हुआ, लाला?"

ऊपर से औरतें भी चिल्लाने, रोने लगीं–"कोई किसी के बुरे समय का साथी नहीं है।"

"सब यह समझते हैं, जैसे और किसी पर कभी कोई बुरा समय आयेगा ही नहीं।

"इतना हंगामा हुआ, इतनी चीख-पुकार मची ओर कोई बाहर निकलकर नहीं आया।"

इतने में बराबर के कम्पाउंड का फाटक खुला और प्रोफेसर और उसके दोनों लड़कों ने बाहर आकर इधर-उधर देखा। दूसरे कम्पाउंड और फाटकों से भी लोग निकल-निकलकर आ रहे थे।

प्रोफेसर लाला की दुकान पर पहुंच गए–"अरे भई, यह क्या हुआ लाला?"

"अरे, बाबूजी! लुटेरे लूटकर भी ले गए और मारा-पीटा भी।"

ऊपर से रीता ने रोते हुये कहा–"मैंने इतनी जोर-जोर से पुकारा, लेकिन आपने सुना ही नहीं।"

प्रोफेसर के लड़के ने कहा–'बहन! हम लोग तो ड्राइंगरूम में बैठे टी॰ वी॰ देख रहे थे।"

दूसरा बोला–"हम लोग खुद टी॰ वी॰ देख रहे थे।"

तीसरा बोला–"हम लोगों के यहां तो नौ बजे से ही किवाड़ बन्द कर लेते हैं।"

लाला ने हांफते हुए कहा–"ऐसा ही होगा। हर दिन किसी एक के यहां लुटेरे लूट मचाएंगे, बाकी सब टी॰ वी॰ देखते रहेंगे दरवाजे बन्द कर-करके।"

ऊपर से लालाइन ने कहा–"अरे, पड़ोसी-पड़ोसी के काम नहीं आएंगे तो फिर कौन किसी के काम आएगा?"

इतने में गर्ल्स कॉलेज का चौकीदार लाठी फटकारता हुआ आया–"क्या हुआ, लाला? यह कैसा धमाल है?"

लाला ने कहा–"अरे, भाई। दिनभर की आमदनी लूटकर ले गए और ऊपर से मारा-पीटा अलग।"

चौकीदार लाठी पटककर बोला–"अरे, तुमने काहे को हमें नहीं बुलाया?"

अमृत ने जलकर कहा—"टेलीग्राम तो दिया था तुम्हें मिला नहीं होगा।"

इतने में मौरिस रोड के चौराहे की तरफ से चीखने-चिल्लाने की आवाजें सुनकर वे लोग फिर से चौंक पड़े और कुछ तो लपक-लपककर फाटक में घुस गये।

इतने में किसी ने जोर से कहा—"अरे, यह तो पुलिस वाले हैं।"

दूसरा बोला—"किसी को पकड़कर ला रहे हैं।"

अमृत कूदकर दुकान से उतर आया और चिल्लाकर बोला—"यही है, हरामी—इसी ने मुझे रिवाल्वर से मारा था।" फिर वह चिल्लाता हुआ झपटा और ऊपर से रीता चिल्लाई—"अमृत...भैया...ठहर जाओ...।"

लालाइन चिल्लाई—"अमृत...ठहर जा!"

लेकिन अमृत ने उन लोगों के करीब पहुंचते ही पप्पी का गिरेबान पकड़कर घूंसे मारने शुरू कर दिये। साथ ही चिल्लाता भी गया—"हरामी...कुत्ते...कहां गये तेरे बाप...बुला उन दोनों को भी।"

फिर चारों तरफ से भीड़ ने पप्पी को घेर लिया—"यह देखो साले को...चोर मालूम होता है...?"

"लगता है, किसी सेठ-साहूकार या ऑफिसर का बेटा है।"

"अरे, इन्हीं लोगों ने तो सारा वातावरण खराब कर रखा है।"

"मारो...साले को...।"

"मारो...हरामी को...।"

"यह समझता है कि हम लोग सोते रहते हैं।"

"अबे हम पूरे इलाके वाले एक हैं।"

"हरामियों! तुम लोग फौज लेकर भी आओगे तो हम मिलकर मुकाबला करेंगे।"

फिर जिसका भी वश चल जाता, वही भीड़ में घुसकर दो-तीन घूंसे, लातें, ठोकरें मार लेता और पीछे हटकर इस प्रकार हाथ झाड़ने लगता, जैसे बहुत जरूरी फर्ज निभा दिया हो।

साथ ही कहता भी जाता था—"नींदें हराम कर दी हैं, इन सफेदपोश लुटेरों ने!"

"अरे, शाम होते ही किसी राह चलते को रिवाल्वर दिखाया और लूट लिया।"

"इन लोगों के तो हाथ-पांव तोड़कर डाल देना चाहिए खड्डे में।"

"पता नहीं, कैसा एडमिनिस्ट्रेशन है?"

"अन्धेरगर्दी है...अन्धेरगर्दी...।"

"ऐसा लगता है कि लॉ एंड ऑर्डर तो रहा ही नहीं।"

"जब वारदात हो जाती है, तब एक डेढ़ घण्टे बाद पुलिस आती है।"

"लेकिन आज तो कमाल ही हो गया, पुलिस वक्त पर पहुंच गई।"

"पन्द्रह दिन पहले राह चलते एक दूधिए को गोली मारकर लुटेरे आराम से उसका माल लेकर मोटरसाइकिल पर फरार हो गए।"

"सुना है, सुबह पांच बजे वारदात हुई और दोपहर को बारह बजे पुलिस पहुंची।"

दूसरी तरफ मार खाने वाला पप्पी हाथ जोड़कर चिल्ला रहा था–"अरे, अंकल! मुझे मत मारिए, मैं लुटेरा नहीं हूं। अरे, मुझे तो वे दोनों जबर्दस्ती पकड़कर साथ ले आए थे।"

प्रोफेसर ने उसके जबड़े पर घूंसा मारकर कहा–"कौन थे वे दोनों तेरे...बाप?"

अंकल, मेरे ही कॉलेज में पढ़ते हैं।"

"अच्छा, तू स्टूडेंड भी है?"

"मैं तो गरीब आदमी हूं, अंकल! उनकी बात न मानूं तो मारते हैं।"

इतने में पुलिस की वही जीप (जो लूटमार के समय शरदपुर की गली में से निकल गई थी) आकर रुकी और दरोगा ने ऊंची आवाज में पूछा–"क्या हो रहा है? कैसा मजमा है?"

लाला, तुरन्त भीड़ से निकलकर बोला–"अरे, मैं लुट गया, दरोगाजी!"

"क्या हो गया?"

"अरे, यह हरामी! दो और साथियों के साथ मोटरसाइकिल के साथ आया था। एक बाहर खड़ा रहा, दो अन्दर घुस गए।"

"ओहो...!"

"पांच हजार रुपए नकद लूटकर ले गए। मुझे और लड़के को मारा सो अलग।"

दरोगा नीचे उतरता हुआ बोला–"बाकी दो कहां गए?"

अमरसिंह के तीन साथियों में से एक जल्दी से बढ़कर बोला–"साहब! वे तो भाग खड़े हुए थे। उधर चौराहे से संयोगवश हमारा गश्त गुजर रहा था–हम लोगों ने जान पर खेलकर उनका मुकाबला किया। दो भागने में सफल हो गए और एक यह बदमाश हमारे हाथ लग गया।"

ऊपर से रीता ने जोर से कहा–"मैंने थाने फोन कर दिया था। वहां कोई कह रहा था कि हम कंट्रोल-रूम को खबर कर रहे हैं, कुछ देर में पहुंचेंगे।"

इतने में एक गाड़ी का सायरन गूंजा। साथ ही नीली लाइट भी स्पार्क करती हुई उसी तरफ आती नजर आई।

किसी ने कहा–"वह आ गए।"

पुलिस की गाड़ी पहुंचते-पहुंचते लोग धीरे-धीरे इधर-उधर खिसकने लगे, विशेष रूप से जवान लड़के। प्रोफेसर के दोनों लड़के खड़े थे। उसने दोनों से कानाफूसी में कहा–"अब जाओ, क्या तमाशा देख रहे हो?"

सामने के क्वार्टर वाला अपने क्वार्टर में घुस गया। कम्पाउंड के कम्पाउंड में घुस गए। कुछ ही पल में वहां चंद आदमी रह गए। लाला, अमृत और बड़ा लड़का अलग था। गाड़ी में डी॰ एस॰ पी॰ आया था।

लाला उसे विस्तार से बताने लगा।

डी॰ एस॰ पी॰ उतरकर दुकान में आ गया। लाला और अमृत ने उसे पूरी घटना बयान की और टूटी-फूटी चीजें दिखाईं।

डी॰ एस॰ पी॰ ने पूछा—"कितनी रकम गई है?"

"पांच हजार रुपए।"

"और कुछ तो नहीं?"

"जी नहीं, साहब!"

"वारदात की गवाहियां कौन-कौन सी हैं?"

"साहब! मैं और मेरा बेटा अमृत और मेरे परिवार वाले भी ऊपर ही थे।"

प्रोफेसर ने आगे आकर कहा—"मैं सी॰ एस॰ कॉलेज का प्रोफेसर हूं।"

डी॰ एस॰ पी॰ ने उससे हाथ मिलाया।

प्रोफेसर ने कहा—"हम लोगों की कोठी लाला के बिल्कुल पीछे है।"

"ओहो...!"

"लेकिन हम लोग ड्राइंग-रूम में टी॰ वी॰ देख रहे थे। आजकल सड़कों पर सन्नाटा शुरू रात से ही छा जाता है—इसलिए दरवाजे बन्द कर लेते हैं। हमारे कानों में शोर की आवाज आई तो हम लोग समझे कि बराबर के कम्पाउंड में वी॰ सी॰ आर॰ चल रहा है।"

कम्पाउंड के बड़े-बूढ़े ने कहा—"क्या बताऊं, डी॰ एस॰ पी॰ साहब! अब बच्चों को कौन मना करे? इतना तेज वाल्यूम खोल देते हैं कि आपस की आवाजें भी मुश्किल से सुनाई देती हैं।"

कम्पाउंड की एक महिला ने कहा—"हम लोग इसलिए मनाही नहीं करते कि इस बहाने कम से कम जवान बच्चों को उलटी-सीधी बातें करना, अच्छी-बुरी जगह घूमना-फिरना तो बन्द हो गया है। डिनर लेते हैं और टी॰ वी॰ से चिपक जाते हैं।"

"हम लोगों ने भी बड़ी देर बाद शोर सुन, जब रीता की आवाज आई तो समझे कि कुछ हुआ है, वरना मैं तो यही समझी थी कि कोई वी॰ सी॰ आर॰ पर मार-धाड़ की फिल्म चला रहा है।"

डी॰ एस॰ पी॰ ने कहा—"आप लोगों में से किसी ने इन लुटेरों को लूटमार करते देखा था?"

"वह...तो...हम लोग तो जब आए है तो मौरिस रोड के चौराहे से ये सिपाही इस लड़के को मारते हुए ला रहे थे।"

डी० एस० पी० ने लाला से कहा–"मौके का और कोई गवाह है?"

लाला ने कहा–"अब क्या बताऊं, साहब! इतनी रात में कौन अपने घरों से निकलता है? मैं तो इसलिए साढ़े नौ बजे तक दुकान खोले रहता हूं कि नाश्ते का सामान ले जाने वाले न लौट जाएं।"

ऊपर से लालाइन ने चिल्लाकर कहा–"मैं गवाह हूं, मेरी बेटी गवाह है। मेरा बड़ा बेटा और बहू गवाह हैं। इस राक्षस को पकड़कर ले जाइए, वरना मैं अपने बच्चों के साथ डी० एस० की कोठी पर धरना दे दूंगी।"

लाला ने ऊपर देखते हुए चिल्लाकर कहा–"तुम चुप रहो जी। तुमसे किसने कहा है मर्दों में बोलने को।"

"मैं मां हूं अमृत की, तुम्हारी पत्नी हूं। मुझसे पूछो मेरे मन पर क्या बीत रही थी, जब ये तीनों राक्षस तुम दोनों को मार-पीट रहे थे–अरे, तुम में से किसी को कुछ हो जाता तो मैं किसे रोने जाती–यहां कौन पराई आग में कूदता है–जब खुद पर पड़ती है, तभी ऊपर वाला भी याद आता है और पड़ोसी भी याद आते हैं।"

ऊपर से रीता ने जोर से कहा–"हमारी दुकान इन सबकी दुविधा के लिए इतनी रात तक खुली रहती है–एक-एक के खाते में हजारों रुपयों का हिसाब है हमारा–मगर हमने कभी किसी को दुखी नहीं किया।"

लाला चिल्लाकर बोला–"अरी तू चुप रहती है या नहीं?"

"नहीं चुप रहूंगी, बापू! मैं ग्रेजुएशन कर रही हूं। अगर इस राक्षस को छोड़ दिया गया तो मैं अपने कॉलेज की यूनियन की अध्यक्ष से मिलकर थाने का घेराव कराऊंगी, डी० एम० की कोठी का घेराव कराऊंगी। जरूरत पड़ी तो सड़कों पर जुलूस निकालूंगी।"

प्रोफेसर ने हाथ उठाकर कहा–"बेटी! तुमने यह कैसे समझ लिया कि पड़ोसी तुम्हारे दुःख-दर्द के साथी नहीं? हम सब एक-दूसरे के सुख के साथी हैं, दुःख के भी साथी हैं।"

फिर वह डी० एस० पी० से बोला–"आप सबसे पहला गवाह मुझे बनाइए।"

डी० एस० पी० ने पूछा–"और दूसरा गवाह?"

प्रोफेसर ने कम्पाउंड के बड़े-बूढ़े की तरफ इशारा करके कहा–"दूसरी गवाही हशमत देंगे। यह रिटायर्ड मेडिकल सुपरिन्टेन्डेंट हैं और हमारे इलाके के सबसे ज्यादा प्रतिष्ठित और आदरणीय व्यक्ति हैं।"

हशमत ने आगे आकर कहा–"प्रोफेसर साहब ठीक कहते हैं। अगर पुलिस गवाह के बिना किसी मुजरिम को पकड़ भी नहीं सकती तो दूसरा गवाह मैं हूं।"

डी॰ एस॰ पी॰ ने लाला सुखीराम से कहा–"ठीक है, आप एक एफ॰ आई॰ आर॰ लिखवाइए।"

* * *

एफ॰ आई॰ आर॰ लिखने के बाद जब गवाहों के बयान लिखे गए तो प्रोफेसर और हशमत ने एक ही प्रकार का बयान लिखवाया। शोर सुनकर वे दौड़कर बाहर आए तो लाला सुखीराम की दुकान से चीख-पुकार की आवाज आ रही थी।

उन लोगों ने चिल्ला-चिल्लाकर लाला को पुकारा तब तक वे दोनों, जो अन्दर दुकान में थे कूदकर बाहर निकले और मोटरसाइकिल पर बैठ गए। मोटरसाइकिल तीसरे ने स्टार्ट कर रखी थी। वे तीनों भाग खड़े हुए।

फिर उन चारों कांस्टेबलों के बयान लिखवाए गए। चारों ने बताया कि वे लोग मौरिस रोड के चौराहे से गुजर रहे थे कि शोर सुना। फिर एक मोटरसाइकिल भागती हुई आई, जिस पर पीछे बैठे जवान पप्पी को अमरसिंह ने झपट्टा मारकर खींच लिया। बाकी दोनों मोटरसाइकिल पर भागते चले गए।

औपचारिक कार्रवाइयां पूरी होने के बाद अभियुक्त पप्पी उर्फ प्रेमप्रताप को हथकड़ियां लगा दी गईं और वे लोग उसे जीप में बिठाकर ले गए। प्रोफेसर और हशमत रुककर बराबर लाला सुखीराम को धीज बंधाते रहे।

शेष लोगों ने इधर-उधर कुछ देर तक ग्रुप बनाकर इस विषय पर विचार विमर्श किया। उसके बाद वे लोग भी अपने-अपने घरों में चले गए।

* * *

कांस्टेबल अमरसिंह उस दिन बहुत खुश था। पुलिस में नया-नया आया था ट्रेनिंग पूरी करके। उसकी पहली पोस्टिंग शरदपुर के थाने में हुई थी। उसे रात की गश्त का काम सौंप दिया गया था।

दूसरे सिपाहियों के लिए रात की गश्त का काम सबसे ज्यादा बोरिंग था, क्योंकि रात में ऐसे लुटेरों का खतरा रहता था, जो आजकल देसी कट्टे, चाकू और अंग्रेजी रिवाल्वरों से लैस, डकैती और खुली मिल गई दुकानों पर लूटमार की वारदातें कर रहे थे।

गश्ती सिपाहियों के पास सिर्फ लाठियां होतीं; जिनके द्वारा वे उन लुटेरों का मुकाबला नहीं कर सकते थे। न ही रात में आजकल लोग नाइट-शो देख रहे थे, जिनके दर्शकों को घर तक पहुंचाने वाले रिक्शापुलरों से कुछ 'ऊपर की कमाई' हो जाती।

उन दिनों चाय की दुकानें और पनवाड़ियों की दुकानें भी ज्यादा देर तक नहीं खुलती थीं, जिनसे मुफ्त में चाय-पान का ही आश्रय मिल जाता।

पप्पी उर्फ प्रेमप्रताप को हवालात में बन्द कर दिया गया था। इन्स्पेक्टर दीक्षित जो शरदपुर का एस० एच० ओ० था, प्रेमप्रताप से रात के ग्यारह बजे के बाद 'पूछताछ' करने वाला था। डी० एस० पी० थाने से जा चुका था।

अमरसिंह और उसके तीनों साथी थाने के बरामदे में पड़े सड़े हुए बेंत के मूंढ़ों पर बैठे थे। उनमें से एक ने अमरसिंह को जलती आंखों से देखा और दांत पीसकर बोला–

"लाद लीन मुसीबत सिर पर। बहुत शौक उठ रहा था बहादुरी दिखाने का।"

दूसरे ने कहा–"अब जब गले में खिंचकर आएगी तो पता चलेगा।"

तीसरा बोला–"अबे, हीरो ही बनना था तो मुंबई क्यों नहीं चला गया?"

अमरसिंह ने उन्हें हैरत से देखकर कहा–"मेरी समझ में नहीं आता, तुम लोग कैसी बातें कर रहे हो!"

"आ जाएगा...जल्दी समझ में आ जाएगा।"

"अरे! जब मैंने उसे पकड़ने को कहा तो तुम लोग पीछे हट गए और जब मैंने पकड़ लिया तो सबसे आगे आ गए और मुझे बोलने भी नहीं दिया और अब फिर वैसी ही बातें कर रहे हो।"

तभी कम्पाउंड से एक मारुति कार आकर रुकी। उसमें से बन्द गले का कोट और पतलून पहने एक गोरा-चिट्टा लगभग पचास वर्ष की उम्र का एक आदमी उतरा और सीधा अन्दर जाने लगा तो तीनों झट से खड़े हो गए।

अमरसिंह को भी खड़ा होना पड़ा। उन तीनों के साथ एक दरोगा ने भी आने वाले को नमस्कार किया।

जब वह अन्दर चला गया तो अधेड़ उम्र के कांस्टेबल ने अमरसिंह से कहा–"साले! सम्भालियो झोंक।"

अमरसिंह ने हैरत से पूछा–"क्या हुआ?"

"पहचानता नहीं अपने बाप को?"

अमरसिंह ने आंखें निकालकर कहा–"ऐ पण्डित! बहुत हो गई। अब की बार मेरे माता-पिता के बारे में ऐसी-वैसी बात कही तो टेंटुआ दबा दूंगा। बड़ी देर से सुन रहा हूं।"

"अबे, जानता है। यह जो कार से आए हैं, कौन हैं?"

"होंगे कोई। मुझे क्या मतलब है?"

"साले! यह शेरवानी साहब हैं।"

"शेरवानी हों या कोट-पतलून...मुझे क्या?"

"अबे! यह वह हस्ती हैं, जिनके हाथों में शहर भर के अपने धर्म के लोगों के वोट हैं यह अपने धर्म वालों की नकेल पकड़कर, जिधर मोड़ दें, ऊधर ही सब मुड़ जाते हैं।"

"तो मैं क्या करूं?"

"तू क्या करेगा? जो करना है, वह खुद ही कर लेंगे।"

कुछ देर बाद सब-इन्स्पेक्टर ने जोर से पुकारा–'अमरसिंह!'

अमरसिंह तुरन्त उठता हुआ बोला–'जी साहब।'

"अन्दर आओ।"

"अच्छा, साहब।"

पण्डित व्यंग्य से हंसकर बोला–"आ गई साले की...।"

अमरसिंह अन्दर पहुंचा और सैल्यूट मारकर खड़ा हो गया तो इन्स्पेक्टर दीक्षित ने उसकी तरफ इशारा करके शेरवानी से कहा–"इसने पकड़ा था प्रेमप्रताप को?"

शेरवानी ने सुर्ख-सफेद चेहरे और रौबदार नजरों से अमरसिंह को ऊपर से नीचे तक देखा और धीरे से गर्दन। हिलाकर बोला–"हूं..."

इन्स्पेक्टर दीक्षित ने अमरसिंह से कहा–"यह शेरवानी साहब हैं–नगर के प्रतिष्ठित समाजसेवक।"

अमरसिंह ने विनम्रतापूर्वक शेरवानी को अभिवादन किया, 'सलाम साहब।'

शेरवानी ने रौबदार आवाज में कहा–"सलाम! शायद तुम नए-नए तबादला होकर यहां आए हो।"

"साहब! हम नए-नए ही यहां अप्वाइंटेड किए गए हैं।"

"अंग्रेजी भी जानते हो?"

"बी॰ एस॰ सी॰ पास हैं साहब। नौकरी नहीं मिली तो सिपाही बनना पड़ा।"

"ओहो, बड़ी ट्रैजडी है। निकम्मी हुकूमतों में नौजवानों का भविष्य कभी सुरक्षित नहीं रह सकता।"

"नहीं साहब। हमें सरकार से कोई शिकायत नहीं। अरे साहब, हर साल लाखों डिग्रियां लेकर निकलते हैं। उतने रिटायर तो होते नहीं। भला, सरकार कहां से नौकरियां देगी?"

शेरवानी बड़े दर्पयुक्त स्वर से बोला–"समझदार भी लगते हो।"

"ऊपरवाले की दया है साहब। अपनी क्लास का सबसे तेज स्टूडेंट था।"

"तुमने कोई निजी कारोबार क्यों नहीं कर लिया?"

"साहब! इतनी पूंजी नहीं थी। हमारे पिता एक ईमानदार दरोगा थे। रिटायमेंट से पहले ही वह गुंडों से मुठभेड़ में शहीद हो गए।"

"कुंवर समीरसिंह!"

"ओहो, उन्होंने तो स्टूडेंट्स के जुलूस पर गोली चला दी थी।"

"नहीं...नहीं साहब। जुलूस स्टूडेंट्स का जरूर था। मैं भी जुलूस में शामिल था। लेकिन रास्ते में कुछ गुण्डे हम लोगों में शामिल हो गए थे।"

"बस जब डी० एम० की कोठी से पहले पिताजी ने छात्रों को रोका तो छात्रा तो रुक गए, लेकिन गुण्डों ने हुल्लड़ मचाकर पथराव शुरू कर दिया।

"पिताजी ने लाठीचार्ज का हुक्म दिया था सिर्फ। हमने खुद अपने कानों से सुना था। लेकिन एक दरोगा ने गुण्डों की जगह छात्रों पर गोलियां चला दीं। पिताजी ने रोका तो एक गोली उन्हें मार दी। बाद में अखबारों में यह छापा कि पिताजी पर किसी स्टूडेंट ने गोली चलाई थी।"

"हूं, तुम बहुत सीधे भी हो।"

"नहीं साहब। हम ईमानदार हैं। पिताजी की भांति।"

"तो तुम्हें पुलिस की नौकरी रास नहीं आएगी।"

"क्या मतलब?"

"हम तुम्हारे लिए सिफारिशी चिट्ठी लिखकर दे देंगे। यहां से दस किलोमीटर के फासले पर हरी रोड पर एक शुगर फैक्ट्री है, जिसकी कैंटीन का ठेका तुम्हें साल में दो बार मिला करेगा। उस ठेके में तुम इतनी कमाई कर लोगे कि जीवन भर इस नौकरी में तुम्हें उतनी कमाई नहीं हो सकेगी।"

"नहीं...नहीं साहब! हम पुलिस की ही नौकरी करना चाहते हैं। देश की सेवा इस विभाग से ज्यादा कहां हो सकेगी?

"अब देखिए न। कल रात ही हमने एक ऐसे लुटेरे को पकड़ लिया, जिसने दो बदमाशों के साथ मिलकर एक लाला की दुकान भी लूटी थी और बाप-बेटे को मारा-पीटा भी था।"

"हूं, ठीक है यही नौकरी।"

इंस्पेक्टर दीक्षित ने अमरसिंह से कहा—"जाओ...!"

अमरसिंह सैल्यूट करके एड़ी-पंजे पर घूमकर बाहर निकल गया।

इंस्पेक्टर दीक्षित ने शेरवानी की तरफ देखकर कहा—"यह गधा वहां न होता तो पंडितजी और उसके दोनों बाकी साथी प्रेमप्रताप को हर्गिज नहीं पकड़ते।"

"इसकी बात छोड़िए। आप अपनी बात कीजिए।"

"अब आप जो भी हुक्म करें? लेकिन यह सोचकर कि प्रोफेसर शर्मा और हशमत खां साहब प्रेमप्रताप की गिरफ्तारी के गवाह बन गए हैं।"

शेरवानी तनिक मुस्कराया और बोला—"हमारी उन दोनों से फोन पर बात हो गई है। वे लोग माहौल से मजबूर हो गए थे। उन्होंने इस तरह के बयान लिखवाए हैं कि बचाव का पहलू निकल आता है। वे दोनों शिनाख्त परेड के समय प्रेमप्रताप की शिनाख्त नहीं करेंगे।"

"तब तो केस वहीं खत्म हो जाएगा।"

"लेकिन आपका यह कांस्टेबल अमरसिंह?"

"एक नम्बर का गधा है।"

"इससे कहिए, बल्कि इसे किसी तरह राजी कीजिए कि इसने धोखे से प्रेमप्रताप को पकड़ लिया था।"

"मुश्किल है उसका राजी होना!"

"हूं...फिर ठीक है। प्रेमप्रताप को बुलवाइए।"

कुछ क्षणोंपरांत पप्पी शेरवानी के सामने खड़ा था। शेरवानी ने उससे कहा–"इतने इज्जतदार बाप के बेटे हो। कल अगर दुनिया को मालूम हो जाए कि ज्योति ऑयल मिल के मालिक जगताप सेठ का बेटा मामूली लूटमार के मामले में पकड़ा गया तो उनकी क्या इज्जत रह जाएगी।"

पप्पी ने कहा–"अंकल! मैं तो अपने दोस्तों के साथ नाइट-शो देखकर लौट रहा था। वह रंगरूट कांस्टेबल है न। उसने मोटरसाइकिल रोक ली। कहने लगा–कागजात दिखाओ।

"मैंने बताया कि कागजात घर पर हैं। मंगवाता हूं।

"इतने में लाला की दुकान की तरफ से चीख-पुकार सुनाई दी और वह मोटरसाइकिल हम लोगों के सामने से गुजरी जिस पर तीन लुटेरे थे। वे फायर करते निकल गए और उसने मुझे पकड़ लिया कि या तो सौ रुपए दो या अन्दर करवा दूंगा।"

शेरवानी ने मुस्कराकर कहा–"यह बयान याद रखना। शिनाख्त परेड के बाद तुम जब बाहर आओगे तो अमरसिंह की पेशी डी॰ एम॰ के सामने होगी और तुम्हें उनके सामने यही बयान देना है।"

"जी, अंकल...!"

शेरवानी ने उठते हुए इंस्पेक्टर दीक्षित से कहा–"ख्याल रखिएगा–लड़के को बहुत मार पड़ चुकी है।"

"आप इत्मीनान रखिए। अब कोई पूछ-ताछ नहीं होगी।"

इन्स्पेक्टर दीक्षित भी उठ गया था। वह सादर शेरवानी के साथ चलता हुआ बाहर आया।

शेरवानी ने कहा–"कल सुबह ही चालान मत कटवाइएगा। हो सकता है, दोपहर तक लाला सुखीराम खुद ही रिपोर्ट वापस ले लें। फिर जमानत का सवाल ही नहीं पैदा होता।"

"बेहतर है।"

शेरवानी ने सौ रुपए का नोट निकालकर दिया और बोला–"लड़के के लिए इस वक्त खाने को जो कहे, मंगवा दीजिए। कल नाश्ता भी अच्छा-सा मंगवाइएगा–वह वैज नहीं है।"

"मैं समझता हूं।"

इन्स्पेक्टर ने शेरवानी से हाथ मिलाया। शेरवानी गाड़ी में बैठा और गाड़ी चली गई। इन्स्पेक्टर वापस अन्दर लौट गया।

अमरसिंह अपने साथियों के साथ बाकी रात की गश्त पूरा करने जा चुका था।

* * *

अचानक कहीं पास ही से बम के धमाके की जोरदार आवाज आई। लाला सुखीराम लेटते-लेटते उछलकर बैठ गया।

रात के तीन बज रहे थे। अभी-अभी लाला के सारे घर वाले लेटे थे। एक बजे के बाद तो बड़ी मुश्किल से थोड़ा-बहुत खाना गले से नीचे उतरा था। लाला और अमृत के शरीर की चोटों की सिंकाई में काफी देर लगी थी।

लाला के साथ ही पूरा घर जाग गया।

अमृत ने कहा—“बापू! यह आवाज तो ज्यादा दूर की नहीं।”

लाला ने दिलासा देने के अन्दाज में कहा—“अरे बेटा, अब ऐसे धमाकों की आवाजें रोजाना ही सुनाई देती हैं। सभी सुनते-सुनते आदी हो गए हैं।”

लालाइन ने कहा—“लेकिन यह तो हमारे ही घर के पिछवाड़े ही मालूम होता है।”

लाला ने कहा—“पागल हुई है? घर के पीछे प्रोफेसर साहब की कोठी है।”

रीता का चेहरा उतरा हुआ था। आंखें लाल हो रही थीं। उसने कहा—“बापु! इतने पास से तो कभी धमाका नहीं सुनाई दिया।”

लाला ने कहा—“तु क्या समझती है? किसी ने हमारे घर पर बमों से हमला कर दिया है।”

लालाइन ने रीता से कहा—“जरा बड़े को पुकारकर जगा ले।”

लाला ने बुरा-सा मुंह बनाकर बोला—“क्या जरूरत है उसे जगाने की? पत्नी के आंचल में सोया रहने दो।”

लालाइन ने जल्दी से कहा—“क्या कह रहे हो। कुछ तो शर्म करो बेटी की।”

“अरे और क्या कहूं? उस कम्बख्त से पहले तो और पड़ोसी बाहर निकल आए थे। वह तो आखिर तक नीचे उतरकर ही नहीं आया था। जब भीड़ जमा हो गई, तब आया।”

“बहू बहुत डरती है। मैं जानती हूं।”

सहसा एक साथ कई मोटरसाइकिलों के इन्जनों की आवाजें सुनाई दीं। साथ ही बहुत सारे लड़कों की आवाजें आईं—‘हूहू...हूहू...”

“हा हा...हा हा...हा...”

“हे हे...हे हे...हे...”

"पीं पीं...पीं पीं..."

"हाऊ...हाऊ...हाऊ..."

वे सब लोग सहम गये थे। मोटरसाइकिलें शायद गैलरी के नीचे से बड़ी धीमी गति से गुजर रही थीं, फिर गैलरी में एक पत्थर आकर गिरा। रीता डरकर लालाइन ने लिपट गई।

लालाइन का चेहरा भी सफेद था।

अमृत का एक हाथ बंधा हुआ गले में लटका था। उसने उठकर दूसरे हाथ से हाकी उठाई तो रीता ने गड़बड़ाकर कहा–"भैया क्या कर रहे हो?"

अमृत गुस्से से बोला–"अरे! तो क्या हाथ पर हाथ धरे बैठे रह जाएंगे?"

इतने में सीढ़ियों पर पद्चापें सुनाई दीं। वे लोग उछल पड़े, लेकिन आवाजें ऊपर की सीढ़ियों की थीं। दरवाजे में नंद लाल नजर आया। रीता ने जल्दी से कहा–"आ गए, भैया?"

नन्दलाल ने बुरा सा मुंह बनाकर कहा–"सुन लिया होगा तुम लोगों ने यह शोर?"

वह शोर और आवाजें अब दूर निकल गई थीं। अमृत के हाथ में हाकी देखकर नन्दलाल ने व्यंग्य से उससे कहा–"ओहो, तो आपको फिर बहादुरी का शोक उठा था।"

अमृत ने गुस्से से कहा–"वे लोग दरवाजा तोड़ने लगते तो क्या मैं हाथों में चूड़ियां पहनकर बैठा रहता।"

नन्दलाल ने गुस्से से कहा–"बस, चुप रहो। ज्यादा ऊंची उड़ान मत भर। मैं समझता हूं। सबसे पहले तुझे ही हीरो बनने की सूझी होगी।"

"बापू को गाली देने देता?"

"अबे, आजकल सबसे बड़ी बहादुरी दो गाली सुनकर उड़ा देना है। यह पहले का जमाना नहीं रहा कि तू-तू, मैं-मैं पर ही सिर फुटबाल हो जाती थी। एक गाली का जवाब देकर जान गंवाना क्या अच्छा होता है? गुंडे, बदमाशों से कौन जीत सकता है।" फिर लाला से बोला–"और आपको बड़ी हमदर्दी है पड़ोसियों से। उनके आराम के लिए साढ़े नौ बजे तक दुकान खोलकर बैठते हैं, ताकि वे नाश्ते का सामान ले जाएं। कौन आ गया आपकी मदद को? गवाही देने तक को कोई राजी नहीं हुआ।"

लाला गुस्से से बोला–"तू कौन-सा गैलरी से कूद पड़ा था बाप-भाई को बचाने के लिए।"

"मुझे तुम्हारी बहू ने बच्चों की सौगन्ध दे दी थी।"

"हां-हां, जब औलाद हो जाये तो मां-बाप और भाई-बहन का नाता टूट जाता है न।"

"बापू! बोलोगे उल्टी ही। अपनी भूल नहीं मानोगे। अरे, एक दिन की आमदनी गई तो जाने दो, मगर इस दुर्घटना से सीख तो लो!"

"क्या सीख ले लूं? अरे, इससे भी बड़ी कोई सीख होगी कि बाप और छोटा भाई मौत के मुंह में और बड़ा भाई नीचे उतरकर नहीं आया।"

लालाइन ने झट कहा—"क्यों बाहर का झगड़ा घर में खड़ा करते हो? अब तो आगे की सोचो।"

नन्दलाल ने कहा—"आगे की अब क्या सोचना? अब तो दिन-रात मोर्चा सम्भाले बैठे रहो। अभी धमाका नहीं सुना? लड़कों का शोर नहीं सुना?"

"सुना था।"

"उसे पकड़वाते ही नहीं तो यह दुश्मनी की बुनियाद न पड़ती।"

अमृत ने गुस्से से कहा—"तुम्हारा मतलब है कि चोर को छुड़वा देते, ताकि कल वह फिर आ जाये लूटमार करने?"

"एक ही तो पकड़ा गया है। उसके साथी कितने होंगे। कल अगर वे लूटमार करने आ गये तो क्या कर लोगे।"

लालाइन ने झट से कहा—"भगवान न करे! अरे बेटे, शुभ-शुभ बोल।"

नन्दलाल गुस्से से बोला—"शुभ-शुभ सोचोगे तो शुभ-शुभ होगा। सिर्फ बोलने से शुभ-शुभ होगा। सिर्फ बोलने से शुभ-शुभ नहीं हो जाता। मेरी बात गांठ में बांध लो। कल सारे पड़ोसी यही कहेंगे, 'लाला! तुमने रिपोर्ट लिखवाकर गलती की। अकारण की शत्रुता मोल ले ली। अच्छा होता उसे छुड़वा देते। '...'

अमृत ने बुरा-सा बुंह बनाकर कहा—"उनसे क्या शिकायत? वे तो पराये हैं। आजकल कौन पराया दूसरों की आग में कूदता है, जबकि अपने ही दामन बचाने की चिन्ता में लगे रहते हैं।"

नन्दलाल बोला—"जबान को लगाम दे, तू बहुत बड़बोला हो गया है।"

"जाओ...जाओ, आराम करो। यह हमारी लड़ाई है। हमें खुद लड़ने दो।"

तभी फोन की घंटी बजी और वे लोग उछल पड़े। रीता ने रिसीवर उठाकर थूक निगला और कंपकंपाती आवाज में कहा—"हैलो...?"

दूसरी तरफ से किसी नौजवान की आवाज आई—"रीता...?"

"जी हां, मैं ही हूं।"

"हाय...क्या रसीली आवाज है...पुच..."

उसने रिसीवर पर चुम्बन की आवाज सुनी और घबराकर रिसीवर रख दिया। उसके चेहरे का रंग उड़ गया था।

अमृत ने उसे घूरकर पूछा—"कौन था?"

रीता जल्दी से बोली–"कोई नहीं भैया...वह...वह..."

अचानक फिर से घंटी बजी। इस बार अमृत हॉकी रखकर उठने लगा तो लाला ने उसे इशारे से रोका और खुद रिसीवर उठाकर बोला–"हैलो...?"

दूसरी तरफ से आवाज आई–"तुम शायद लाला दुखीराम हो?"

लाला ने जवाब दिया–"मैं दुखीराम नहीं, लाला सुखीराम हूं।"

"कोई बात नहीं आज का सुखीराम, कल का दुखीराम भी हो सकता है।"

"क्या मतलब?"

"क्या तुमने धमाका नहीं सुना था?"

"सुना था।"

"यह धमाका कल तुम्हारे घर में भी हो सकता है।"

"क्या बकते हो?"

"तमीज से बात कर बे...लाला...धोतिये...अपनी हैसियत मत भूल...साले कल रात चने बेचता था फेरी लगाके, आज दुकान-मकान का मालिक बन गया है। मगर घबरा मत, हम तेरी यह दुकान-मकान की सारी मुसीबत खत्म कर देंगे। फिर से चने बेचना फेरी लगाकर।"

"देखो...तुम..."

"अरे, देखेंगे भी। देखने को छोड़ थोड़े ही देंगे। अभी कार्रवाई तो आगे बढ़ने दे। हमारे साथी का तो कुछ नहीं बिगड़ा, जो हम तेरा बिगाड़ेंगे।"

फिर दूसरी तरफ से सम्पर्क कट गया।

लालाइन ने तुरन्त पूछा–"किसका फोन था?"

लाला ने खीझकर कहा–"तुम चुप रहो जी। तुम औरतों की हर बात में टांग अड़ाने की आदत ही मर्दों के लिए मुसीबत खड़ी कर देती है।"

लालाइन चुप हो गई।

लाला ने डायल घुमाकर रिसीवर कान से लगा लिया। कुछ देर बाद आवाज आई–"हैलो, थाना शरदपुर?"

"कौन बोल रहा है?"

"मैं इन्स्पेक्टर दीक्षित!"

"देखिए, इन्स्पेक्टर साहब। मैं लाला सुखीराम बोल रहा हूं।"

"कहिए...!"

"अभी कुछ देर पहले कई मोटरसाइकिलों पर बहुत सारे लड़के बहुत जोर-जोर से शोर मचाते हुए यहां से निकले हैं।"

"लालाजी! वह तो सड़क है, निकलेंगे ही।"

"हमारी गैलरी में कंकर भी फेंका था।"

"शरारत की होगी किसी ने।"

"उससे पहले बम का धमाका भी हुआ था।"

"आपके घर में?"

"नहीं...कहीं और..."

"वे तो रोजाना ही हो रहे हैं। धमाका सुनते ही हम लोग दौड़ते हैं। लेकिन जब तक हम लोग पहुंचे, क्या धमाका करने वाले बैठे रहेंगे।"

"और सुनिए, अभी-अभी उन गुण्डों ने हमें टेलीफोन पर धमकियां भी दी हैं।"

"किन गुण्डों ने?"

"अब मैं क्या बताऊं, वे कौन थे?"

"तो फिर हम किसके विरुद्ध कार्यवाई करें?"

"वे उस लुटेरे के साथी थे।"

"लेकिन टेलीफोन पर धमकी कोई सबूत नहीं होता। आप चाहें तो रिपोर्ट दर्ज करा सकते हैं।"

"क्या हमें पुलिस प्रोटेक्शन नहीं मिल सकता?"

"उसके लिए डी॰ एम॰ साहब को आवेदन कीजिए। हम उनके आदेश के बिना कोई भी कदम उठाने से मजबूर हैं।"

"जी...!"

"और कुछ?"

"नहीं...बस।"

दूसरी तरफ से लाइन कट गई।

लाला ने रिसीवर रख दिया। उसकी आंखों में चिन्ता की झलकियां स्पष्ट रूप से नजर आ रही थीं।

* * *

पांच बजे सुबह अमर घर पहुंचा। शरदपुर के इलाके के एक मोहल्ले मेहरा बाग में उसके पास एक कमरे और एक दालान का घर था, जो सस्ते किराए पर मिल गया था। घर में ही हैंडपम्प था। रसोई भी थी और बाथरूम और 'जरूरतों' के लिए दरवाजे के पास ही इन्तजाम था।

अमर ने दरवाजे पर दस्तक दी तो इस तरह दरवाजा खुल गया, जैसे कोई उसके दस्तक देने के ही इन्तजार में खड़ा हो।

दरवाजा खोलने वाली उसकी बहन रेवती थी। ऐसा लगता था, उसकी आंखें जागते रहने से लाल हो गई हों।

अमर ने मुस्कराकर कहा—"अरे, आज तू इतने सवेरे कैसे जाग गई?"

रेवती पीछे हटती हुई बोली—"बस, यूं ही भैया। नींद नहीं आई थी रात को।"

अमर हंसता हुआ अंदर घुसा तो कमरे के अन्दर से आवाज आई—"अरे रेवती, कौन है बेटी?"

रेवती ने जोर से कहा—"मां! अमर भैया हैं।"

"अच्छा...अच्छा...!"

रेवती ने झट दरवाजा बन्द कर लिया। अमर ने दालान में आकर लाठी कोने में रखी, टोपी उतारकर खूंटी पर टांगी और भीतर घुस गया।

अन्दर बूढ़ी मां लक्ष्मी एक चारपाई पर रजाई ओढ़े चिंतित-सी बैठी नजर आई।

अमर ने पूछ लिया—"अरे, मां! क्या बात है? आज तू भी जाग रही है।"

लक्ष्मी ने जबर्दस्ती मुस्करा कहा—"बात क्या हुई? बुढ़ापे में क्या जवानों जैसी नींद आती है और फिर तू तो सारी-सारी रात जागकर गश्त करता है।"

"मेरी तो ड्यूटी है मां। करना जरूरी है।"

"यह गश्त की ड्यूटी क्या जरूरी है?"

"अब नई-नई पोस्टिंग है। शुरू-शुरू में ऐसे ही काम मिलते हैं। तू बता, धनीरामजी के घर से कोई खबर आई?"

"तेरे जाते ही खुद धनीराम की मां और सुदर्शन आए थे।"

"अच्छा...!" अमर खुशी के मारे खड़ा हो गया—"और इतनी खुशी की खबर तुम मुझे अब सुना रही हो?"

"तू अभी तो आकर बैठा है।"

"अरे! यह खबर तो मुझे दरवाजे पर ही मिलनी चाहिए थी।"

"अभी तो वह लड़की देखने आए थे।"

"मुझे मालूम है। मेरी रेवती को कोई मूर्ख ही नापसन्द कर सकता है।"

"हां, वह रेवती को तो पसन्द कर गए। मगर..."

लक्ष्मी रुक गई तो अमर ने झट से पूछा—"क्या लेन-देन के लिए कुछ कह रहे थे?"

"तोबा कर बेटा। ऐसे भले आदमी मैंने पहले कभी नहीं देखे। बहनजी कह रही थीं, हमसे लिखित ले लो कि हमें सिर्फ एक जोड़े में लड़की चाहिए।"

"अरे, मेरी बहन क्या किसी दौलत से कम है?"

"रमेश पढ़ा-लिखा लड़का है। दहेज विरोधी है। इलैक्ट्रिकल इंजीनियरिंग का डिप्लोमा किया है। जल्दी ही वह हाशिमनगर पावर हाउस में जे० ई० भी लगने वाला है।"

"अरे, वाह। फिर तो हमारी बहन राज करेगी।"

"लेकिन एक शर्त बड़ी कठिन रख दी है उन्होंने।"

अमर ने चौंककर पूछा—"वह क्या?"

लक्ष्मी ने कहा—"उनका कहना है, शादी इसी महीने के आखिर तक हो जानी चाहिए।"

"उफ्फोह मां, तुमने तो मुझे डरा ही दिया था। भला यह भी कोई कठिन शर्त है?"

"अरे बेटे! यह लड़के की शादी नहीं है, बेटी का मामला है। कुछ-न-कुछ तो करना ही पड़ता है। लेन-देन न हो तो भी बारात में बीस-पच्चीस आदमी तो आएंगे ही, उनकी आव-भगत और दूसरे प्रबन्ध।"

"तू चिन्ता मत कर मां—सब हो जाएगा।"

"कहां से हो जाएगा? कैसे हो जाएगा?"

"देखो मां। शरदपुर के बाजार में अब मेरा काफी मान है। जिस किराना वाले से कहूंगा, वह पूरी बारात का सामान उठाकर दे देगा।" फिर वह चौंककर बोला—"अरे हां, मैं तो भूल ही गया था।"

"क्या...?"

"अब तो लाला सुखीराम एक ऐसे आदमी मिल गए हैं जिनसे पचास हजार का सामान भी उठाकर ला सकता हूं।"

"अच्छा...!"

"अरे, कल रात उनकी दुकान में लुटेरे घुस गए थे। लूटमार करके भागने लगे तो अकेला मैं था, जिसने उनमें से एक को पकड़वा दिया।"

"अच्छा...!"

"और क्या मां। अब एक के द्वारा सारा गिरोह पकड़ा जाएगा और यह जो पूरे शहर में आतंक फैला हुआ है, यह हमेशा कि लिए शांत हो जाएगा।"

फिर वह जूते उतारता हुआ बोला—"आज मेरे पिताजी की आत्मा बहुत खुश होगी। उनके बेटे ने कोई कारनामा अंजाम दिया है। तुम्हें याद है मां। पिताजी मुझे बचपन में सुनाया करते थे कि मेरे दादा भी एस० पी० सिटी थे। जब बंटवारा हुआ था, दादाजी ने सैकड़ों बेगुनाहों की जानें बचाई थीं दंगाइयों से?"

"हां बेटे। याद है।"

"और मेरे पिताजी भी कोई साधारण मौत नहीं मरे थे।"

"बस, बेटे और कुछ मत कह।"

"अरे, मां। तुम्हारा बेटा कुंवर रघुवीरसिंह एस० पी० का पोता, सब-इन्स्पेक्टर समीरसिंह का बेटा, देखो कितना नाम कमाता है।

"देखना कल रात के ही कारनामे पर मुझे एस० पी० और डी० एम० साहब निजी रूप से इनाम देंगे और जितनी जल्दी मुझे प्रमोशन मिलेगा, किसी को नहीं मिला होगा।"

लक्ष्मी कुछ न बोली।

अमर ने मोजे जूतों में ठूंसते हुए कहा–"अब तुम मेरी तरक्की ही तरक्की देखोगी।"

लक्ष्मी ने झिझकते हुए कहा–"वह...बेटे...एक बात पूछूं?"

"हां मां। पूछो।"

"यह तुझे क्वार्टर कब मिलेगा। पुलिस लाइन में?"

"अभी देर लगेगी। लेकिन यहां क्या डर है?"

"डर तो कुछ भी नहीं है। मगर..."

"मगर क्या?"

अगले ही पल रेवती बढ़कर अमर की छाती से लग गई और रोने लगी तो अमर भौंचक्का-सा रह गया। फिर उसने रेवती के कंधे पकड़कर कहा–"रेवती! क्या तुझे विदाई का सोचकर रोना आ रहा है?"

"भैया...!" वह फिर से कंधे से लग गई।

अमर का दिल धड़क उठा। उसने पूछा–"आखिर बताती क्यों नहीं? क्या बात है?"

रेवती रोती रही तो अमर ने लक्ष्मी की तरफ देखा। उसकी भी आंखें छलक रही थीं। चेहरा उतरा हुआ था।

अमर ने हैरत से कहा–"मां, तुम भी...?"

"बेटे...!"

"मां, क्या बात है?"

"बेटे किसी भी तरह यह घर छोड़कर पुलिस लाइन के क्वार्टर में ले चल हमें।"

"लेकिन इस घर में क्या बुराई है? क्या पड़ोसी बुरे हैं?"

"पड़ोसियों से तो अभी ठीक से पहचान भी नहीं हुई।"

"फिर क्या बात है?"

"कल...कल...आधी रात बाद से हम मां-बेटी जाग रही हैं।"

अमर के दिल पर धचका-सा लगा।

उसने पूछा–"मगर क्यों?"

"क्योंकि रात को ग्यारह बजे किसी ने जोर-जोर से दरवाजा पीट डाला। पहले मैं समझी तू आया है। रेवती भागी! बाहर से किसी ने पुकारकर कहा–"जल्दी दरवाजा खोलो। हम...हम...।"

लक्ष्मी बरबस रो पड़ी।

अमर ने उसके पास बैठकर उसका कंधा झकझोरते हुए कहा–"क्या कहा उसने मां?"

"उसने...उसने कहा, हम...भगवान न करे...अमर की लाश लाए हैं।"

"ओह...!"

रेवती ने चिल्लाकर दरवाजा खोल दिया। और...और...।"

"और क्या...जल्दी बोलो मां?"

"एक लड़का था। उसने रेवती को दबोच लिया और ऐसी बदतमीजी की कि बस..."

अमर झटके से खड़ा हो गया। उसकी मुट्ठियां भिंज गई थीं–"कौन था वह हरामजादा?"

"नाम थोड़े ही बताया था।"

"फिर...फिर क्या हुआ।"

"रेवती चिल्लाई तो मैं दौड़ी। बड़ी मुश्किल से मैंने रेवती को छुड़ाया। उसने निर्लज्जता से हंसकर कहा, आज के लिए इतना ही काफी है...।"

"नहीं..."

"कह रहा था, अपने बेटे से कह देना, अगर ऐसे ही तरक्की करता रहा तो अबकी बार पूरी किस्त चुका जाएंगे कर्जे की...।"

अमर के होंठ कठोरता से भिंज गए। उसने वापस जूते पहने और साइकिल उठाने लगा तो लक्ष्मी ने तत्काल पूछ लिया–

"कहां जा रहे हो, बेटा?"

रेवती चिल्लाई–"भैया...ठहरो...!"

लेकिन अमर साइकिल पर सवार होकर चला गया।

* * *

साइकिल थाने के कम्पाउंड में दीवार से लगाकर अमर तेज-तेज अन्दर पहुंचा। हवालात को दरवाजा खुला हुआ था और एक सिपाही नाश्ते की ट्रे लिए प्रेमप्रताप के सामने खड़ा था, जिसमें उबले हुए अन्डे, आमलेट, चाय की केतली, मक्खन स्लाइस और केले थे।

अमर ने ट्रे में हाथ मारा तो ट्रे दीवार से टकराई। सब कुछ गिरकर टूट-फूट गया।

सिपाही ने चिल्लाकर कहा–"अमर! यह क्या करता है?"

अमर ने सिपाही की गर्दन दबोचकर बाहर धकेल दिया। फिर प्रेमप्रताप पर टूट पड़ा और गुर्राते हुए चीखा–"सुअर के बच्चे...कुत्ते...मैं तेरी जान ले लूंगा।"

पप्पी चिल्लाया–"दरोगाजी...इन्स्पेक्टर साहब..."

"इन्स्पेक्टर साहब...दरोगाजी के बच्चे...कौन था वह तेरा साथी?"

कई सिपाही आ गए।

"अरे अमर! यह क्या कर रहे हो?"

"अरे, छोड़ अमर।"

"अरे, उसे मार लग गई तो केस बन जाएगा।"

"अरे, छोड़ दे न।"

अमर उसे लातें, घूंसे और चांटे मारता हुआ चीखा–"नहीं छोड़ूगा सुअर के बच्चे को...जान से मार दूंगा...।"

पप्पी बुरी तरह चिल्लाया–"अरे मग गया...बचाओ...बचाओ..."

बड़ी मुश्किल से छः-सात सिपाही अमरसिंह को खींच-खांच कर बाहर लाए। तब तक दरोगा आ गया था। उसने सबकुछ सुना तो अमर को खूंखार नजरों से घूरता हुआ बोला–"इस हरकत का क्या मतलब?"

अमर ने गुस्से से कहा–"साहब! इस हरामजादे के साथी गुंडे रात को मेरे घर आ गए थे। मेरी बहन के साथ बदतमीजी करके गये हैं। बड़ी मुश्किल से मेरी मां ने बहन को बचाया है।"

"क्या उन गुंडों के माथों पर लिखा था कि वह इस लड़के के साथी हैं?"

"साहब! हमारी यहां और किसी से न तो दोस्ती है, न दुश्मनी।"

"बको मत! इस तरह हवालात में किसी अभियुक्त को बेदर्दी से मारना-पीटना कितना बड़ा जुर्म है, क्या तुम जानते हो? इसके लिए तुम्हें दंड भी भोगना पड़ सकता है।"

"साहब! पूछताछ के लिए भी तो अभियुक्त को मारा-पीटा जाता है?"

"क्या तुम उससे पूछताछ कर रहे थे या अपनी निजी दुश्मनी निकाल रहे थे, वह भी शत्रुता के आधार पर।"

"साहब...!"

"बको मत। तुम्हारी नई-नई पोस्टिंग हुई है, इसलिए तुम्हें क्षमा किए देता हूं। लेकिन याद रखो, फिर कभी तुम इस तरह आपे से बाहर हुए तो उसके लिए तुम्हें भुगतना पड़ेगा।"

अगर कुछ न बोला। उसके होंठ कांपते रह गए थे। मगर अंदर ही अंदर वह गुस्से से खौल रहा था। उसका खून लावा बना हुआ था।

* * *

लाला सुखीराम ने जैसे ही दुकान खोली, अचानक एक मोटरसाइकिल दनदनाती हुई तेजी से दुकान के सामने से गुजरी जिस पर तीन लड़के सवार थे। सबसे पीछे वाले लड़के के हाथ में एक पत्थर था, जो उसने खींचकर जो सिर शो केस पर मारा था। शो-केस का शीशा खनखनाकर टूट गया।

अमृत ठीक उसी समय सीढ़ियों से निकल रहा था। वह झुककर बाहर आया और पत्थर उठाकर मोटरसाइकिल की तरफ फेंकता हुआ चिल्लाया–"सुअर के बच्चे! कुत्ते...अपने बाप से पैदा है तो रुक जा...।"

तब तक मोटरसाइकिल कहां की कहां पहुंच चुकी थी। दूसरे दुकानदार भी बाहर आ गये थे और वे पूछने लगे थे–"क्या हुआ, अमृत?"

"क्या हो गया?"

लाला ने गाली देकर कहा–"होगा क्या? हरामियों की मौत मंडरा रही है सिर पर।"

"यह शो-केस कैसे टूट गया?"

"अरे, वही हरामी पत्थर मारकर गए हैं।"

"कौन हरामी?"

"वे, जो कल रात दुकान लूटकर ले गये थे। मुझे और अमृत को मारा-पीटा भी था।"

प्रोफेसर कॉलेज जाने के लिए तैयार था। वह अपने कम्पाउंड से निकल आया। दूसरे कम्पाउंड में हशमत अपनी गाड़ी स्टार्ट कर रहा था। वह भी आ गया। दुकान के सामने भीड़ जमा हो गई।

लाला सबको बता रहा था।

फिर वह प्रोफेसर और हशमत से बोला–"आप लोग भी देख लीजिए, साहब। कल क्या किया था और अब आज डेढ़ हजार रुपए का शो-केस बरबाद करके चले गए। यह बात पुलिस को जरूर बताइएगा।"

अमृत ने कहा–"और यह भी बताइएगा कि कल रात-भर कितना परेशान किया है हम लोगों को।"

प्रोफेसर ने कोमल स्वर में कहा–"देखिए, लाला! एक दोस्ताना सलाह दूं?"

"बोलिए, साहब।"

अच्छा होगा कि आप पप्पी के खिलाफ अपनी रिपोर्ट वापस ले लें।"

लाला ने चौंककर कहा–"क्या मतलब?"

हशमत ने आगे बढ़कर कहा–"मतलब मैं बताता हूं।"

लाला और अमृत उन दोनों की ओर आकर्षित हो गए।

हशमत ने कहा–"इन लोगों ने रात को जो शोर-शराबा किया था हमें मालूम है। किसी ने पत्थर भी फेंका था और अब आपका शो-केस तोड़ गए।"

"बिल्कुल...!"

"लेकिन इन सब बातों को कल से लूटमार के केस से नहीं जोड़ा जा सकता।"

"क्यों नहीं जोड़ा जा सकता?"

"इसलिए कि आपके पास क्या सबूत है कि कल रात हल्ला मचाने और पत्थर फेंकने वाले और आज शो-केस तोड़ने वाले पप्पी के साथी थे।"

"उनके सिवा और कौन हो सकता है?"

“यह तो आप कह रहे हैं न? क्या पुलिस मान जाएगी?”

“लेकिन आप लोग तो समझते हैं।”

“लाला, हमारे समझने से अदालत या कानून को नहीं समझाया जा सकता। हम लोग भी क्या कर लेंगे? क्या हम में से किसी ने पप्पी के साथियों को देखा या पहचाना था?”

प्रोफेसर ने कहा–“हशमत साहब ठीक कह रहे हैं, लाला!”

हशमत ने कहा–“हम लोग तो सिर्फ गवाह हैं। आप मुद्दई हैं। इसके अलावा प्रोफेसर के या मेरे साथ किसी को बदतमीजी करने की जरूरत नहीं हो सकती।”

प्रोफेसर ने का–“लेकिन आप ठहरे दुकानदार! हर वक्त दुकान खोले बैठे रहते हैं। खुदा न करे, अगर कोई पत्थर मारने की जग तेजी से गोली चलाता हुआ ही गुजरेगा तो कौन पकड़ लेगा?”

लाला सन्नाटे में रह गया।

हशमत ने कहा–“लालाजी, जिसके हाथ में हथियार हो, वह शेर होता है और गोली चलने के डर से हजार आदमियों की भीड़ भागती है क्योंकि हर आदमी यही सोचता है, कहीं उस एक गोली पर मेरा ही नाम न लिखा हो।”

प्रोफेसर ने फिर ने कहा–“अनुभव की बात है, लालाजी आप खुद सोचिए, आजकल हालात कितने खराब हैं।”

हशमत ने कहा–“आज तो सबसे ज्यादा बहादुर यह है, जो किसी की गोली खाकर सिर झुकाकर चला आए और चांटा खाकर खुद ही माफी भी मांग ले।”

प्रोफेसर ने फिर से कहा–“फिर शरारती गुंडों से दुश्मनी मोल लेने से क्या लाभ? आप एक को दंड दिलवा देंगे तो क्या बाकी चुप बैठे रहेंगे?”

हशमत बोला–“सिर्फ एक को पकड़वाने के बदले में तो उन लोगों ने यह कयामत बरपा कर रखी है। अगर उसे जेल हो गई तो जरा सोचिए क्या होगा?”

“बेहतर होगा कि आपका जो नुकसान हो चुका है, उसे अपने बच्चों का सदका समझ लीजिए।”

“आज के नुकसान को आखिरी नुकसान समझ लीजिए।”

“वरना आपके साथ वह अड़ौस-पड़ौस के सारे दुकानदार खतरे में रहेंगे।”

“बदमाशों का न तो कोई ईमान है, न ही धर्म। फिर आजकल पहले जैसे बदमाश रह नहीं। एक साधारण जेबकतरा भी देसी कट्टे से कम नहीं रखता।”

अमृत के चेहरे के रंग बार-बार बदल रहे थे। उसने गुस्से से कहा–“आपका मतलब है, आज हम हथियार डाल दें ताकि कल वह और भी ज्यादा शेर हो जाएं।”

लाला ने उसे डपटकर कहा–"तू चुप रह। इन लोगों को बुद्धि से क्या तेरी बुद्धि तेज है? अरे-अरे ये लोग बड़े काम के सुझाव दे रहे हैं।"

एक दुकानदार ने कहा–"तुम खुद सोचो, अमृत। अगर वह फेंका हुआ पत्थर लाला के या तुम्हारे सिर पर लग जाता तो क्या होता?"

दूसरा दुकानदार बोला–"और फिर सचमुच आज सिर्फ पत्थर फेंका है। कल गोलियां भी चला सकते हैं।"

"क्या खबर तुम्हारी दुकान में ग्राहक ही खड़े हों। उनमें से किसी के लग जाए?"

"और फिर तुम्हारा बड़ा लड़का, वैसे ही इतनी दूर सर्विस पर जाता है। जब वे लोग दुश्मन बनेंगे तो सभी के दुश्मन बनेंगे।"

लाला ने थूक निगलकर कहा–"फि...फ...फिर मैं क्या करूं?"

हशमत ने कहा–"आप प्रोफेसर और मेरे साथ थाने चलिए और रिपोर्ट वापस ले लीजिए।"

"लेकिन क्या कहकर?"

"यह हम आपको समझा देंगे। आप चलिए तो सही।"

प्रोफेसर ने कहा–"मैं गाड़ी लाता हूं।"

कुछ देर बाद वे तीनों गाड़ी में चले गए और अमृत निचला होंठ दातों में दबाए खूंखार नजरों से गाड़ी को देखता रहा।

* * *

इन्स्पेक्टर दीक्षित उन तीनों को साथ देखकर खड़ा हो गया। हाथ मिलाकर तीनों बैठ गए तो इन्स्पेक्टर दीक्षित ने पूछा–"फरमाइए, मेरे योग्य कोई सेवा?"

प्रोफेसर ने कहा–"बात यह है, इन्स्पेक्टर साहब। दरअसल लालाजी कल रात की रिपोर्ट वापस लेना चाहते हैं।"

"क्यों?"

"परेशानी यह है कि पुलिस हर वक्त न तो दुकान पर खड़ी रह सकती है और न ही लालाजी के परिवार के हर व्यक्ति के साथ एक गार्ड रह सकता है।"

"फिर...?"

"अब कानून की और कानून के रक्षकों की अपनी मजबूरियां हैं। अपराध और गुन्डागर्दी इतनी बढ़ गई हैं कि फोर्स कम पड़ने लगी है। कहां-कहां दौड़ते फिरेंगे आप?"

हशमत ने कहा–"अब आप ही कोई ऐसा रास्ता निकालिए कि यह मामला आसानी से सुलझ जाए।"

इन्स्पेक्टर दीक्षित ने ठंडी सांस ली और बोला—"मैं नहीं कह सकता कि लाला का फैसला गलत है या सही। लेकिन आपका यह कहना भी दुरुस्त है कि हम हर वक्त और हर जगह लाला के परिवार की रक्षा नहीं कर सकते। अब कल रात में ही नगर और उसके आसपास के इलाके में पूरे दस केस हुए हैं।"

"ओहो...!"

"खैर! लालाजी रिपोर्ट वापस लेने का एक ही तरीका है।"

"वह क्या?"

"लालाजी की दुकान पर जिन बदमाशों ने डाका डाला था, वे भाग गये थे। पप्पी को बाद में कांस्टेबल अमरसिंह और उसके साथी संदेह में पकड़ लाए। जल्दी में लाला और इनके बेटे ने इसे ठीक से नहीं देखा। आज जब खानापूर्ती के लिए यहां आए तो लाला ने पप्पी को ध्यान से देखा और बताया कि यह तो वह लड़का नहीं है, जिसने डाके में हिस्सा लिया था।"

प्रोफेसर ने लाला से कहा—"क्यों, लाला?"

लाला ने सिर हिलाकर कहा—"ठीक है, साहब। मैं कह दूंगा।"

इन्स्पेक्टर दीक्षित ने कहा—"आपकी रिपोर्ट दर्ज रहेगी। हम लोग छानबीन करते रहेंगे बाद में देखेंगे। लेकिन फिलहाल आपकी समस्या हल हो जाएगी।"

"जैसा आप कहें?"

"तो आप लिखकर दे दीजिए कि पप्पी वह लड़का नहीं है, जिसने डाके में हिस्सा लिया था। एक जैसे कपड़ों के कारण रात में भ्रम हो गया। आप असल मुजरिम को देख लें तो जरूर पहचान लेंगे।"

"ठीक है।"

इन्स्पेक्टर दीक्षित ने एक कांस्टेबल को बुलाकर लाला का बयान लिखवाया और उस पर लाला के दस्तखत ले लिए।

फिर वह बोला—"बस, आपका काम खत्म।"

लाला ने कहा—"लेकिन अब तो ये लोग मुझे और मेरे परिवार को नहीं सताएंगे?"

"आप जाइए, आराम से दुकान खोलिए।"

* * *

वे लोग जब चले गये तो इन्स्पेक्टर दीक्षित मुस्कराया और एक कांस्टेबल ने बोला—"प्रेमप्रताप को बाहर लाओ।

कुछ देर बाद प्रेमप्रताप इन्स्पेक्टर दीक्षित के सामने कुर्सी पर बैठा था और दीक्षित रिसीवर उठाकर डायल घुमा रहा था।

दूसरी तरफ से किसी ने कहा–"यस...!"

"कौन, शेरवानी साहब?"

"स्पीकिंग...।"

"मैं इंस्पेक्टर दीक्षित हूं।"

"क्या लाला ने रिपोर्ट वापस ले ली?"

"जी, हां। प्रोफेसर साहब और हशमत साहब को आपने फोन कर दिया था उन्हीं दोनों के साथ लाला आया था। रिपोर्ट तो है, लेकिन गिरफ्तारी कोई नहीं और किसी की भी शिनाख्त नहीं।"

"पप्पी कहां है?"

"मेरे सामने बैठा है। मगर लाला बहुत आतंकित है। इन लोगों को समझा दीजिए कि जो होना था हो गया, अब लाला का पीछा छोड़ दें।"

"लाला को अब कोई नहीं सताएगा।"

"शुक्रिया, शेरवानी साहब! मैं प्रेमप्रपात को भेज रहा हूं।"

"ठीक है।"

दूसरी तरफ से लाइन कट गई।

इंस्पेक्टर दीक्षित ने रिसीवर रखा और पप्पी की तरफ देखते हुए मुस्कराकर बोला–"तुम जा सकते हो।"

पप्पी कुर्सी से उठा और बाहर निकल आया।

ठीक उसी समय साइकिल से अमरसिंह ने कम्पाउंड में प्रवेश किया और पप्पी को बरामदे से उतरते देखकर वह गड़-बड़ाकर झट साइकिल से उतर गया।

पप्पी उसे देखकर रुक गया। विजयी ओर जहर भरे अन्दाज में मुस्कराया। अमरसिंह ने साइकिल उसके नजदीक लाकर कहा–"अबे, तुझे किसने छोड़ दिया?"

पंडित ने तुरन्त आगे बढ़कर कहा–"ओए अमरसिंह! तेरा भेजा तो नहीं फिर गया?"

"तुम चुप रहो, पंडितजी।"

"अबे, इन्हें इंस्पेक्टर साहब ने छोड़ा है।"

"क्या? इंस्पेक्टर साहब ने?"

"हां, जाकर पूछ ले अन्दर।"

फिर पंडित पप्पी से बोला–"जाइए साहब...आप जाइए।"

पप्पी ने जहरीले अन्दाज में अमरसिंह को घूरा और बोला–"मैं तो छूट गया अमरसिंह लेकिन मुझे एक इस रात का कर्जा चुकाना पड़ेगा, जो मैंने हवालात में गुजारी है तेरे कारण से।"

अमरसिंह ने पप्पी के गिरेबान की तरफ हाथ बढ़ाकर कहा—“अबे, धमकी देता है पुलिसवाले को?”

पंडित ने जल्दी से उसका हाथ पकड़ते हुए कहा—“अबे, काहे कूं मरने का है?”

पप्पी ने फिर अमरसिंह से कहा—“तेरे जैसे जाने कितने पुलिसवाले मेरे तलबे चाटते हैं और यह भी सुन ले, जिसे तू धमकी समझ रहा है, जब वह असलियत में बदलेगी तो तू अपनी इस मूर्खता पर बुरी तरह पछताएगा। मुझ पर जितना मार पड़ी है, उसके एक-एक चांटे का हिसाब देना पड़ेगा।”

अमरसिंह गुर्राकर बोला—“अबे, तेरी तो मैं...”

पंडित ने फिर भुजा पकड़ ली और पप्पी से बोला—“जाइए साहब। काहे को मुंह लगते हैं नादान के।”

पप्पी बड़े आराम से पतलून की जेबों में हाथ डाले हुए चला गया। अमरसिंह उसे फाटक के बाहर तक खूंखार नजरों से घूरता रहा।

फिर वह पंडित से बोला—“कैसे छोड़ दिया, इंस्पेक्टर साहब ने? यह तो रंगे हाथों पकड़ा गया था।”

अमरसिंह साइकिल खड़ी करके तीर की तरह अन्दर की तरफ गया। पंडित ने पप्पी को अन्दर वापस आते देखा तो तुरन्त बोला—“क्या हुआ, साहब?”

पप्पी ने गम्भीरता से कहा—“कुछ नहीं। यह साइकिल उसी की है?”

पप्पी ने गम्भीरता से कहा—“कुछ नहीं। यह साइकिल उसी की है?”

“जी, हां।”

साइकिल में ताला नहीं था। पप्पी ने आराम से साइकिल स्टैंड से उतारी और उस पर सवार होकर कम्पांउड से बाहर निकल आया। पंडित ने उसे रोका भी नहीं। वह दूसरी तरफ मुड़ गया।

दूसरी तरफ अमरसिंह ने अन्दर पहुंचकर इंस्पेक्टर दीक्षित से कहा—“साहब! आपने उस बदमाश को छोड़ दिया?”

इंस्पेक्टर दीक्षित ने उसे घूरकर कहा—“किस बदमाश को?”

“पप्पी...जिसे रात ही मैंने इतनी मुश्किल से पकड़ा था।”

“जानते हो, पप्पी कौन है?”

“एक लुटेरा और कातिलाना हमले का मुजरिम।”

“पप्पी के पिता जगताप, ज्योति आयल मिल के मालिक हैं।”

“वह जमशेदजी टाटा या बिड़ला के खानदान से ही क्यों न हों। मगर मैंने उसे लुटेरे की हैसियत से पकड़ा था कल रात को।”

“क्या तुमने उसे लूटमार करते देखा था?”

“मैंने नहीं देखा तो क्या हुआ? और लोगों ने तो देखा था।”

“किस-किसने?”

प्रोफेसर साहब ने...हशमत ने...”

“रिपोर्ट पढ़ो। उनके बयान पर विचार करो। जब वे लाग बाहर आए तो लुटेरे मोटरसाइकिल पर सवार होकर भाग रहे थे और उन लोगों ने उन्हें पीठ की तरफ से देखा था।”

“मगर मैंने तो सामने से देखा था। व लोग मोटरसाइकिल पर आ रहे थे भागते हुए और मैंने पप्पी की भुजा पकड़कर उसे खींच लिया था।”

“तुम सिर्फ एक सवाल का जवाब दो। तुमने उन्हें लूटमार करते देखा था?”

“नहीं...।”

“और गवाहों ने उसे पीठ की तरफ से देखा था। शोर सुनकर तुम आकर्षित हुए थे। तुम्हें जो मोटरसाइकिल सामने आती नजर आई, उसी पर से तुमने एक को घसीट लिया।”

“अरे साहब, पंडित और दूसरे लोग भी तो मेरे साथ थे।”

“लेकिन पप्पी को तुमने अकेले पकड़ा था। बोलो, हां या न?”

“जी...।”

“जब तुमने पप्पी को पकड़ लिया था तो वे तीनों भी यही समझे थे कि तुमने असली मुजरिम को पकड़ा है।”

“तो क्या वह असली मुजरिम नहीं था?”

“यह तो हमारा विचार नहीं खुद लाला सुखीराम का बयान है।”

“क्या...लाला सुखीराम का बयान?”

“हां—अभी लाला सुखीराम, प्रोफेसर और हशमत साहब आए थे। लाला सुखीराम ने पप्पी को बुलाकर देखा और खुद ही कहने लगा कि यह वह लड़का नहीं है, जो दुकान में लूटमार कर रहा था। हां, उसके कपड़े जरूर पप्पी के कपड़ों से मिलते-जुलते थे।”

“नहीं...।”

“लाला सुखीराम खुद बयान लिखवाकर दे गए हैं। अब हमें असल अपराधी खोजने हैं।”

अमरसिंह सन्नाटे में खड़ा रह गया था। इंस्पेक्टर ने घंटी की आवाज सुनकर रिसीवर उठा लिया और किसी से बातें करने लगा।

अमरसिंह मुड़कर बाहर निकल आया। उसका खून रह-रहकर खौल रहा था। बाहर आकर उसने बरामदे के सामने से साइकिल गायब देखी तो चौंक पड़ा। इधर-उधर देखा। फिर

तेज-तेज चलता हुआ पंडित के पास गया और तेज स्वर में बोला–"पंडितजी! मेरी साइकिल कौन ले गया है?"

"कौन-सी साइकिल?"

"मेरी क्या दो-चार साइकिलें हैं?"

"अरे, तो क्या मैं तेरी साइकिल की रखवाली पर नौकर हूं? ताला लगाता है तू। ताले के साथ भला कहां चली जाएगी?"

"मैंने जल्दी में ताला नहीं लगाया था।"

"कहां खड़ी थी?"

"अरे, तुम्हारे सामने ही तो छोड़ी थी बरामदे के सामने।"

"मुझे नहीं मालूम।" पंडित लापवाही से बीड़ी सुलगाने लगा।

अमर के होंठ सख्ती से भिंचे रहे। फिर वह तेजी से कम्पाउंड से बाहर निकल आया।

* * *

मौरिस रोड के चौराहे पर ही उसे अमृत नजर आ गया, जो एक पनवाड़ी से बातें कर रहा था। अमरसिंह ने जल्दी से रिक्शेवाले से कहा–"रोक...रोक...इधर ही रोक दे।"

रिक्शेवाले ने रिक्शा रोक दिया। अमरसिंह न जेब से दो रुपए निकालकर रिक्शाचालक को दिए तो उसने हैरत से कहा–"दो रुपए...काहे के साहब?"

"तेरा किराया।"

"कमाल है, साहब। आप पहले सिपाही हो, जिसने किराया दिया है। जब से रिक्शा चला रहा हूं, आज तक कभी किसी ने किराया नहीं दिया।"

अमरसिंह कुछ न बोला। वह तेजी से अमृत के समीप पहुंचा और पीछे से उसके कंधे पर हाथ रखते हुए उसे सम्बोधित करके बोला–"सुनो..."

अमृत चौंककर मुड़ा। अमरसिंह को देखकर ठिठक गया–"हां, बोलो।"

"तुम्हारा नाम अमृत है...लाला सुखीराम के बेटे?"

"हां...क्यों?"

"मैं कांस्टेबल अमरसिंह हूं।"

"तुम शायद कल रात...?"

अमरसिंह ने उसकी बात काटकर कहा–"कल रात मैंने ही उन तीन लुटेरों में से एक को पकड़ा था।"

"ओहो...तुम गश्ती दस्ते में थे?"

"हां, लेकिन उन तीनों में से किसी ने मोटरसाइकिल नहीं रुकवाई थी। मैंने पप्पी की भुजा इतनी जोर से पकड़ी थी कि मजबूरन उसे उतरना पड़ा। बाकी दो भाग गए।

"और जानते हो, पप्पी के साथी बदमाशों ने मुझसे बदला लेने के लिए कल रात धोखे से मेरे घर का दरवाजा खुलवा लिया ओर मेरी जवान बहन के साथ छेड़छाड़ की।"

"नहीं..."

"मैंने तुम्हारे लिए इतना कुछ किया और तुम लोगों ने पप्पी को छुड़वा दिया? तुम्हारे पिता यह बयान लिखकर दे आए कि पप्पी वह लड़का नहीं, जो लुटेरा बनकर दुकान में घुसा था।

"आज पप्पी को किसी चार्ज के बिना छोड़ दिया गया और वह मेरी वह नई साइकिल उड़ाकर ले गया, जा मैंने अपनी मां की कानों की बालियां बेचकर थाने-जाने के लिए खरीदी थी।"

"हे भगवान!"

"वैसे तो तुम लोग कानून और पुलिस को बुरा-भला कहते रहते हो। जब कानून तुम्हारा साथ दे तो तुम खुद ही कानून के रक्षकों को झुठला देते हो।"

अमृत ने ठंडी सांस ली और बोला—"आओ, वहां एक-एक प्याली चाय पिएंगे।"

अमर ने बुरा-सा मुंह बनाकर कहा—"नहीं, मैं रिश्वतखोर नहीं हूं।"

अमृत ने गम्भीरता से कहा—"मैं भी रिश्वत के सख्त खिलाफ हूं। यह तो दोस्ताना पेशकश है।"

अमरसिंह ने उसे ध्यान से देखा।

अमृत उसके हाथ में हाथ डालकर बोला—"आ जाओ, हम दोनों उम्र में बराबर ही होंगे।"

* * *

कुछ देर बाद वह रेस्तरां में थे। अमृत ने दुकानदार से कहा—"चाचा! दो कप चाय..."

"अच्छा, लाला।"

अमृत ने अमरसिंह की तरफ मुड़कर कहा—

"हूं, तो कल रात उन बदमाशों ने तुम्हारी बहन के साथ बदतमीजी की?"

अमर ने गम्भीरता से कहा—"मैंने हवालात में उसकी मरम्मत कर ली। अगर मुझे दूसरे लोग न पकड़ते तो एक-आध हड्डी-पसली जरूर तोड़ देता हरामी की।"

चाय वाले लड़के ने दो कप चाय लाकर रख दी। अमृत ने एक प्याली अमरसिंह की तरफ बढ़ाई। दूसरी अपने आगे सरकाकर बोला—"और जानते हो, हम लोगों पर कल रात से क्या बीती है?"

"क्या..."

"सबसे पहले कई लड़के मोटरसाइकिलों पर शोर मचाते हुए गुजरे। हमारी गैलरी में पत्थर फेंका गया, ताकि हम लोग डर जाएं।"

"ओहो...फिर...?"

"फिर टेलीफोन पर पिताजी को धमकी दी गई।"

"नहीं...।"

"और आज सुबह जब पिताजी दुकान खोल रहे थे तो तीन मोटरसाइकिल सवार गुजरें एक ने बड़ा-सा पत्थर खींचकर मारा, जिससे हमारा डेढ़ हजार रुपए का शो-केस टूट गया।"

अमरसिंह के होंठ सख्ती से भिंच गए थे। वह बोला—"और तुम लोगों ने डरकर पीछा छुड़वा लिया।"

अमृत ने बुरा-सा मुंह बनाकर कहा—"मैं नहीं जानता कि डर किस चिड़िया का नाम है।"

"तो फिर...?"

"पिताजी को हशमत खां और प्रोफेसर साहब ने बहकाया कि ऐसे बदमाशों से दुश्मनी मोल लेना अच्छा नहीं। फिर सारे दुकानदार उनकी हां में हां मिलाने लगे। मैं फिर भी सहमत न हुआ, लेकिन पिताजी ने मुझे डांटकर चुप करा दिया।

"प्रोफेसर और हशमत साहब पिताजी को गाड़ी में थाने ले गए। मुझे नहीं मालूम उन्होंने क्या बयान दिया। बस, इतना जरूर मालूम हो गया कि पप्पी को छुड़वाकर आए हैं, मैं उनसे बात भी नहीं कर रहा।"

अमरसिंह ने बेचैनी से पहलू बदलकर कहा—"क्या हो गया है जनता को? एक तरफ पुलिस को कोआपरेट नहीं करती। दूसरी तरफ पुलिस पर लापरवाही, अनदेखी और गुन्डों की पीठ ठोंकने का आरोप लगाती है।"

"मैं तो यह सोचता हूं कि क्या हो गया है कानून को, कानून के रक्षकों को? क्यों वे लोग दबाव में आकर मुजरिमों को छोड़ देते हैं?"

"और क्या करें? प्रोफेसर साहब और हशमत ने बयान दिया है कि उन्होंने मात्रा गुन्डों की पीठ देखी थी। वह तो साफ बच गए। अब तुम्हारे पिताजी पप्पी को बिल्कुल ही दूध का धुला हुआ साबित करके आ गए।"

"अगर मेरे पिताजी ऐसा न करते तो क्या आप लोग हमारे परिवार की और हमारी रक्षा की जिम्मेदारी लेते? प्रोफेसर सर और हशमत साहब के साथ भी वही न होता, जो तुम्हारी बहन और हमारे साथ हुआ?"

यानी आप जनता को दोषी नहीं मानते?"

"नहीं। दोषी वह कानून है, जिसमें मुजरिमों के बचाव के इतने खाने खुले रख दिए गए हैं कि खुद तुम लोग मुजरिमों को बांधकर नहीं रख सकते।"

"इसलिए कि हमारे हाथ कदाचित् उन बड़े लोगों ने बांध रखे हैं, जो तुरन्त उन गुंडों की सिफारिशें लेकर आ जाते हैं।"

अमृत ने उसे ध्यान से देखकर कहा—"क्या काई आया था?"

"कल रात कोई शेरवानी साहब आए थे।"

अमृत चौंककर बोला—"शेरवानी...ओह...वह वोट बैंक?"

"वोट बैंक?"

"मतलब फिर समझाऊंगा। पप्पी तो बहुत बड़े आदमी का बेटा है न?"

"हां, ज्योति ऑयल मिल के मालिक का बेटा। हैरत है कि यह चंद हजार रुपए की लूटमार करता फिर रहा है शहर में!"

"शेरवानी को जरूर पप्पी के पिता ने भेजा होगा।"

"वह अपने बेटे को गुंडागर्दी पर रोक नहीं लगा सकता और उसके लिए बड़े-बड़े लोगों की सिफारिशें भेज देता है।"

"अमरसिंह, तुम नहीं जानते जगताप क्या है।"

"क्या है?"

"जगताप वह व्यक्ति है, जिसके आशीर्वाद के बिना हमारे शहर का कोई एम० पी०, एम० एल० ए० इलेक्शन नहीं जीत सकता।"

"ओहो..."

"और शेरवानी वोट बैंक है।"

"वह कैसे?"

"शेरवानी खुद इलेक्शन नहीं लड़ता, इलेक्शन लड़वाता है और उसका समर्थन प्राप्त करने के लिए पहले से उसे खरीदा जाता है।"

"अच्छा...?"

"जिस पार्टी को शेरवानी का समर्थन प्राप्त हो, जगताप शेरवानी को उसी पार्टी के लिए खरीदता है, फिर शेरवानी जलसे और जुलूसों का आयोजन करता है, जिनमें वह अपने उम्मीदवार के विरोधी को सांप्रदायवादी सिद्ध करने के लिए न केवल भाषण देता है, बल्कि अपने संप्रदाय के लिए भावुक तनाव के सामान भी करता है।"

"मिसाल के तौर पर?"

"मिसाल के तौर पर मेरा एक क्लासमेट है—अशरफ! उसकी बहन कॉलेज में इसलिए प्रसिद्ध है कि वह एक अच्छी कलाकार है। गीत-संगीत, अभिनय और क्लासीकल डांस में निपुण है। भरतनाट्यम में उसने एवार्ड भी ले रखा है।"

अमरसिंह झट बोला—"उसका नाम सुलताना है न?"

"हां, वही।"

"अच्छा तो फिर?"

"पिछले इलेक्शन में शेरवानी ने सुलताना को कन्वेसिंग की इन्चार्ज बनवाया। जगताप के गुंडों ने सुलताना का अपहरण करके रात भर कहीं बन्द रखा। दूसरी सुबह शेरवानी ने शहर भर में यह अफवाह फैला दी कि सुलताना का विरोधी उम्मीदवार ने इसलिए अपहरण करा लिया कि सुलताना मुसलमान है और एक सेक्यूरल उम्मीदवार की कन्वेसिंग कर रही थी।"

"ओहो...!"

"हालांकि दूसरे ही दिन पुलिस ने बिल्कुल पूर्वनियोजित कार्यक्रम के अनुसार छापा मारकर सुलताना को बरामद कर लिया और सुलताना की इज्जत पर भी आंच नहीं आई थी। लेकिन सुलताना को उस घटना का इतना भीषण आघात पहुंचा था कि दूसरे दिन ही उसने छत के पंखे से लटककर आत्महत्या कर ली।"

"नहीं...!"

"अशरफ की मां सदमे से पागल हो गई। अशरफ ने जुनून में आकर शेरवानी पर कातिलाना आक्रमण कर दिया। लेकिन वह पकड़ा गया और अब जेल में है।"

अमरसिंह सन्नाटे में बैठा रह गया था। अमृत ने ठंडी सांस लेकर चाय का घूंट भरा। फिर अमरसिंह तरफ देखकर बोला—"अभी तक अशरफ का मुकद्दमा शुरू नहीं हुआ। हालांकि छः महीने गुजर गए हैं। उससे न तो प्रेस वालों को मिलने की आज्ञा है, न ही दोस्तों को।

"कई बार मैं मिलने गया हूं। उनके लिए मैंने कुछ अन्दर भिजवाने की कोशिश की, वह भी नहीं भेजने दिया गया। अब उसकी मां को मैं अक्सर देखने चला जाता हूं। मगर देखा नहीं जाता।

अमृत के चेहरे पर घोर आंतरिक व्यथा झलक रही थी। उसने कहा—"कैसे बदलेगा यह सब कुछ? हर धर्म का सामान्य जन इतना मूर्ख है कि वह इन लोगों की न तो राजनीति समझता है, न ही चालें। बस, आंखें बन्द करके उसी को बोट दे डालते हैं, जिसे उनके नेता की सपोर्ट प्राप्त हो।"

अमरसिंह ने प्याली खाली करके कहा—"कुछ-न-कुछ तो करना ही पड़ेगा।"

"क्या करेंगे? एक तुम या एक मैं क्या कर सकते हैं?"

"एक और एक ग्यारह हो जाएंगे, क्या हम लोग मिलकर कुछ नहीं कर सकते।"

"अशरफ? वह तो जेल में है।"

"उसके लिए कोई सफाई का वकील खड़ा हुआ?"

"कौन खड़ा करेगा? सब जानते हैं कि उसने शेरवानी पर हमला किया था। उसके धर्म के लोग अशरफ को बाहर देख भी लें तो उसे चीर-फाड़कर रख दें। हमारे धर्म के लोग जगताप के

हाथों में हैं, क्योंकि जगताप हर इलेक्शन से पहले जनता के लिए अपने खर्चे पर कोई-कोई अच्छा काम कर देता है कि सब उसका गुणगान करने लगते हैं।"

"जैसे...?"

"जैसे पिछली बार उसने इलेक्शन से कुछ पहले म्यूनिसपलिटी वालों के हाथों एक पुरानी, जीर्ण-जर्जर मंदिर की इमारत गिरवाई। अपने गुंडे भेजरक पथराव करा दिया पुलिस पर। फिर खुद पहुंच गया। जनता और गुंडों को शांत किया और म्यूनिसपलिटी से आदेश निकलवाकर नए सिरे से मन्दिर का निर्माण करा दिया, लोगों ने जगताप को पूजना शुरू कर दिया।"

दोनों कुछ देर खामोश रहे।

अचानक बाहर एक मोटरसाइकिल रुकी और वे लोग चौंककर बाहर देखने लगे। अमृत समझा कि कोई गड़बड़ है।

मगर अमरसिंह उठता हुआ बोला—"ओहो, यह तो सुदर्शन है।"

"सुदर्शन कौन?"

"मेरी बहन का मंगेतर।"

"अरे, तुम अन्दर बुला लो उसे।"

"नहीं। मैं तुमसे फिर कभी मिलूंगा अमृत और अब हम दोनों का मिलना जरूरी है।"

"जब और जहां कहो।"

"मैं खुद ही तुमसे कांटेक्ट कर लूंगा।"

वह बाहर निकला और सुदर्शन के साथ पिछली सीट पर बैठकर चला गया।

* * *

अन्दर कमरे में से रेवती की सिसकियां सुनाई दे रही थीं। दालान में अमरसिंह और सुदर्शन बैठे थे। एक चारपाई पर चिंतित लक्ष्मी बैठी थी।

सुदर्शन कह रहा था—"मुझे तो थोड़ी देर पहले पता चला था कि रात को यहां आकर गुंडों ने बदतमीजी की थी। मैं पहले थाने गया। पंडित नामक सिपाही ने बताया कि तुम लाला सुखीराम के यहां मिलोगे। तुम चौराहे के रेस्तरां में ही नजर आ गए।"

"तुम्हें किसने खबर दी?"

"गली में तीसरा मकान मेरे एक पहचान वाले का है, उसने रात को हंगामा सुना था। सुबह-सुबह उसने मुझे बताया था, क्योंकि वह मुझे और बाबूजी को देख चुका था।"

"और वह बदमाश भी छूट गया, जिसे मैंने पकड़ा था।"

"ओहो...!"

"उसने मुझे धमकी भी दी है।"

"यह तो अच्छा नहीं हुआ?"

"क्या अच्छा नहीं हुआ?"

"अमर भैया! आजकल के गुंडे पुलिस से नहीं डरते, वरना रात को इतनी निर्भीकता से यहां हंगामा न खड़ा करते।"

"मगर मैं हथियार डालने वाला नहीं हूं।"

"तुम अकेले क्या कर लोगे?"

"जो कुछ भी बन पड़ेगा।"

"मेरे बाबूजी भी चिंतित हैं।"

"होना चाहिए। हमारे बड़े-बूढ़े और हमदर्द हैं।"

"वह कह रहे थे—इसी सप्ताह रेवती को डोली में बिठा दो।"

"इतनी जल्दी...यह कैसे सम्भव है।"

"देखो, अमर। न तो हमसे तुम्हारे हालात छिपे हैं और न ही तुमसे हमारे हालात। मैं नहीं चाहता कि तुम अकारण का बोझ लादो। शादी का मतलब, सिर्फ शादी है और बस!"

"फिर भी मेरी अकेली बहन है।"

"बाद में अरमान निकालते रहना। जब फालतू ही तो जो चाहे देना, जितना चाहो करना। मैं इन्कार नहीं करूंगा, लेकिन तुम अभी अपनी बहन के साथ मां को भी खतरे में डाल रहे हो।

"पुलिस ड्यूटी का समय नियत नहीं होता। तुम यूं भी रात की गश्त पर रहते हो। मांजी और रेवती रात भर अकेली रहेंगी तो क्या होगा?"

अमरसिंह कुछ न बोला।

सुदर्शन ने पुनः कहा—"सोच-विचार से कुछ नहीं मिलेगा। बहन के हाथ पीले हो जाएं तो तुम्हारी जिम्मेदारी भी कम होगी। मां भी बूढ़ी हो चुकी हैं। पहले तो उन्हें यहां कोई परेशान नहीं करेगा। ऐसा कुछ हुआ तो मैं उन्हें भी बात थमने तक अपने यहां ले जाऊंगा।"

"मुझे कुछ सोचने तो दो।"

"सोचोगे भी तो वही फैसला करना पड़ेगा। जवान बहन की रक्षा कितनी नाजुक होती है—इसका अन्दाजा तो तुम्हें हो हो गया होगा।"

लक्ष्मी ने कहा—"अमर बेटे! सुदर्शन बेटे! सुदर्शन ठीक कह रहा है।"

अमरसिंह ने सिर हिलाकर कहा—"ठीक है, जैसी तुम्हारी इच्छा।"

सुदर्शन ने उठते हुए कहा—"ठीक है। मैं बाबूजी से कहता हूं।"

"अरे, तुम बैठो। चाय तो पीओ।"

"नहीं। औपचारिकता की जरूरत नहीं। अब मेरा घर है यह।"

सुदर्शन को अमरसिंह बाहर तक छोड़ने आया। उसने हाथ मिलाया और मोटरसाइकिल पर सवार होकर चला गया।

अमरसिंह कुछ देर वहीं खड़ा रहा। फिर ठंडी सांस लेकर मुड़ा और वापस घर में आकर लक्ष्मी से बोला—"मां! क्या यह ठीक रहेगा?"

लक्ष्मी ने कहा—"बेटे! रेवती विदा हो जाएगी तो मैं चैन की नींद सोऊंगी और तू भी निश्चिंत होकर अपनी ड्यूटी दिया करेगा।"

"ठीक है, मां।"

अमरसिंह वापस जाने के लिए निकल पड़ा।

* * *

सुदर्शन के बाद अमरसिंह भी चला गया। तब गली के मोड़ से एक नौजवान लड़का अन्दर की तरफ आया और एक छोटी-सी चाय की दुकान पर रुककर दुकानदार से बोला—"यह मोटरसाइकिल वाला अमरसिंह के यहां आया था?"

"जी, हां।"

"क्या रिश्ता है उसका?"

"रिश्ता होने वाला है।"

"क्या मतलब?"

"अमरसिंह की बहन से ब्याह होने वाला है।"

"तुम कैसे जानते हो?"

"मैं सुदर्शन बाबू की पहचान वाला हूं।"

"कौन सुदर्शन?"

"वह जो मोटरसाइकिल पर गए हैं।"

"क्या करता है?"

"नए-नए नौकर हुए हैं।"

"कहां पर?"

"होशियारपुर पावर हाउस में।"

"कौन-सी पोस्ट पर?"

"शायद जूनियर इंजीनियर हैं।"

"हूं! बाप का नाम क्या है?"

"धनीराम...!"

"उनका कारोबार?"

"पहले आढ़तिये थे फल-सब्जी के। अब कुछ संपत्ति बना ली है। आढ़त का काम छोड़ दिया है, क्योंकि इसमें भाग-दौड़ और मेहनत ज्यादा है। धनी चाचा को सांस का रोग यानी दमा हो गया है। कुछ दूर चलकर ही हांफने लगते है।"

"हूं...!"

"सुदर्शन बाबू ने जबर्दस्ती कह-सुनकर उसकी नौकरी खत्म करा दी हैं, क्योंकि सुदर्शन बाबू धनी चाचा के इकलौते ही बेटे हैं।"

"अच्छा...!"

"लेकिन आप यह सब क्यों पूछ रहे हैं?"

लड़के ने उसे घूरकर देखा और बोला–"बताऊं, क्यों पूछ रहा हूं?"

दुकानदार हैरत से बोला–"मैं कुछ समझा नहीं; साहब।"

"अभी समझाए देता हूं।"

अचानक लड़के ने एक चौकी पर रखे शीशे के कप-प्लेट और गिलासों का भरा टोकरा उठाया और जमीन पर पटक दिया।

दुकानदार हड़बड़ाकर खड़ा होता हुआ बोला–"हे...हे...साहब! यह आपने क्या किया?"

लड़के ने पानी की बाल्टी उठाकर भट्टी में उलट दी। बाल्टी नाली में फेंक दी। दुकानदार खड़ा हुआ थरथर कांप रहा था।

सिगरेटों के पैकिट, माचिसों के डिब्बों, बीड़ियों के बंडल, सभी नाली में पड़े नजर आए और फिर शोर सुनकर जो लोग उधर आकर्षित हुए थे, वह जल्दी-जल्दी अपने घरों को खिसक गए। औरतों ने घरों के दरवाजे बंद कर लिए।

सबकुछ करने के बाद नौजवान ने कमीज का कालर खड़ा किया और दुकानदार से पूछा–"और बताऊं?"

दुकानदार हाथ जोड़कर गिड़गिड़ाया–"नहीं...नहीं, साहब। अब तो यह लकड़ी का खोखा ही बच गया है। यह भी बर्बाद हो गया तो मैं अपने बच्चों का पेट कहां से पालूंगा!"

नौजवान ने नथुने फुलाकर कहा–"तो फिर कुछ और बातें भी याद कर ले।"

"आज्ञा कीजिए, साहब।"

"मेरा नाम चौहान है...चौहान...!"

"जी, मालिक।"

"मैं यहां तुमसे क्या पूछने आया था?"

"क...क...कुछ भी नहीं, मालिक।"

"बस; इस कुछ भी नहीं में ही तुम्हारा जीवन है।"

"मैं समझ गया, मालिक।"

"नहीं समझा होगा तो और समझा जाएंगे।"

"नहीं...नहीं, मालिक। मैं बिल्कुल समझ गया।"

चौहान ने कॉलर और ज्यादा खड़े किए और आराम से चलता हुआ गली से बाहर आ गया। एक तरफ से मोटरसाइकिल आई और चौहान के पास रुक गई। उसके ऊपर सवार लड़के ने चौहान को संबोधित करते हुए पूछा—"क्या हुआ?"

"काम हो गया।"

"चलो...बैठो..."

चौहान पीछे बैठ गया। मोटरसाइकिल सड़क पर दौड़ने लगी। वे दोनों वही लड़के थे, जो डाकेवाली रात को पप्पी के साथ थे।

* * *

अमरसिंह रात को गश्त के लिए तैयार ही हो रहा था कि पंडित अंदर से निकलकर आया और अमरसिंह को संबोधित करके बोला—"अंदर जा। तुझे इंस्पेक्टर साहब बुला रहे हैं।"

"क्यों...?"

"अब मैं क्या इंस्पेक्टर साहब का पी० ए० हूं।"

अमरसिंह अंदर आया तो इंस्पेक्टर दीक्षित टेलीफोन पर किसी से कह रहा था—"जी हां, सर—अभी यहीं है।"

"..."

"जी, बस मैं अभी लेकर आता हूं।"

"जो आज्ञा सर।"

फिर उसने रिसीवर रखा तो अमरसिंह ने सैल्यूट मारकर कहा—"आपने मुझे बुलाया, सर?"

इंस्पेक्टर दीक्षित ने उठते हुए शुष्क स्वर में कहा—"मेरे साथ चलो।"

"कहां, सर?"

इंस्पेक्टर दीक्षित ने उसके सवाल का जवाब नहीं दिया। वह अपनी कैप सिर पर फिट करके डंडा उठाता हुआ बाहर आ गया।

अमरसिंह उसके साथ ही बाहर आया।

* * *

कुछ देर बाद जीप में अगली सीट पर खुद इंस्पेक्टर दीक्षित ड्राइव कर रहा था और पिछली सीट पर अमरसिंह चुपचाप बैठा था। उसका अवचेतन उसे किसी खतरे का संकेत कर रहा था।

जीप लगभग पांच मिनट के सफर के बाद जब डी॰ एम॰ के बंगले के फाटक में घुसी तो अमरसिंह के कान खड़े हो गए। चौकीदार ने सैल्यूट भी किया था।

जीप रुकने के बाद अमरसिंह उतर आया। इंस्पेक्टर दीक्षित ने नीचे उतरकर अर्दली से पूछा—"डी॰ एम॰ साहब कहां हैं?"

अर्दली ने जवाब दिया—"साहब ड्राइंग-रूम में हैं।"

"अकेले हैं?"

"नहीं, साहब—"कई लोग हैं।"

"अच्छा, यह पर्चा उनके सामने पहुंचा दो।"

इंस्पेक्टर दीक्षित ने एक पर्ची पर अपना नाम लिखकर दे दिया, जिसे अर्दली लेकर अन्दर चला गया। अमरसिंह चुपचाप खड़ा था।

तभी उसकी नजरें कम्पाउंड में खड़ी एक मारुति पर पड़ीं और उसका दिल सहसा बहुत जोर से धड़का, क्योंकि उस गाड़ी को अमरसिंह पिछले दिन ही थाने में देख चुका था।

वह समाज-सेवक शेरवानी की गाड़ी थी।

शेरवानी की गाड़ी से आगे एक मूल्यवान एअरकंडीशंड गाड़ी भी खड़ी गाड़ी भी खड़ी हुई थी, जिसके पीछे वाले शीशे पर स्टीकर लगा था। जिस पर छाया थाः

"ज्योति ऑयल मिल।"

अमरसिंह के कान अब बाकायदा खड़े हो चुके थे।

कुछ देर बाद अर्दली लौटकर आया और इंस्पेक्टर दीक्षित से बोला—"आपको बुलाया है।"

इंस्पेक्टर दीक्षित ने अमरसिंह से कहा—" तुम यहीं ठहरो—जब तुम्हें बुलाया जाए, तब आना।"

"बहुत अच्छा, साहब।"

इंस्पेक्टर दीक्षित अन्दर चला गया।

अर्दली ने अमरसिंह को ऊपर नीचे तक देखा और बोला—"तुम्हारी ही नाम अमरसिंह है...कांस्टेबल अमरसिंह?"

अमरसिंह ने चौंककर पूछा—"हां...क्यों...?"

"कुछ नहीं, यूं ही पूछ रहा था।"

अमरसिंह अब पूरी तरह चौकन्ना हो गया था। उसे विश्वास हो गया था कि कुछ-न-कुछ होने वाला जरूर है, जो उसे वहां लाया गया है।

कुछ देर बाद अर्दली फिर से बाहर आया और अमरसिंह से बोला—"अन्दर चलो। बुलाया है तुम्हें।"

अमरसिंह अर्दली के साथ चुपचाप अन्दर आया। एक बड़े-से, स्वच्छ, सादगी से सुसज्जित ड्राइंग-रूम में, जिसमें एक तरफ महात्मा गांधी की तस्वीर लगी थी, एक तरफ जवाहर लाल नेहरू की। एक बड़े कीमती सोफे पर डी॰ एम॰ बैठा था। दाएं सोफे पर शेरवानी था, बाएं पर जगताप!

कल कालरदार स्टूल पर पप्पी बैठा हुआ था। वे सब लोग चाय पी रहे थे। इंस्पेक्टर दीक्षित एक तरफ दोनों हाथ बांधे किसी नौकर की तरफ सादर खड़ा था। उस समय उसके हाथ में डंडा भी नहीं था।

अमरसिंह भी चुपचाप खड़ा हो गया। उसकी तरफ किसी ने ध्यान भी नहीं दिया था।

डी॰ एम॰ पप्पी की तरफ इशारा करके जगपात से पूछ रहा था—"क्या कर रहे हैं, चिरंजीव?"

जगताप ने मुस्कराकर जवाब दिया—"मैंने सोचा था, कारोबार सम्भाल लें, लेकिन चिरंजीव जरा अर्टिस्टिक माइंडेड हैं और स्पोर्ट्समैन भी हैं।

"खूब!"

"वैसे अभी एक प्रोड्यूसर जिद कर रहा है कि मैं अपने साथ मुंबई लिए जा रहा हूं—कोई बड़ी हीरोइन सामने डालकर हीरो बना दूंगा—आजकल वैसे ही नए-नए चेहरे बहुत लोकप्रिय हो रहे हैं—लेकिन मैंने कह दिया कि ग्रेजुएशन तक मेरे हाथों में—फिर यह अपना कैरियर खुद ही चुन लेंगे।

डी॰ एम॰ ने कहा—"होनहार बिरवान के होत चीकने पात।"

शेरवानी ने चाय का खाली कप मेज पर रखते हुए कहा—"जगताप साहब, कुछ कंजूसी से काम ले रहे हैं बच्चे के बारे में जबान खोलते हुए—पप्पी बड़ा होनहार लड़का है—अगर बाप कह दें कि रातभर खुले में टांग से खड़ा रह तो खड़ा रहेगा।"

"ओहो...।"

"एक बार चार गुण्डों ने एक शरीफ बुर्कापोश लड़की को घेर लिया था—हमारे इलाके के लोग कुछ कम पढ़े-लिखे और उदासीन टाइप के हैं—इत्तफाक से पप्पी उधर से गुजर रहा था।"

..."इसने मोटरसाइकिल रोककर एक दुकानदार का डंडा उखाड़ा और चारों को मार भगाया। आज तक वह बुर्कापोश लड़की हर रक्षाबंधन पर पप्पी को राखी बांधती है।"

"बहुत खूब!"

"यही नहीं। हमारे इलाके के एक बड़े कारखानेदार हैं—करी मुल्ला साहब दिल्ली से पांच लाख का पेमेंट लेकर लौट रहे थे—वह भी कैश। बदामाशों को भनक मिल गई। स्टेशन से

निकलते ही कार में बैठने से पहले करीमुल्ला को घेर लिया। एक बदमाश ब्रीफकेस लेकर भागा।

"यह पप्पी उसी गाड़ी से किसी को सी-ऑफ करने गया था। इसने देखा तो मोटरसाइकिल से पन्द्रह किलोमीटर तक बदमाश का पीछा किया। उसने गोलियां भी चलाईं। जब उसकी गोलियां खत्म हो गईं, तब पप्पी ने उसकी मोटरसाइकिल से पन्द्रह किलोमीटर तक बदमाश का पीछा किया। उसने गोलियां भी चलाईं। जब उसकी गोलियां खत्म हो गईं, तब पप्पी ने उसकी मोटरसाइकिल गिराई और उसकी अच्छी तरह ठुकाई करके ब्रीफकेस कब्जे में किया।

"रात को तीन बजे करीमुल्ला का ब्रीफकेस लेकर उनकी कोठी पहुंचा। जबकि वह रिपोर्ट भी लिखवा चुके थे। वह हक्का-बक्का रह गए।"

"भई वाह, पप्पी साहब! आप को पर्दे के ही नहीं, असल जिंदगी के भी हीरो हैं।"

पप्पी ने बड़ी शालीनता और विनम्रता से थोड़ा-सा शरमाकर नजरें झुका लीं। अमरसिंह के होंठ कठोरता से भिंच गये थे।

अपनी प्याली रखकर डी० एम० ने इन्स्पेक्टर दीक्षित की तरफ देखा और बोला–"हां भई, इन्स्पेक्टर दीक्षित! कहां है वह कांस्टेबल?"

दीक्षित ने सम्मानपूर्वक अमरसिंह की तरफ इशारा करके कहा–"साहब! यह मौजूद है।"

डी० एम० ने अमरसिंह की तरफ देखा और अमरसिंह ने तुरन्त अटेंशन होकर सैल्यूट मारा। बाकी लोग भी अमरसिंह की तरफ आकर्षित हो गये थे।

डी० एम० ने अमरसिंह से पूछा–"तुम्हारा ही नाम अमरसिंह है?"

अमरसिंह ने विनम्रता से जवाब दिया–"यस, सर!"

डी० एम० ने पप्पी की तरफ रुख करके कहा–"क्या आप कांस्टेबल को जानते हैं?"

पप्पी ने सादर जवाब दिया–"जी हां, अंकल। यही वह कांस्टेबल है।"

"आप अपनी ज़ुबान से बताइए क्या हुआ था?"

"अंकल! उस दिन-रात को मैं अपने एक फ्रेंड को गोहाटी मेल से सी० आफ० करके वापस लौट रहा था। गाड़ी लेट आई थी। लगभग दस बजे होंगे।

"जब मेरी मोटरसाइकिल मौरिस रोड के चौराहे पर पहुंची तो वहां यह कांस्टेबल एक पनवाड़ी की दुकान के तख्ते पर टांगें लटकाये बैठा था।"

"अकेला था या और भी थे?"

"उस वक्त तो वह अकेला ही था। मैंने उस वक्त इसके साथ किसी और को नहीं देखा था।"

"अच्छा, फिर क्या हुआ?"

"इसके हाथ में लाठी थी। मोटरसाइकिल की रोशनी देखकर यह झटपट दुकान के तख्ते से उतरा और लाठी सड़क पर मारकर मुझे ललकारके रोका। अब अगर वैसे ही रोकता तो मैं रुक जाता। पुलिस से मुजरिम ही डरते हैं, मैं भला क्यों डरता?"

शेरवानी ने कहा—"कुदरती बात है।"

पप्पी ने फिर कहा—"इसने मोटरसाइकिल का हैंडल पकड़ लिया। इसके मुंह से स्प्रिट जैसी ठर्रे की गंध आ रही थी। हमारे कारखाने का एक चौकी दार वैसा ही ठर्रा पीकर एक बार खून की उल्टी करके मर गया था। इसलिए मुझे उसकी गंध हमेशा याद रहेगी।"

शेरवानी ने फिर से कहा—"पप्पी को तो सिगरेट तक का शौक नहीं। चाय भी दिन में एक या दो प्याली पीता है।"

फिर पप्पी ने कहा—"तो अंकल...मैंने पूछा, क्या बात है? क्यों रोक रहे हो मुझे?"

"कहने लगा, कहां से आ रहे हो?"

"मैंने बताया, स्टेशन से।

"कहने लगा, झूठ बोलते हो। कागजात दिखाओ।"

"अब इत्तफाक था कि मेरी जेब में ड्राइविंग-लाइसेंस तो था, लेकिन कागजात नहीं थे।"

"हूं...!"

"मैंने उससे कहा कि आप मेरे साथ चलिये। मेरी कोठी ज्यादा दूर नहीं। मैं आपको कागजात दिखा दूंगा। तो अड़ गया कि नहीं...या तो थाने चलो या सौ रुपये दो।"

"खूब!"

शेरवानी ने फिर बीच में हस्तक्षेप किया—"ऐसे ही लोग इतने जिम्मेदार विभाग को बदनाम करते हैं।"

पप्पी ने फिर से कहा—"अंकल इत्तफाक था कि मेरी जेब में उस समय सौ रुपए नहीं थे, वरना देकर पीछा छुड़ा लेता। ठीक उसी समय शोर की आवाज सुनाई दी। मैंने झट मोटरसाइकिल खड़ी कर दी। उसी समय तीन मोटरसाइकिल सवार बाईं दिशा से आकर दाईं तरफ निकल गए।

"मैंने शोर सुना तो पता चला कि वे लोग कहीं लूटमार करके भाग हैं। मैं जल्दी-जल्दी अपनी मोटरसाइकिल स्टार्ट करने लगा। लेकिन इसी कांस्टेबल ने मेरी भुजा पकड़ ली। अगर यह उस समय मुझे न पकड़ता तो मैं जरूर उन तीनों को पकड़ लेता।"

"हूं..."

"उल्टे इसने मुझे दबोच लिया और जबर्दस्ती खींचता हुआ उस तरफ ले गया, जहां लाला सुखीराम चाचा की दुकान है। वहां चिल्ला-चिल्लाकर कहने लगा कि मैं तीन लुटेरों में से एक को पकड़ लाया हूं। बस, उन लोगों ने मेरी पिटाई शुरू कर दी।"

अमरसिंह बड़ा शांत खड़ा था। लेकिन उसके भीतर जैसे पागलपन का दानव बिलबिला रहा था।

शेरवानी ने दीक्षित से कहा—"आगे आप बताइए?"

इंस्पेक्टर दीक्षित ने सम्मानजनक स्वर में कहा—"रात को समय...लाला सुखीराम बौखलाए हुए। इत्तफाक से उस दिन प्रेमप्रताप साहब ने वैसा ही लिबास पहन रखा था, जैसा उनमें से एक लुटेरा पहने था। डी॰ एस॰ पी॰ भी आ गए थे। अकारण प्रेमप्रताप साहब को हवालात में कैद करना पड़ा, क्योंकि लालाजी एफ॰ आई॰ आर॰ दर्ज करा चुके थे।

"दूसरे दिन सुबह जब मैंने सावधानी के तौर पर लालाजी, प्रोफेसर साहब और हशमत साहब को बुलवाया तो लालाजी ने प्रेमप्रताप साहब को रोशनी में देखा तो चौंक पड़े।

"कहने लगे, 'अरे, यह किस भोले-भाले लड़के को पकड़ लिया? यह तो मेरे बेटे अमृत से भी छोटा है। जिसने मेरा गल्ला लूटा था, वह तो उम्र में उससे ज्यादा और खुर्राट था।"

"फिर मैंने लाला सुखीरामजी का लिखित में बयान लिया और प्रेमप्रताप को छोड़ दिया।

"दरअसल अमरसिंह भी नया खून है और नई-नई नौकरी मिली है, हुजूर। नई-नई पुलिस की वर्दी पहनकर लोग अपने आपको राजा समझने लगते हैं। अपने अधिकारों का गलत इस्तेमाल कर बैठते हैं, जिसके कारण शर्मिंदगी हमें उठानी पड़ती है और कभी-कभी तो हमारी नौकरी तक खतरे में पड़ जाती है इस चक्कर में।"

शेरवानी ने कहा—"इंस्पेक्टर दीक्षित सही कह रहे हैं।"

फिर वह जगताप की तरफ देखकर बोला—"सेठ साहब तो आपसे शिकायत करने को भी राजी नहीं थे। बड़े दयालु हैं। कह रहे थे—"जैसे पप्पी बच्चा है, वैसे ही अमरसिंह भी अभी नादान है। समझते-समझते समझ जाएगा। अभी इसका कैरियर शुरू भी नहीं हुआ, खत्म क्यों करें?"

"मैंने सेठ साहब को समझाया कि आदमी को पहले ही कदम पर ठोकर लग जाए तो जीवन का बाकी सफर संभलकर तय करता है। अगर अभी से अमरसिंह को लगाम न दी गई तो आगे जाकर तो यह पुलिस की वर्दी पर एक धब्बा बन जाएगा।

डी॰ एम॰ ने कहा—"आप ठीक कहते हैं, शेरवानी साहब! यह अच्छा हुआ कि आपने रिपोर्ट करा दी। अब मैं आप लोगों से पुलिस डिपार्टमेंट की तरफ से माफी मांगता हूं।"

जगताप ने कहा—"क्यों लज्जित करते हैं, डी॰ एम॰ साहब। मुझे तो इस लड़के अमरसिंह पर भी तरस आ रहा है। अच्छा हो कि इसे सिर्फ वार्निंग देकर छोड़ दें।"

"सेठजी! हमारे डिपार्टमेंट में सिर्फ वार्निंग से काम नहीं चलता।"

तभी शेरवानी ने प्रसंग बदलते हुए कहा—"अरे हां, डी॰ एम॰ साहब। अगले महीने हो रही है न आपकी बहन की शादी?"

"जी, हां। बस, आशीर्वाद दीजिएगा।"

"सेठ साहब तो पहले ही आशीर्वाद के साथ बच्ची को उपहार स्वरूप देने के लिए एक मारुति बुक करा चुके हैं।"

"अरे, इसकी क्या जरूरत है?"

जगताप ने कहा–"डी॰ एम॰ साहब! इसमें तो आपके बोलने का सवाल ही नहीं। आपकी बहन पहले ही हमारी बहन हैं। यहां एक ही होटल अच्छा है।" फिर शेरवानी से पूछने लगा–"क्यों शेरवानी साहब, बात कर ली?"

"बहुत पहले। पूरी बारात रूबी होटल में ठहरेगी।"

डी॰ एम॰ ने मुस्कराकर कहा–"मैं आप लोगों का आभारी हूं। आप ही लोगों के सहयोग से मेरी बहन की जिम्मेदारी का बोझ मेरे सिर से उतरेगा।"

"डी॰ एम॰ साहब! वह आपकी नहीं, हमारी जिम्मेदारी है। आप तो इस शहर में ही हमारे मेहमान हैं और मेहमानों को हम कष्ट नहीं देते।"

"शुक्रिया...!"

फिर जगताप, प्रताप उर्फ पप्पी और शेरवानी उठ गए। डी॰ एम॰ उठने लगा तो शेरवानी झट से हाथ उठाकर उससे बोला–"शर्मिंदा मत कीजिए। डी॰ एम॰ जिले का बादशाह होता है। हम लोग हर हालत में प्यादे हैं।"

फिर उसने अमरसिंह की तरफ इशारा करके कहा–"बस, जरा इन जाते-शरीफ का ख्याल रखें।"

"आप लोगों ने अच्छे नागरिकों की हैसियत से अपनी जिम्मेदारी पूरी की है। अब डी॰ एम॰ के रूप में अपना दायित्व पूरा करूंगा मैं।"

"शुक्रिया...!"

उन लोगों के जाने के बाद डी॰ एम॰ ने इंस्पेक्टर दीक्षित से कहा–इंस्पेक्टर दीक्षित!"

"यस, सर!"

"कांस्टेबल अमरसिंह को इसी समय सस्पेंड किया जाता है।"

"यस, सर!"

"हम आर्डर भेज देंगे। इसके खिलाफ ए॰ डी॰ एम॰ सिटी की इन्क्वायरी चलेगी। अगर सारे आरोप सिद्ध हो गए तो इसे जेल भी हो सकती है।"

"यस, सर!"

"बस, अब आप इसे यहां से ले जाइए।"

"यस, सर!" फिर वह अमरसिंह से बोला–"चलो!"

अमरसिंह चुपचाप उसके साथ बाहर आ गया। उसे ऐसा महसूस हो रहा था जैसे उसका शरीर आत्मा से ही खाली हो गया हो।

* * *

थाने पहुंचकर अमरसिंह का बेल्ट और बिल्ला उतार लिए गए। अमरसिंह कुछ न बोला।

वह बाहर निकलने लगा तो इंस्पेक्टर ने कठोर स्वर में कहा—"ठहरो!"

अमरसिंह रुका तो इंस्पेक्टर ने कहा—"जब तक इन्क्वायरी फाइनल न हो जाए तुम शहर छोड़कर भी नहीं जा सकते।"

अमरसिंह ने धीरे से कहा—"मुझे मालूम है।"

"और सुनो, अगर तुमने पप्पी के खिलाफ कोई बदले की कार्रवाई की तो याद रखो फिर तुम्हें इस धरती पर कोई नहीं बचा सकेगा।"

"जी...!"

अचानक एक कांस्टेबल अन्दर आया और इंस्पेक्टर से बोला—'सर! उस मोटरसाइकिल का पता चल गया।"

"कौन-सी मोटरसाइकिल?"

"जिस पर वे तीन बदमाश भागे थे, जिन्होंने लाला की दुकान लूटी थी।"

"किससे पता चला?"

गर्ल्स कॉलेज का चौकीदार बहुत डरपोक है। लेकिन मोटरसाइकिल के नम्बर देख चुका था, जिसके बारे में उसने पुलिस को नहीं बताया था।"

"ओहो, नम्बर क्या थे?"

"यू॰ पी॰ 81, यू॰ एम॰ एस॰ 2923।"

"ओहो, मॉडल?"

"टी॰ वी॰ एस॰ सुजूकी। कोई पुराना मॉडल था, जिसके नम्बर नए अलाट करा लिए थे।"

"हूं। मालूम करो। इन नम्बरों की मोटरसाइकिल का मालिक कौन है।"

"यस, सर?"

जाने क्यों अमरसिंह का दिल बहुत जोर-जोर से धड़क रहा था। वह तेज-तेज चलता हुआ थाने से निकल आया।

* * *

अमरसिंह ने दरवाजे की घंटी बजाई। कुछ ही पल बाद दरवाजा खुल गया।

सुदर्शन उसे देखते ही चौंककर मुस्कराया—"अरे, अमर भैया...आप...?"

अमरसिंह ने कहा–"तुमसे जरूरी काम था? इसलिए रात में ही चला आया।"

"अरे, तो अंदर आइए न।"

अमरसिंह ने भीतर प्रवेश किया। सुदर्शन ने दरवाजा बन्द कर लिया।

अमरसिंह ने उससे सम्बोधित होकर पूछा–"तुम्हारी मोटरसाइकिल कहां है?"

सुदर्शन ने चौंककर पूछा–"क्यों...?"

"जल्दी बताओ।"

"वह सामने खड़ी है।"

मोटरसाइकिल एक जगह आंगन में ही खड़ी थी। लेकिन आंगन में अंधेरा था।

अमरसिंह ने उससे कहा–"जरा बत्ती जलाओ।"

सुदर्शन ने हैरत से पूछा–आखिर बात क्या है?"

"तुम बत्ती जलाओ।"

तभी अंदर से धनीराम की आवाज आई–"सुदर्शन बेटा...कौन है...?"

इससे पहले की सुदर्शन कुछ बोलता, अमर ने तेज स्वर में कानाफूसी की–"पिताजी को मत बताना, मैं हूं।"

"क्यों...?"

अंदर से फिर से धनीराम ने पुकारा तो सुदर्शन ने जोर से कहा–"कोई नहीं, पिताजी। पड़ोस के राजू हैं। चाय की पत्ती मांगने आए हैं।"

"अच्छा...अच्छा पत्ती देकर दरवाजा ठीक से बन्द कर देना।"

"जो, पिताजी!" सुदर्शन ने अमर से कहा–"बत्ती जलाने पर पिताजी को संदेह हो जाएगा।"

"अच्छा, तुम्हारी मोटरसाइकिल का नम्बर क्या है?"

"यू० पी० 81, यू० एम० एस० 2923।"

अमरसिंह के दिल पर धक्का-सा लगा, उसने धीरे से कहा–"मुझे पहले ही संदेह था–यही होगा।"

"क्या मतलब?" सुदर्शन हैरत से बोला।

"क्या ऐसा नहीं हो सकता कि तुम सुबह होने से पहले बाबूजी को लेकर यहां से कहीं और चले जाओ, सिर्फ थोड़े से दिनों के लिए!"

"क्यों...?"

"क्योंकि जिस लुटेरे को मैंने पकड़ा था, वह बड़े आदमी को बेटा था। छूट गया। उल्टा मैं सस्पैंड हो गया।"

"ओहो..."

"और अब मुझे परेशान करने के लिए तुम्हें फंसाने की कोशिश की जा रही है। लाला की दुकान के लुटेरों के पास जो मोटरसाइकिल थी उसका नंबर अब तुम्हारी मोटरसाइकिल को नम्बर बताया जा रहा है।"

सुदर्शन को चेहरा सफेद हो गया।

उसने हैरत से कहा—"यह आप क्या कह रहे हैं, भाई साहब?"

"मैं सच कह रहा हूं, सुदर्शन। उन लोगों की जासूसी बहुत तेज है। इतनी जल्दी इन लोगों ने यह भी पता लगा लिया कि तुम्हारा रिश्ता हमारे घर में होने वाला है और तुम्हारे खिलाफ यह जाल इसीलिए बिछाया जा रहा है।"

"हे भगवान! अब क्या होगा?"

"इसके सिवा अब कोई दूसरा रास्ता नहीं कि तुम तुरन्त बाबूजी को लेकर यहां से चले जाओ।"

"लेकिन आज ही से मैंने अपनी नौकरी ज्वाइन की है।"

"सुदर्शन, अगर एक बार तुम्हारे माथे पर जेल का ठप्पा लग गया तो नौकरी को यूं ही चली जाएगी। नौकरी फिर भी मिल सकती है। लेकिन खोई हुई इज्जत वापस नहीं मिल सकती है।"

ल...ल...लेकिन मैं पिताजी को क्या बताऊं?"

"कुछ भी बताओ। अपने किसी रिश्तेदार की बीमारी को बहाना कर दो। लेकिन ज्यादा मत सोचो सुदर्शन। जितनी देर लगेगी, खतरा उतना ही करीब आएगा।"

इससे पहले कि सुदर्शन कोई जवाब देता, अचानक किसी ने जोर-जोर से दरवाजा पीटा और दोनों उछल पड़े। बाहर से तेज आवाज आई—"दरवाजा खोलो...पुलिस..."

सुदर्शन ने हड़बड़ाकर कहा—"अब क्या होगा भाई साहब?"

अमरसिंह ने ठंडी सांस ली और बोला—"अब हो ही क्या सकता है? मैंने तो देर नहीं की। लेकिन शायद उन लोगों ने फुर्ती कर डाली। उन्हें जरूर आशंका होगी कि मैं तुम्हें भगा ने दूं।"

"मेरे बाबूजी...?"

"कुछ नहीं हो सकता सुदर्शन, बहुत देर हो गई।"

"म...म...मैं भाग जाऊं दीवार फलांगकर। आप बाबूजी को सम्भाल लीजिएगा।"

"जान खतरे में पड़ जाएगी। पुलिस मूर्ख नहीं होती। उन लोगों ने भागने के रास्तों पर निगरानी रखी होगी और बेहिचक गोली चला देंगे।"

अचानक बाहर से जोर से कहा गया—

"दरवाजा खोला। चारों तरफ से घेरा डाल दिया गया है। फरार होने की कोशिश करोगे तो गोली मार दी जाएगी—यह याद रखना।"

अमरसिंह ने कहा—"देखो, मैंने क्या कहा था?"

फिर आवाज आई—"दरवाजा खोलो, वरना हम तोड़ रहे हैं।"

अमरसिंह ने दरवाजे की तरफ बढ़कर कहा—"तोड़ने की जरूरत नहीं। मैं दरवाजा खोल रहा हूं।"

दरवाजा अमरसिंह ने खोला। सामने ही इन्स्पेक्टर दीक्षित कई सिपाहियों और दरोगा के साथ मौजूद था।

वह अमरसिंह को देखकर व्यंग्य से बोला—"खूब! तो तुम पहले ही से यहां मौजूद हो।"

अमरसिंह ने गम्भीरता से कहा—"धनीरामजी की तबियत खराब थी। मैं उन्हें देखने आया था।"

"देखने आए थे या होने वाले जीजा को फरारी का रास्ता बताने?"

फिर वे लोग अन्दर घुस पड़े। कई टार्चें रोशन हो गई थीं। सुदर्शन जहां खड़ा था, वहीं खड़ा रह गया। उसका रंग पीला पड़ गया था।

दीक्षित ने दरोगा से कहा—"हथकड़ियां डालो।"

सुदर्शन ने थूक निगलकर कहा—"म...म...मगर...मैं...निर्दोष हूं।"

"दोषी और निर्दोष का फैसला अदालत करती है, पुलिस नहीं।"

सुदर्शन के हाथों में हथकड़ियां डाल दी गईं।

अचानक आंगन की बत्तियां रोशन हो गईं और धनीराम नजर आया। उसने वह सब देखा तो हैरत से आगे आते हुए बोला—"हें...यह सब क्या हो रहा है?"

दरोगा ने कहा—"तुम्हारे बेटे की गिरफ्तारी।"

"मेरे बेटे की गिरफ्तारी...किस जुर्म में?"

"इसने दो लुटेरों के साथ मिलकर अपनी मोटरसाइकिल पर सवार होकर शास्त्री मार्ग के लाला सुखीराम की दुकान लूटी थी।"

धनीराम ने कलेजा पकड़कर हांफते हुए कहा—"मेरे बेटे ने दुकान लूटी थी...नहीं...नहीं...इसने तो बचपन से आज तक...एक...चाकलेट तक नहीं चुराई।

"इसका मन तो हमेशा पढ़ाई की तरफ रहा दरोगाजी। आप लोगों को जरूर गलतफहमी हुई है। मेरा बेटा चोर नहीं हो सकता।"

इन्स्पेक्टर दीक्षित ने नथुने फुलाकर कहा—"जिस मोटरसाइकिल पर सवार होकर इसने साथियों के साथ दुकान लूटी थी। वह मोटरसाइकिल यहीं मौजूद है।"

"नहीं, मेरा बेटा ऐसा नहीं कर सकता।"

"धनीराम! तुम्हारे बेटे ने ऐसा ही किया था। इसे मालूम था कि उस इलाके के गश्ती दस्ते में उसका होने वाला साला भी शामिल है।"

उसने व्यंग्य से अमरसिंह की तरफ देखकर कहा—"और साले ने भी साला होने को फर्ज खूब निभाया। होने वाले जीजा को बचाकर भगा दिया और एक निर्दोष, सम्मानित घराने के लड़के को उसकी जगह पकड़कर बन्द करा दिया।"

धनीराम ने कंपकंपाती आवाज में हांफते हुए कहा—"नहीं...न तो मेरा लड़का...वैसा है...न ही अमरसिंह। मैं...मैं अमर के खानदान को भी अच्छी तरह जानता हूं।"

"तुम जो कुछ जानते हो अदालत में बताना।" फिर वह कांस्टेबलों से बोला—"ले चलो इसे और एक आदमी मोटरसाइकिल उठाओ।"

दो कांस्टेबल बदहवास सुदर्शन को खींचते हुए बाहर ले गए। एक कांस्टेबल ने मोटरसाइकिल उठा ली और दूसरा उसे धकेलने लगा।

धनीराम ने हांफते हुए कहा—"अरे छोड़ दो...छोड़ दो मेरे बेटे को।"

अमरसिंह ने उसकी भुजा पकड़कर कहा—"आप अन्दर चलिए बाबूजी।"

"मेरा बेटा...मेरा लाल..."

"बाबूजी!"

"अरे, उसने तो कभी...किसी की पेंसिल तक...नहीं चुराई थी। भला इतना...बड़ा लुटेरा कैसे बन गया?"

"बाबूजी! उन लोगों ने सुदर्शन पर झूठा आरोप लगाया है।"

"बाबूजी! इन लोगों ने मेरी दुश्मनी सुदर्शन से निकाली है।"

"क्या...क्या मतलब?"

अमर ने बताया कि क्या हुआ था।

तब धनीराम ने हांफते हुए कहा—"हे भगवान! तो...तो मेरा यही अपराध है कि मैंने तुम्हारी बहन से...अपने बेटे का...रिश्ता तय किया...?"

"मुझे...मुझे क्या मालूम था कि मैं...ऐसे मनहूस घराने में...अपने बेटे का...भाग्य...फोड़ रहा हूं।"

"बाबूजी...!"

"अरे, अभी तो बात ही पक्की हुई थी कि हमारे ऊपर यह पहाड़ टूट पड़ा...मेरे बेटे का जीवन बर्बाद हो गया...उसकी नौकरी आज ही तो लगी थी...।"

"बाबूजी...!"

"मैंने...मैंने कितने अरमानों से...परवरिश किया था उसे...कितनी मेहनत से पढ़ा-लिखा था वह...जबर्दस्ती मुझे आराम करने बिठा दिया...और...और तुम...तुम...से संबंध जोड़कर...उसका भविष्य धूल में मिल गया...वह जेल चला गया...तो उसकी नौकरी भी चली जाएगी...और मेरी इज्जत भी...!"

"बाबूजी! मैं पूरी कोशिश करूंगा।"

"नहीं, तुम्हारी छाया ही मनहूस है...मैं...मैं तुम्हें कभी क्षमा नहीं करूंगा...मैं तुम्हें कभी क्षमा नहीं करूंगा।"

फिर वह छाती पर हाथ रखकर चिल्लाया–"बेटा...सुदर्शन...मैं आ रहा हूं...मैं...मैं...अपना सबकुछ बेच दूंगा...तुझे कुछ नहीं होने दूंगा...।"

अचानक धनीराम दरवाजे के पास औंधा गिर गया।

अमर उसकी तरफ झपटता हुआ चीखा–"बाबूजी!"

उसने जल्दी से धनीराम को सीधा किया और उसके होंठों से कंपकंपाती आवाज बड़ी मुश्किल से निकली–"बाबूजी!"

धनीराम की आंखें फटी रह गई थीं। सांस की डोरी टूट चुकी थी। अमर धनीराम को सम्भाले सन्नाटे में बैठा हुआ था। उसके कानों में धनीराम का एक-एक शब्द गूंज रहा था।

"बड़ा मनहूस था यह सम्बन्ध।

"मेरे बेटे का भविष्य बर्बाद हो गया।

"सिर्फ रिश्ता पक्का होने से मेरे बेटे का मुकद्दर फूट गया।"

धीरे-धीरे उसके होंठ मजबूती से भिंच गए। आंखें अंगारे उगलने लगीं। उसकी कल्पना में एक-एक चेहरा घूम रहा था।

पप्पी, जगताप, शेरवानी, दरोगा, इन्स्पेक्टर दीक्षित! एक-एक चेहरा बार-बार उभरता। उसके जबड़े और ज्यादा कसते चले जाते।

दरवाजे के बाहर पड़ोसियों की भीड़ जमा हो गई थी।

* * *

अमरसिंह धनीराम की चिता जलाकर श्मशान से लौटा तो कमरे में उसकी बन रेवती सिसकियां भर-भरकर रो रही थी और लक्ष्मी मुर्दों सरीखा पीला चेहरा लिए हुए बैठी थी।

हाथ-मुंह धोकर अमरसिंह चुपचाप चारपाई के पायंती आकर बैठ गया तो लक्ष्मी ने कुछ देर चुप रहकर धीरे से पूछा–"सुदर्शन को खबर कर दी थी?"

अमरसिंह ने लम्बी सांस ली और धीरे से बोला–"यह बात कोई छिपाने की थी?"

"क्या कह रहा था...वह?"

"रोने के सिवा और क्या कहता? बाप की सेवा का सपना लेकर जवान हुआ था–जब सेवा का समय आया तो बाप की अर्थी को कंधा और चिता को अग्नि दिखाने को भी मौका नहीं मिला।"

लक्ष्मी कुछ देर खामोश रही। फिर जैसे बहुत डरते-डरते बोली–"रिश्ता तो...नहीं तोड़ने को कहा?"

"मां? क्या यह समय उससे ऐसी बात पूछने का था?"

"मुझे तो लगता नहीं कि अब वह शादी करेगा।"

अमरसिंह कुछ न बोला।

उसका दिमाग दूसरी तरफ काम कर रहा था। फिर उसने धीरे से लक्ष्मी से कहा—"मां! अपना और रेवती का सामान बांध लो।"

लक्ष्मी ने चौंककर पूछा—"क्यों?"

"मैं तुम दोनों को आज ही रात में गाड़ी में सवार करा दूंगा।"

"कहां के लिए?"

"तुम दोनों गांव चली जाओ मौसी के पास।"

"क्यों?"

"इसलिए कि अब यहां तुम लोगों के लिए खतरा है।"

"लेकिन तू...?"

"मैं? मुझे तो अभी यहीं रहना है। मैं यहां से चला गया तो मेरे वारंट निकल जाएंगे, क्योंकि मेरे खिलाफ इंक्वायरी चल रही है।"

"नहीं...नहीं...मैं तुझे छोड़कर नहीं जाऊंगी।"

"मां! अक्ल से काम लो। मैं यहां अपना बचाव करूंगा या तुम दोनों को सम्भालूंगा? जवान बहन का साथ है। कोई ऊंच-नीच हो गई तो हम सबको मर जाना पड़ेगा।"

"बेटी...!"

"दुश्मन जब दुश्मनी पर उतर आता है तो फिर कोई खाना नहीं छोड़ता। इसका सबूत तुम उस दिन देख चुकी हो, जब उन लोगों ने धोखे से दरवाजा खुलवाकर रेवती के साथ बदतमीजी की थी। बात सिर्फ बदतमीजी तक ही रहीं अगर भगवान न करे..."

लक्ष्मी ने दहलकर कहा—"नहीं...नहीं...भगवान के लिए आगे कुछ मत कहो!"

"तो फिर एक ही रास्ता है। तुम और रेवती आज ही रात की गाड़ी से निकल जाओ।"

"जैसा तू कहेगा, मैं वैसा ही करूंगी।"

"बस, तो सामान बांधो।"

लक्ष्मी तुरन्त उठ गई।

अमर भी उठता हुआ बोला—"मैं अभी आता हूं।"

फिर वह बाहर निकल आया।

गली के दूसरे किनारे के एक दरवाजे पर उसने धीरे-धीरे दस्तक दी तो अन्दर से आवाज आई—"कौन है...?"

अमर से धीरे से कहा—"शरीफ चाचा! मैं हूं...और..."

कुछ ही पल बाद दरवाजा खुल गया। वह एक बूढ़ा सफेद दाढ़ी-मूंछों और लम्बे बालों वाला आदमी था, जिसने सलवार-कुर्ता पहन रखे थे—आंखों पर ऐनक, सिर पर टोपी और चेहरे पर वात्सल्य व विनम्रता।

उसने पूछा—"क्या बात है अमर बेटे?"

"शरीफ चाचा! इस गली में एक आप ऐसे हैं, जो खुदा के सिवा और किसी से नहीं डरते। यह मैंने अन्दाजा लगाया है।"

"बेटे! तुम्हारा ख्याल ठीक है। जो खुदा से डरता है, फिर वह किसी से नहीं डरता और न ही उसका कोई भी कुछ बिगाड़ सकता है।"

"अगर आप मेरा एक काम और कर देंगे तो आपका उपकार कभी नहीं भूलूंगा।"

"बेटे! तुम मेरे मरहूम बेटे की तरह हो। बाप कभी बेटे पर उपकार नहीं करता। बोलो, क्या करना है? मैं आधी रात को भी तैयार हूं।"

"काम भी रात का ही है।"

"बेझिझक बोलो।"

"आपके घर में कपड़े सिलने आते हैं। उनमें बुर्के भी तो होते हैं।"

"बेश्क होते हैं—"क्यों?"

"इस वक्त दो बुर्के होंगे आपके घर में?"

"कई हैं। किसके लिए चाहिए?"

"चाचा! आपको तो मेरे बारे में सबकुछ मालूम है।"

"मालूम है बेटे। खुदा अपने नेक बन्दों का ही इम्तिहान लेता है।"

"आपको यह भी मालूम है कि बदमाशों ने मेरी बहन के साथ बदतमीजी की थी।"

"मालूम हो गया है। उस रात मैं घर पर होता तो जरूर निकलता। इन सबने तो गैरत बेच खाई है। उस रात तुम्हारी बहन के साथ गुण्डों ने बदतमीजी की, कोई नहीं निकला। किसी दिन किसी और की बहन-बेटी के साथ भी यही हो सकता है।"

"आप सचमुच फरिश्ता हैं चाचा।"

"नहीं बेटा। आदमी, आदमी रहे तो उसका रुतबा फरिश्तों से भी ऊंचा है, खुदा ने इन्सान को ही अशरफुल मखलकात यानी सारे प्राणी वर्ग में सबसे श्रेष्ठ बनाया है। मगर आदमी खुद ही जानवर बन जाता है।"

"बहरहाल, मेरी मां और बहन की इज्जत और जिन्दगियां अब खतरे में हैं। इसलिए मैं उन्हें आज ही रात गाड़ी से बाहर भेजना चाहता हूं।"

"ओहो और तुम्हें उनके लिए दो बुर्के चाहिए।"

"हां, चाचा। खुली जाएंगी तो भी पहचान ली जाएंगी।"

"क्या अकेली जाएंगी?"

"फिर कौन जाएगा?"

"यह बूढ़ा किसलिए है? बहनजी और बेटी को मैं खुद स्टेशन पहुंचा दूंगा। रेल में सवार कराके तब तक खड़ा रहूंगा, जब तक रेल चली न जाए।"

"शुक्रिया, चाचा। आप...।"

"बस...बस, आगे कुछ मत कहना। मैं अभी बुर्के लाता हूं। उन्हें तैयार कराओ।"

अमरसिंह कुछ देर बाद दो बुर्के लेकर वापस हुआ तो उसका माथा ठनका। उसने अंधेरे में एक छाया-सी देखी थी, जो शायद उन दोनों की बातें सुन रही थी और वह छाया अब खोखे के पीछे छुपी हुई थी।

अमरसिंह के होंठ सख्ती से भिंच गए। आंखों से शोले से निकलने लगे और नथुने फूल गए। लेकिन वह इत्मीनान से चलता रहा।

खोखे के पास से गुजरते हुए उसने उस छाया तो भी देख लिया। और वह आगे बढ़ता चला गया। इसका मतलब यह था कि पहले ही से उसकी निगरानी हो रही थी और अब यह बुर्केवाली खबर भी बदमाशों को मिल जानी थी।

गली के दूसरे मोड़ पर एक और लड़की को खोखा था। अमर ने वहीं रुककर आड़ में होकर दोनों बुर्के खोखे की सलाखों पर लटका दिए।

कुछ पल बाद ही उसके कानों में दबे पैरों की पदचाप् और कपड़ों की सरसराहट सुनाई दी और वह बिल्कुल चौकन्ना हो गया।

फिर एक छाया खोखे के पास से दबे पांवों गुजरने लगी, जिसने काली पतलून, स्पोर्ट्स शू और काली टी-शर्ट पहन रखे थे। वह नौजवान ही नजर आ रहा था।

जैसे ही वह अमर के करीब से गुजरने लगा, अचानक अमर ने अपने लोहे जैसे हाथ का घूंसा बनाकर पूरी शक्ति से उसकी कनपटी पर मारा। नौजवान आवाज निकाले बिना उसकी भुजाओं में झूल गया।

अमर ने उसे खींचकर खोखे के नीचे सरका दिया और आराम से बुर्के लेकर वह घर की तरफ चल पड़ा। जैसे कुछ हुआ ही न हो।

* * *

लक्ष्मी और रेवती बुर्के ओढ़कर एक संदूक और एक बैग लेकर खरीफ चाचा के साथ चली गईं। जाते-जाते रेवती बुरी तरह रो रही थी और लक्ष्मी बार-बार बेचैन हो रही थी और बार-बार अमर को आशीर्वाद के साथ संभलकर रहने की भी सीख देती रही।

उन लोगों को विदा करने के बाद अमर लौटकर गली में आया। खोखे के नीचे पड़े हुए बेहोश नौजवान को उठाकर अपने घर में ले आया। दरवाजा अन्दर से बन्द कर लिया।

अंदर कमरे में ले जाकर अमर ने उसे फर्श पर लिटा दिया। उसके हाथ पीछे बांधकर कमरे के नीचे कर दिये और टांगे इस प्रकार पीछे की तरफ मोड़कर बांधी कि उसके पंजे कमर से मिल गए और घुटने दोहरे हो गए।

उसने एक पतली-सी डोरी का फंदा बनाकर नौजवान के गले में डालकर इस प्रकार गांठ बना दी कि एक झटके में ही सांस रुक जाए।

फिर एक बर्तन में पानी लाकर उसने नौजवान के चेहरे पर छींटे मारे। कुछ देर बाद नौजवान की आंखें खुल गईं। साथ ही गले से कराह भी निकली।

अमर ने उसके मुंह पर इतनी सख्ती से हाथ रखा कि वह बिलबिला गया और अमर कानाफूसी में बोला—"अगर आवाज जरा-सी भी ऊंची हुई तो याद रखो। तुम्हारे गले में ऐसा फंदा है, जिसका सिर्फ एक झटका तुम्हें मौत के घाट उतार देगा।"

नौजवान के चेहरे पर घोर पीड़ा के भाव थे। साथ ही अमरसिंह की निर्मम और ठंडी आवाज सुनकर उसका चेहरा भय से पीला पड़ गया।

अमर सिंह ने होंठ भींचकर कहा—"तुम लोगों ने मुझे बहुत सताया है। याद रखो, मैं तुम्हारे साथ जरा-भी रियायत नहीं करूंगा। अगर तुमने मेरे हर सवाल का ठीक-ठीक जवाब नहीं दिया।"

नौजवान की आंखें भय से फैल गईं। अमर ने फंदे पर थोड़ा-सा जोर डाला और बोला—"मैं तुम्हारा मुंह खोल रहा हूं। लेकिन याद रखना यह फंदा, मौत का फंदा है।"

फिर उसने नौजवान के मुंह पर से हाथ हटा लिया। नौजवान ने थूक निगलकर बैठी-बैठी-सी आवाज में कहा—"म...म...मुझे क्यों पकड़ा है?"

अमर निर्मम स्वर में बोला—"क्योंकि तुम मेरी गली में मेरी जासूसी कर रहे थे।"

"न...न...नहीं, तुम्हें गलतफहमी हुई है।"

"तुम्हारा नाम क्या है?"

"क्या करोगे पूछकर?"

"तुम इस तरह काबू में नहीं आओगे। शायद तुम भूल रहे हो कि मैं भी पुलिसवाला हूं और पुलिसवालों को जुबान खुलवाने की ट्रेनिंग दी जाती है।"

कुछ पल रुककर वह फिर से बोला—"मान लो, मैं तुम्हारे मुंह में कपड़ा ठूंसकर माचिस की एक तीली जलाऊं और उसकी लौ से तुम्हारी आंख की पुतली जला डालूं?"

नौजवान ने दहलकर कहा—"नहीं...।"

"कहो तो माथा जलाकर नमूना दिखाऊं?"

"नहीं...नहीं...।"

"तुम्हारा नाम क्या है?"

"शौकत...शौकतअली शेरवानी।"

अमर क्रूर अंदाज में मुस्कराया—"खूब! तो तुम भी शेरवानी हो यानी शर-पसंद...झगड़ा-फसाद करने वाले।"

"म...म...मैं...?"

"कौन-सी क्लास में पढ़ते हो?"

"ब...ब...बारहवीं क्लास में।"

"और इस कमउम्री में गुण्डागर्दी करते हो। आगे जाकर तुम डकैत बनोगे या दूसरे देशों के लिए जासूसी करोगे?"

"म...म...मैं सिर्फ पढ़ता हूं।"

"समाज-सेवक शेरवानी से तुम्हारा क्या रिश्ता है?"

"बहुत दूर का।"

"दो-चार हजार किलोमीटर का?"

"मैं उनकी विधवा बहन का बेटा हूं।"

"खूब! तो अपनी विधवा मां के लिए सुख कमा रहे हो।"

"मैंने कुछ नहीं किया।"

"गली में क्या करने आये थे?"

"यूं ही, मेरा एक दोस्त इसी गली में रहता है। उसे ढूंढ रहा था।"

"रात के दो बजे?"

"म...म...सेकेंड-शो देखकर लौटा था।"

"अच्छा बेटे, तो फिर पहले तुम नमूना ही देख लो।"

अमर ने उसके मुंह में रूमाल ठूंस दिया, फिर एक दियासलाई जलाकर फुर्ती से माथे पर चिपका दी। शौकत बुरी तरह बिलबिलाकर तड़पा। लेकिन आवाज न निकल सकी। पीड़ा के मारे आंखों में आंसू आ गए।

अमर ने क्रूर मुस्कान के साथ कहा—"तो यह था नमूना—अबकी बार अगर ठीक जवाब नहीं दिया तो यह जलती हुई तीली सीधी आंख की पुतली पर चिपका दूंगा।"

शौकत का चेहरा पीला पड़ गया।

अमर ने उसके मुंह से रूमाल निकालकर पूछा—"हां, बोलो—"यहां क्या कर रहे थे?"

"न...न...निगरानी...।"

"मेरे घर की?"

"हां...।"

"किसने लगाया था?"

"प...प...प्रेमप्रताप और चौहान ने!"

"हूं...प्रेमप्रताप का दोस्त है।"

"अबे, उल्लू के पट्ठे! मैं उसका भूगोल और इतिहास पूछ रहा हूं।"

"ओहो, तो क्या उस रात लाला की दुकान पर लूटमार करने वालों में वही दोनों शामिल थे।"

"ज...ज...जी हां।"

"और तीसरा कौन था?"

"म...म...मुझे नहीं मालूम।"

अमर ने आंखें निकालते हुए गुर्राकर कहा–"नहीं मालूम?"

शौकत डरकर बोला–"म...म...तीसरा मैं था।"

"गाड़ी कौन चला रहा था?"

"चौहान।"

"और तुम बीच में बैठे थे।"

"ज...ज...जी हां।"

"और पप्पी मेरे हाथ आ गया था। तुम दोनों भाग गए थे।"

"जी...।"

"मेरे घर का दरवाजा धोखे से खुलवाकर किसने बदतमीजी की थी?"

"व...वह चौहान था।"

"सिर्फ चौहान...?"

"म...म...मैं भी साथ में था।

"और भी तो थे।"

"वे चौहान के चमचे हैं।"

"हूं! आज तुम क्यों मेरे घर की निगरानी कर रहे थे?"

"आपकी बहन के लिए।"

"क्या मतलब?"

"चौहान को आपकी बहन बहुत अच्छी लगी थी।"

"और तुम लोग उसका अपहरण करना चाहते थे?"

"ज...जी हां।"

"कहां ले जाते?"

"पप्पी का फार्म-हाउस है यहां से चालीस किलोमीटर की दूरी पर उसके बराबर ही नदी बहती है।"

"तुम लोग मेरी बहन की इज्जत लूटकर मार डालते और उसे नदी में बहा देते?"

"जी...।"

अमर की आंखों में खून उतर आया था। उसने शौकत का मुंह पूरी शक्ति से दबाकर उसकी दाईं पसलियों पर घूंसा मारा।

शौकत छटपटाकर पूरा हिलकर रह गया। अमर उसका मुंह इतनी जोर से दबाए रहा कि उसके मुंह से 'चूं' की भी आवाज नहीं निकल सकी। शौकत की दो पसलियां टूट गईं थीं, जिसकी आवाज आई थी।

काफी देर छटपटाने के बाद शौकत जैसे बेदम-सा हो गया। अमर ने उसके ऊपर झुककर उसकी आंखों में देखते हुए खुंखार स्वर में कहा—"देखा तुमने, मार से कितनी पीड़ा होती है?"

शौकत कुछ न बोल सका। विवशता से देखता रहा।

अमर ने कहा—"तुम मेरी बहन को उठाकर ले जाते, उसके साथ रंगरलियां मनाते ओर उसे जान से मारकर नदी की धारा में बहा देते। अब मैं तुम्हें मारकर पानी में नहीं बहाऊंगा, दफन कर दूंगा।"

शौकत की यंत्रणा से भरी आंखों से विवशता झांकती रही।

अमर ने फिर कहा—"अब मैं तुम्हारा मुंह खोल रहा हूं। याद रखो, अगर आवाज जरा-सी भी ऊंची हो गई तो मैं तुम्हारी कम से कम दो पसलियां और तोड़ दूंगा।"

शौकत सिर हिलाकर रह गया। अमर ने उसके मुंह पर से हाथ हटाया तो शौकत की हल्की-हल्की करहें इस तरह निकलीं, जैसे वह अपनी आवाज को दबाने की यथा-संभव कोशिश कर रहा हो।

अमर ने उससे कहा—"तुम लोगों ने लाला और उसके लड़के अमृत को कितनी बुरी तरह मारा था। उसे भी ऐसी ही पीड़ा हुई होगी। इसका अंदाजा तुम्हें अब हुआ होगा।"

"म...म...मुझे माफ कर दीजिए।"

"तुम्हें, चौहान या प्रेमप्रताप को रुपये-पैसे की कमी है, जो तुम लोग लूटमार ओर डकैती करते फिर रहे हो?"

"श...श...शौकिया...!"

"यानी तुम यह अपराध भी शौक के लिए करते हो?"

"ज...ज...जी...!"

"पूरे हरिनगर और हरिनगर से लगे डिस्ट्रिक्टों में जो डकैतियां और लूटमार और गोली मारने की वारदातें हो रही हैं, वे क्या सिर्फ तुम तीन ही कर रहे हो?"

"न...न...नहीं...हम लोग तो...सिर्फ सिविल लाइन एरिया कवर करते हैं।"

अमर व्यंग्य से बोला—"खूब! सिविल लाइन एरिया कवर करते हो?"

"ज...ज...जी हां!"

अब तक कितनी वारदातें कर चुके हो?"

"याद नहीं।"

"लूटमार का रुपया कहां जाता है?"

"व्हिस्की, फ्लैश और औरतों में।"

"पिछले सप्ताह एक लड़की की लाज लूटकर उसे मेडिकल के पीछे तुम लोगों ने बेहोश छोड़ा था, जिसकी सलवार तक उतरी पड़ी थी?"

"हां...!"

"उस लड़की को तुमने मेडिकल से ही उठाया था।"

"हां, उसकी बहन भर्ती है जनरल-वार्ड में। वह लड़की अपनी बड़ी बहन की देख-भाल के लिए रुकी हुई थी।"

"और अनूपशहर रात फिर एक देहाती साइकिल पर अपनी नवविवाहिता दुल्हन को शहर से शॉपिंग कराके ले जा रहा था।"

"उसे भी हमने ही रोका था। उसका सिर फाड़ दिया था। उसकी पत्नी की इज्जत लूटकर खेतों में डालके चले गए थे।"

"एक घोसी ने रिपोर्ट लिखवाई थी कि वह अपने ग्राहकों से पहली तारीख का हिसाब लेकर आ रहा था—उसे तीन मोटरसाइकिल सवारों ने लूट लिया।"

"व...व...वह भी हम तीन ही थे।"

"तो तुम तीन एक्सट्रा आर्टिस्ट भी होंगे?"

"दस-बारह हैं—वे भी मोटरसाइकिलों पर अकारण घूमते-फिरते हैं। जब हमें मदद की जरूरत होती है तो कभी समर्थक बनकर और कभी विरोधी बनकर बीच में आन कूदते हैं।

"एक बार हम पकड़े जाते। मगर हमारे साथियों ने हम पर ही पथराव शुरू कर दिया। साथ में वे लोग भी पथराव करने लगे, जो हमें पकड़ रहे थे—हमें भागने का मौका मिल गया।"

"सिविल लाइन के बाद पुराना शहर लगता है—रेलवे लाइन की दूसरी तरफ।"

"हां...।"

"वह एरिया कौन कवर कर रहा है?"

"उनके बारे में मुझे नहीं मालूम।"

"ऐसी ही वारदातें वहां भी बहुत हो रही हैं।"

"हमें सिर्फ अपने इलाके से ही मतलब है।"

"और अकरोली का दूसरा इलाका?"

"मैंने कहा न, मुझे किसी और इलाके के बारे में नहीं मालूम।"

"लेकिन तुम्हें यह तो मालूम है कि इस काम के लिए इलाके बंटे हुए हैं, जैसे सिविल लाइन तुम तीन के पास हैं। पुराना शहर स्थानीय गुंडों और पुराने शहर के पूंजीपतियों के पास।"

"जी...!"

"और ये एरिये बांटे किसने हैं?"

"क...क...क्या मतलब?"

"तुम्हें किसने आर्डर दिया है कि तुम सिविल-लाइन से हटकर कोई वारदात मत करना?"

"कि...किसी ने नहीं।"

अमर ने निर्ममता से मुस्कराकर कहा—"शायद तुम अपनी एक-दो पसलियां और तुड़वाना चाहते हो।"

"शौकत गिड़गिड़ाया—"नहीं...खुदा के लिए नहीं।"

"तो फिर बताओ, तुम लोगों को ये निर्देश किससे मिलते हैं?"

"यह...यह भेद सिर्फ पप्पी जानता है।"

"प्रेमप्रताप?"

"हां...!"

"तुम्हें विश्वास है कि तुम सच कह रहे हो?"

"मैं खुदा की कसम खाता हूं।"

"खुदा...ईश्वर, गॉड—उन लोगों का होता है, जिनका ईमान होता है। तुम्हारा कोई ईमान ही नहीं है। इसलिए तुम्हारी किसी कसम पर विश्वास नहीं किया जा सकता है।"

"आप मानें या न मानें। मगर यह सच है कि प्रेमप्रताप के अलावा यह भेद कोई नहीं जानता कि इन अपराधों की क्षेत्रबंदी किसने की है।"

"प्रेमप्रताप, एक पूंजीपती जगताप का बेटा है। तुम भी किसी घसियारे के रिश्तेदार नहीं हो। चौहान भी एक एम० एल० का बेटा है। इतने बड़े-बड़े लोगों के बेटे और ऐसे गंदे और भयानक अपराध, फिर सबसे पहले तुम्हारे मामा शेरवानी साहब ही प्रेमप्रताप को छुड़ाने आये थे।"

"जी...!"

"क्या यह सब किसी षड्यंत्र के अधीन हो रहा है?"

"म...म...मैं क्या बताऊं?"

"जो कुछ तुम्हें मालूम है, बताओ?"

"मुझसे ज्यादा तो आपको मालूम था।"

"वह सिर्फ मेरे अन्दाजे थे, जिनकी तुमने पुष्टि कर दी।"

"म...म...मैंने...!"

"चौहान अकरोलिया में ही रहता है?"

"नहीं, शहर में...!"

"होस्टल में...?"

"नहीं, उसके पिता की कोठी है विजयनगर मैं!"

"पूरा परिवार वहीं रहता है?"

"ज...ज...जी हां।"

"कौन-कौन है उसके परिवार में?"

"मां-बाप, बड़ा भाई, भाभी और बहन...।"

"बड़ा भाई क्या करता है?"

"कॉलेज में लेक्चरार है।"

"बहन...?"

"वह पढ़ती है।"

"कौन-सी क्लास में?"

"साइकालोजी में एम० ए० कर रही है।"

"इसका मतलब है, अट्ठाइस-तीस वर्ष की उम्र होगी।"

"जी, हां...!"

"सूरत-शक्ल?"

"सुन्दर है।"

"हूं...और प्रेमप्रताप?"

"वह अपने बाप का इकलौता बेटा है।"

"दूसरा कोई रिश्तेदार?"

"एक पागल बहन हैं, जिन्हें आगरा मेंटल हॉस्पिटल में प्रवेश दिला रखा है।"

"जन्म से पागल?"

"नहीं...!"

"फिर...?"

"उनके पति और इकलौते बेटे का एक्सीडेंट में देहांत हो गया था उनके सामने ही। उस सदमें से वह पागल हो गई।"

"हूं...और कुछ?"

"अब सब आप ही पूछिए।"

"तुम्हारी विधवा मां कहां रहती हैं?"

"अकरोली में!"

"शेरवानी साहब के साथ नहीं?"

"उनसे नहीं मिलतीं?"

"क्यों?"

"मामू ने मुसलमानों के कब्रिस्तान की चारदीवारी के लिए कई करोड़ रुपए जमा किए थे। मगर उस रुपए से उन्होंने कारखाना डाल लिया और चारदीवारी के निर्माण के लिए उन्होंने कुछ गैर-मुस्लिमों से मुकद्दमा दायर करा दिया।

"वह मुकद्दमा दस वर्ष से चल रहा है, जिसका कोई फैसला नहीं होता। लोग समझते हैं कि इसीलिए चारदीवारी नहीं बन पा रही।"

"इससे तुम्हारी मां का क्या सम्बन्ध?"

"मेरी मां पांच वक्त की नमाजी हैं—बल्कि तहज्जुद और अशराक की नमाजें भी पढ़ती हैं। वह हराम की कमाई और हराम कमाने वालों से नफरत करती हैं। अपना पेट भरने के लिए वह कपड़े सीकर और बच्चों को ट्यूशन पढ़ाकर गुजारा करती हैं।"

अमर ने नफरत से कहा—"और तुम उनके बेटे हो—धिक्कार है तुम पर।"

शौकत कुछ न बोला।

"लगता है, तुम अपने मामू के इशारों पर नाचते हो?"

"म...म...अपना भविष्य बनाना चाहता हूं। मां चाहती थीं कि मैं अपनी शिक्षा प्राप्त करके रोजे-नमाज का पाबंद हो जाऊं।"

"और तुम शैतान बन गए।"

"म...म...मैं..."

"यकीनन तुम्हारी मां को तुम्हारे हालात मालूम होंगे?"

"म...म...मैं अपने मामू के पास रहता हूं।"

"मां को छोड़कर?"

"मां मेरी सूरत देखना भी पसन्द नहीं करतीं।"

"इसीलिए तुम्हारी सूरत पर फटकार बरसती है।"

शौकत कुछ न बोला।

अमर ने कहा—"तुम अपनी विधवा मां का सहारा बनने के बजाए शराब, जुआ, व्यभिचार और मनोरंजन के लिए अपनी देवी जैसी मां को छोड़कर अपने राक्षस समान मामू से आ मिले—क्यों?"

"म...म...मैं पढ़ना चाहता हूं।"

"यही सब जो पढ़ रहे हो? शायद तुम्हारी जाति का पतन तुम जैसे ही नौजवान बन रहे हैं।"

शौकत खामोश रहा।

अमर ने कहा–"जो अपनी सगी मां का सगा नहीं हुआ, वह किसी दूसरे का क्या हो सकता? इसलिए अच्छा होगा कि तुम अब दुनिया से ही चले जाओ।"

"नहीं...!"

अचानक अमर ने उसका मुंह सख्ती से बन्द कर दिया। फिर उसकी छाती पर बाईं तरफ दिल की जगह इतनी जोर से घूंसा मारा कि कुछ पसलियां टूटने के साथ ही मुंह से हिच्च की आवाज आई। फिर जितनी देर शौकत मचलता रहा। अमर ने उसके मुंह पर से हाथ नहीं उठाया। उसकी आंखें बन्द करके उसके हाथ-पांव खोलकर सीधा करने लगा।

ठीक उसी समय दरवाजे पर किसी ने दस्तक दी और अमर चौंक पड़ा। झटपट उसने शौकत की लाश खींचकर पलंग के नीचे कर दी और चादर नीचे तक खींच दी।

दरवाजा खोला तो सामने शरीफ दर्जी खड़ा था। अमर ने इत्मीनान का सांस लिया।

शरीफ ने उससे कहा–"बेटे! अब चैन की नींद सोओ–"तुम्हारी मां और बहन को गाड़ी जब तक सिगनल से निकल नहीं गई, तब तक मैं वहां से हटा नहीं था।"

"किसी पहचान वाले ने तो नहीं देखा?"

"नहीं। बस, मेरे साढ़ू भाई जरूर मिल गए थे।"

"वह कौन हैं?"

"मतलब मेरी साली के पति।"

"ओहो...!"

"मेरी साली का देहांत हो चुका है। उनका एक नौजवान लड़का जफर था। अच्छा-खासा स्वस्थ नजर आता था। मगर बस अचानक ही तबियत खराब हुई। पिछले सप्ताह उसे हरिनगर लाया गया था। मैंने उसे मेडिकल में भर्ती करा दिया।"

"फिर...?"

"आज दस बजे रात को उसका देहान्त हो गया। इन्ना लिल्ला हे व इन्ना अलेहे राजऊन।"

"रोग क्या था?"

"ब्लड कैंसर। अरे, अगर तुम उसे देखते तो विश्वास न करते। मेरे साढू तो अल्लाह वाले हैं। उनके हाथ में तसबीह रहती है। आंसू निकलना गुनाह समझते हैं।"

"मुझे बहुत अफसोस है, चाचा।"

"बेटे! कुदरत का हुक्म कौन टाल सकता है; फिर औलाद तो अल्लाहताला की अमानत है। जब चाहे दे, जब चाहे वापस ले ले। औलाद भली हो तो आदमी की जिन्दगी सुख-चैन से कटती है। बुरी निकल जाए तो फिर आदमी ही सोचता है, ऐसी औलाद से बे-औलाद भला था।"

"आप सच कहते हैं, चाचाजी। बुरी औलाद से तो आदमी बे-औलाद भला। अगर कोई नालायक बेटा अपनी नमाजी, साध्वी और ईमानदारी की कमाई करने वाली की छत्रछाया ठुकराकर चरित्रहीन, स्वार्थी मामा की काली छाया में आ जाए और एय्याशी करने लगे तो उसके लिए अल्लाहताला का क्या हुक्म है?"

"बेटे! अल्लाह के भेद तो अल्लाह जाने। लेकिन जिसने मां को ठुकरा दिया—वह भी दुनिया के सुख-वैभव के लिए। उसने दुनिया और दीन दोनों ठुकरा दिए। वह न तो दुनिया में मुंह दिखाने के लायक रहता है और न ही खुदा उसे जन्नत में जगह देता है।"

"आप ठीक कहते हैं, चाचाजी।"

"अच्छा, बेटे। अब तो आराम करो।"

"आज की रात तो न मैं आराम करूंगा, न ही आपको करने दूंगा।"

"और कोई खिदमत हो तो बोलो..."

"शर्मिंदा मत कीजिए। अभी मैं आपके साथ चलता हूं आपके घर तक। वहीं बात करूंगा। जरा दरवाजा बन्द कर लूं। आप अपने घर का ताला खोलिए तब तक!"

और अन्दर से ताला लेने चला गया। शरीफ अपने घर की तरफ बढ़ गया।

* * *

दूसरी सुबह अमर घर से निकला तो उसे देखकर पड़ोसी के लड़के ने कहा—"आदाब अर्ज, अमर भाई।"

"आदाब अर्ज, करीम मियां। आज तुम स्कूल नहीं गए?"

"अरे, आपको नहीं मालूम?"

"क्या हुआ?"

"वह अपने शरीफ चाचा हैं न टेलर मास्टर!"

"हां...हां, उनकी तबियत तो ठीक है?"

"खुदा का शुक्र है। मगर उनके वहां बड़ा दर्दनाक हादसा हो गया।"

"वह क्या?"

"उनकी साली का नौजवान लड़का था जफर। अभी चंद दिन पहले ही उसे उसके बाप मेडिकल कॉलेज में भर्ती कराके गए थे।"

"क्यों?"

"उसकी तबियत खराब थी। वह समझे यूं ही कुछ हो गया होगा।"

"फिर?"

"उस बेचारे को ब्लड-कैंसर निकला और कल रात उसका देहांत हो गया।"

"नहीं...।"

अमर ने बनावटी हैरत जाहिर की।

करीम ने कहा—"बड़े जब्त वाले आदमी हैं। रात को खुद ही जाकर लाश लेकर आए। जफर के बाप को टेलीग्राम भी दे दिया। खुद ही कफन भी सीकर लाश को कफन भी पहना लिया।"

"ओहो...!"

"अब जनाजा गली में रखा है। गली के सारे लोग शरीफ चाचा को बुजुर्ग मानते हैं, उनकी इज्जत करते हैं। किसी ने दुकान नहीं खोली। कोई काम पर नहीं गया।"

"ओहो, कब दफन करेंगे?"

"बाप का इन्तजार है। अगर आठ बजे की बस से नहीं आए तो दफना देंगे। डाक्टरों ने कहा है कि ज्यादा देर रखा तो लाश से बदबू आने की सम्भावना है।"

"चलो भाई, अच्छा हुआ। तुमने मुझे बता दिया।"

अमर, करीम के साथ उस जगह पहुंचा, जहां जफर की लाश की जगह शौकत की लाश कफन में लिपटी रखी थी।

वहां बहुत सारे लोग जमा थे जो आपस में बातें कर रहे थे। अमर भी एक तरफ खड़ा हो गया और करीम उसके साथ खड़ा हुआ जफर के गुणगान करने लगा।

फिर किसी बड़े-बूढ़े ने जोर से पूछा—"शरीफ मियां कहां गए हैं, भई। धूप तेज हो रही है। लाश से बदबू आने लगी तो परेशानी हो जाएगी। जल्दी से चलना चाहिए।"

किसी ने जवाब दिया—"डाकघर से टेलीफोन करने गए हैं मरहूम के बाप को।"

फिर कोई दूसरा आदमी जोर से बोला—"वह आ गए, शरीफ चाचा।"

बड़े-बूढ़े ने शरीफ से पूछा—"कर लिया टेलीफोन?"

शरीफ ने दुखी स्वर में कहा—"कर लिया?"

"क्या वह चल पड़े हैं?"

"उन्हें टेलीफोन मिलते ही दिल का दौरा पड़ गया था। वह हस्पताल में हैं और दूसरे रिश्तेदार कह रहे हैं लाश को वहीं दफना दो।"

"च...च...च...बहुत बुरा हुआ?"

"जो अल्लाह की मर्जी। मैंने सोचा था कि लाश टैक्सी में अकरोली ले जाऊं।"

"क्या लाभ? बाप बिस्तर से उठकर आ नहीं सकते। लाश को तुम हस्पताल ले जाकर उन्हें दिखा नहीं सकते। फिर यूं भी अल्लाह ताला का हुक्म है कि मरहूम को जल्दी से जल्दी दफन कर देना चाहिए।"

"तो फिर...?"

"अल्लाह का नाम लो।"

फिर चार जवानों ने मिलकर जनाजा (अर्थी) उठाई। लोग कलमा पढ़ते हुए चल पड़े। जनाजे के बिल्कुल पीछे केवड़े की बोतल, चटाई और रुई लेकर चल रहा था। सबसे पीछे सिर झुकाए हुए अमर चल रहा था।

एक चौराहे से गुजरते हुए अचानक एक मारुति गाड़ी रुकी और अमर के दिल को जोर का धक्का लगा।

किसी ने ऊंची आवाज में कहा—"ओहो, यह तो शेरवानी साहब हैं।"

गाड़ी से शेरवानी उतरा। उसका सिर खुला हुआ था। उसने रूमाल निकालकर सिर ढंका और फिर जनाजे के जुलूस में शामिल हो गया और जनाजे को कंधा देकर चलने लगा।

कुछ दूर तक कंधा देने के बाद शेरवानी जनाजे से अलग हटकर पीछे आ गया। शरीफ ने उसे अदब से सलाम किया।

जवाब देकर शेरवानी पूछा—"आपके कोई रिश्तेदार हैं?"

शरीफ ने दुखी स्वर में जवाब दिया—"मेरी साली का नौजवान लड़का।"

"ओह, कोई हादसा हो गया था?"

"ब्लड-कैंसर हुआ था।"

"च...च...च...बहुत दुःख हुआ।"

"अब अल्लाहताला की मर्जी में किसे दखल है?"

"कब की बात है?"

"कल ही रात दस बजे की। साढ़े दस बजे मेडिकल से डिस्चार्च किया गया था।"

"हमें बहुत सदमा है। हमारे लिए कोई खिदमत हो तो जरूर बताइए?"

"आपने पूछ लिया, यही आपकी महानता की निशानी है।"

"अच्छा, हमें आज्ञा दीजिए। हम जरूरी काम से जा रहे हैं।"

"जी...!"

शेरवानी पीछे रह गया। जब जनाजा आगे निकल गया तो वह मुड़कर अपनी गाड़ी की तरफ चला गया और लोग आपस में बातें करने लगे।

"देखो, जरा-सा भी घमंड नहीं है।"

"इतने बड़े आदमी हैं। लेकिन फौरन कार रोककर उतर आए कंधा देने।"

"अरे, एक विधवा के जवान बेटे का एक्सीडेंट हो गया था। दिन रात एक कर दिया भाग-दौड़ में। अपने खर्चे पर दिल्ली मेडिकल इंस्टीट्यूट ले गए। लेकिन वह नहीं बच सका तो उस विधवा के साथ खुद भी रोए। सारे कफन-दफन का खर्चा खुद ही उठाया।"

"बड़े खुदा तरस आदमी हैं।"

"और अपने मजहब के तो कट्टर हैं।"

"किसी मजहबी जगह पर आंच भी आ रही हो तो जान देने पर तुल जाते हैं।

"अब देख लो, दस बरस से तो कब्रिस्तान की चारदीवारी का मुकद्दमा लड़ रहे हैं। क्या मजाल है, जो एक इंच जमीन भी मरघट में जाने दी हो।"

वे लोग शेरवानी की प्रशंसा के पुल बांधते चलते रहे। अमर चुपचाप उनके पीछे-पीछे चलता रहा।

एक आदमी ने कहा—"अब यही देख लो। बहन जुदाई में विधवा हो गई थीं।"

"हां, उस वक्त उनका बेटा दस वर्ष का था।"

"तब से बहन पर भानजे का बोझ नहीं पड़ने दिया।"

"आज तक भानजे को बेटे की तरह पाल रहे हैं।"

"उनकी अपनी तो कोई औलाद है ही नहीं न।"

"बहुत प्यार करते हैं भानजे से।"

"बिल्कुल सगा बेटा समझते हैं।"

"जरा-सी खरोंच लग जाए तो उसके लिए बेचैन हो जाते हैं।"

इतने में कब्रिस्तान आ गया और लोगों ने जनाजे के साथ भीतर प्रवेश किया।

* * *

अमर ने अमृत को रेस्टोरेंट में प्रवेश करते देखकर वेटर से कहा—"एक चाय और लाओ।"

"जी, साहब!"

अमृत अमर के सामने कुर्सी पर बैठ गया। अमर की चाय पहले ही सामने रखी थी।

उसने अमृत से सम्बोधित होकर पूछा—"किसी ने इधर आते हुए देखा तो नहीं?"

अमृत ने जवाब दिया—"नहीं...!"

"टेलीफोन शायद तुम्हारी बहन ने रिसीव किया था।"

"हां, वह रीता ही थी और उसने तुम्हारी आवाज पहचान ली थी।"

"नहीं...।"

"घबराओ मत! उसने न तो बाबू को बताया, न ही मां और भइया को। बस, चुपके से मुझे बता दिया था कि तुम यहां इसी समय मिलोगे।"

"शुक्र है!"

"कैसे बुलाया?"

वेटर ने चाय रखी और चला गया।

अमर ने उससे कहा—"तुम कह रहे थे न कि लड़ाई तो किसी न किसी को शुरू करनी ही है।"

"बेशक!"

"मैंने लड़ाई की शुरुआत कर दी है।"

अमृत चौंककर सीधा बैठता हुआ बोला—"कैसे...?"

"कल रात मेरी बहन रेवती किडनेप हो जाती। अगर मैं जरा-सा भी चूक गया होता।"

"नहीं...!"

"इसीलिए मैंने मां और रेवती को कल रात टेलर-मास्टर शरीफ चाचा की मदद से शहर से ही हटा दिया था। अब मैं आजाद हूं।"

"शरीफ चाचा ने तुम्हारी मदद की?"

"क्यों नहीं करते?"

"और हमारे पड़ोसियों को देखो।"

"अमृत! जो सहृदयता छोटे लोगों में होती है, वह बड़े लोगों में नहीं होती, क्योंकि वे सच्ची भावनाओं के आगे नीति मसलहत की दीवारें खड़ी कर लेते हैं।"

"सच कहते हो। मगर तुम्हें पता कैसे चला था?"

"उस लड़के शौकत से, जो मेरी गली में जासूसी कर रहा था।"

"शौकत कौन?"

"शेरवानी का भानजा और ले पालक बेटा!"

"ओहो, उसने तुम्हें बता कैसे दिया?"

"मार के आगे तो मुर्दा भी बोल उठता है।"

"क्या मतलब?"

अमर ने बताया कि उसने कैसे शौकत को पकड़ा। उससे क्या-क्या कबूल कराया? शौकत उन तीनों लुटेरों में से एक था, जिन्होंने अमृत की दुकान लूटी थी।

आखिर तक सुनने के बाद अमृत हक्का-बक्का रह गया। अमर ने कहा—"लोग यह नहीं समझते कि हर कर्म का फल इसी धरती पर मिल जाता है। शेरवानी ने कितने खून कराए हैं। शेरवानी ने खुद अपने भानजे और मुंह बोले बेटे को कंधा दिया और उसे नहीं मालूम कि वह किसे कंधा दे रहा है?"

अमृत हक्का-बक्का अमर को देखता रहा था। बात खत्म होने पर अमृत ने होंठों पर जबान फेरी ओर बड़ी मुश्किल से थूक निगलकर कहा—"तुमने इतनी आसानी से शौकत को मार लिया?"

अमर ने गम्भीरता से कहा—"शौकत हो या चौहान या प्रेमप्रताप, जिनके लिए कुदरत ने मृत्यु-दण्ड तय किया है। उन्हें मारते हुए खुद तुम्हारा हाथ भी नहीं कांपना चाहिए—तुम खुद

सोचो, जिस रात उन तीनों ने मिलकर तुम्हारी दुकान लूटी थी, तुम्हें और तुम्हारे पिता को मारा था। क्या उन लोगों ने तुम लोगों पर दया की थी?"

"अगर तुम लोग उनसे बराबर के मुकाबले पर आते तो क्या वे तुम्हें गोली मारने से चूक जाते? फिर जब मैंने प्रेमप्रताप को पकड़ा था तो क्या उन लोगों ने मुझे मारने में कसर छोड़ी थी?"

अमृत कुछ न बोला।

अमर ने फिर से कहा—"ये करोड़पति लोगों के इज्जतदार बेटे, दो-दो...चार-चार हजार रुपए की लूटमार क्यों करते फिर रहे हैं। यह समस्या हल करनी है। शहर और जिलों में इन लोगों ने क्यों और किसके इशारे पर आतंक फैला रखा है— इसका पता लगाना है?"

अमर ने कुछ पल रुककर कहा—"लड़ाई शुरू हो चुकी है। जीत के लिए शक्ति से ज्यादा दांव-पेंच की जरूरत है, क्योंकि वह लड़ाई शक्ति की नहीं दांव-पेंच और राजनीति की है। अभी तक इस लड़ाई में मैं अकेला ही हूं।"

अमृत ने गम्भीरता से कहा—"और इस लड़ाई की शुरुआत तुमने हमारे लिए की है। बताओ, मुझे क्या करना है?"

"तुम्हें सबसे पहले मेरे साथ मिलकर यह शपथ लेनी है कि जो भी स्कीम हम दोनों बनाएंगे, वह सिर्फ मेरे और तुम्हारे तक सीमित रहेगी।"

"मैं तैयार हूं।"

अमर ने उठते हुए कहा—"तो आओ, मेरे साथ चलो।"

"कहां...?"

"मन्दिर में शपथ लेने के लिए।"

अमृत भी चाय का आखिरी घूंट लेकर उठ गया।

* * *

"अरे! मुझे अन्दर जाने दो।"

"काहे के लिए?"

"मैंने मनौती मानी थी कि जब मैं ग्रेजुएट हो जाऊंगी तो भगवान के चरणों में दीपक जलाऊंगी।"

"मगर तुम इस मन्दिर में नहीं जा सकतीं।"

"क्यों? इस मन्दिर से क्या भगवान कहीं और चले गए हैं?"

पण्डित ने गुस्से से कहा—"बदतमीज लड़की! पढ़-लिखकर क्या तेरी जाति बदल गई है? तू भूल गई कि तेरी जाति क्या है? तू हरिजन है...हरिजन...!"

दीपा हंस पड़ी और बोली—“अच्छा, तो यूं क्यों नहीं कहते कि तुम पण्डितों के भगवान अलग होते हैं और हम हरिजनों के अलग।”

पण्डित ने आंखें निकालकर कहा—“चली जा यहां से, वरना जबान खिंचवा लूंगा।”

अचानक दीपा का चेहरा बदल गया। उसने आंखें लाल करते हुए होंठ भींचकर कहा—“पण्डितजी! तुम भगवान के ठेकेदार नहीं हो। यह जातिगत ऊंच-नीच का भेद-भाव भगवान का बनाया हुआ नहीं, तुम्हारा है। तुम हमारे और भगवान के बीच दीवार बनकर खड़े हो गए हो। लेकिन हम भी पहले की तरह अनपढ़ नहीं रहे।

“हमें अपने अधिकार मालूम हैं। भारतीय संविधान में यह कहीं नहीं लिखा कि कोई हरिजन भगवान की पूजा करने मन्दिर में नहीं जा सकता।”

“अच्छा, तू मुझे कानून सिखाती है?”

सीधी तरह सीख लो तो अच्छा है, वरना समय की मार बहुत बुरी होती है।”

मुझे धमकी देती है।”

“नहीं, तुम मेरे पिता के समान हो और बेटी बाप को धमकी नहीं दे सकती। लेकिन यह भी सुन लो कि आज मैं भगवान के चरणों में दीपक जलाकर ही जाऊंगी।”

दीपा आगे बढ़ने लगी तो पण्डित ने उसे चांटा मारने के लिए हाथ उठाया। मगर दूसरे ही पल उसकी कलाई अमृत के हाथ में थी।

उसने कहा—“वाह, पण्डितजी! हम हिन्दुओं में तो बेटी को लक्ष्मी समझकर उसके चरण तक छूते हैं। तुम कैसे पण्डित हो, जो लक्ष्मी पर हाथ उठा रहे हो?”

पण्डित ने झटके से हाथ छुड़ाकर कहा—“यह लड़की हरिजन है।”

अमृत ने आगे बढ़कर कहा—“पण्डितजी, यह हरिजन क्या होता है?”

पण्डित ने हैरत से कहा—“छोटे लाला! यह बात आप कह रहे हैं? आप लाला सुखीराम के बेटे?”

“क्या मैं गलत कह रहा हूं?”

“छोटे लाला, इस मंदिर के निर्माण में तो आपके पिता का धन भी लगा हुआ है।”

अमृत ने व्यंग्य से मुस्कराकर कहा—“तो फिर इस मंदिर की इमारत में हमारा भी कुछ हिस्सा है। भगवान की सम्पत्ति में हम भी भागीदार हैं। इस लड़की को हमारे हिस्से का भगवान ही पूजने दीजिए।”

“छोटे लाला! अनर्थ हो जाएगा। मन्दिर की पवित्रता भंग हो जाएगी।”

“अगर किसी इन्सान की पूजा से मन्दिर की पवित्रता भंग हो जाती है तो फिर वह घर भगवान का हो ही नहीं सकता।”

“देखिए, छोटे लाला! इस मंदिर की निगरानी और पवित्रता की जिम्मेदारी मुझ पर है। अगर आप इस अनर्थ पर अड़े रहेंगे तो फिर मैं मजबूर हो जाऊंगा।”

“किस बात पर?”

“बुला लीजिए इस इलाके के सारे वासियों को। अगर वह आज्ञा दें तो मैं इस हरिजन लड़की को मंदिर में जाने से नहीं रोकूंगा।”

दीपा ने आंखें निकालकर कहा–“ठीक है, पण्डितजी। आप ऊंची जाति वालों को बुलाकर लाइए। मैं अपनी जाति वालों को बुलाकर लाती हूं। आज मैं यह फैसला कराके ही रहूंगी कि भगवान के चरण छूने का अधिकार क्या ऊंची जाति वालों को ही है।”

अचानक अमर ने हाथ–“ठहरिए दीपा जी?”

दीपा रुक गई तो अमृत ने कहा–“देखिए, एक छोटी-सी हठ से बहुत बड़ा हंगामा खड़ा हो सकता है। अगर दोनों तरफ के लोग आ गए तो दंगा-फसाद के सिवा और कुछ नहीं होगा और मारे जाएंगे निर्दोष!”

दीपा ने अमर को घूरकर कहा–“आप कौन हैं?”

अमर ने जवाब दिया–“मैं छोटे लाला का दोस्त हूं, जो आपकी तरफ से लड़ रहे हैं, लेकिन यह लड़ाई इतनी छोटी नहीं कि इसका फैसला इस एक मंदिर की सीढ़ियों पर हो जाए। लड़ाई में हमेशा निर्दोष ही मारे जाते हैं। हां, उन लोगों की दुकानें जरूर चमक उठेंगी, जो ऐसी लड़ाइयों का ही कारोबार करते हैं और मौकों की ताक में रहते हैं।

‘न तो आप, न मैं किसी को मार सकते हैं, न ही पंडितजी के समर्थक। मारने वाले तो वे कारोबारी बुलाते हैं और मारने वाले दानों तरफ के लोगों को मारते हैं, ताकि एक का आरोप दूसरे पर आ सके।”

दीपा का चेहरा तनिक नरम हो गया था।

उसने कहा–“लेकिन मैंने सचमुच मनौती मानी थी कि अपनी सफलता पर भगवान के चरणों में दीपक जलाऊंगी।”

“दीपाजी! सिर्फ आपकी सफलता आपकी पूरी बिरादरी की सफलता नहीं है। खुद को तब सफल समझिए, जब आपको बिरादरी का हर जवान, चाहे वह लड़का हो, चाहे लड़की, आपकी तरह डिग्री लेकर निकले और तब...बहुत सारे लोग भगवान के मंदिर में दीपक जलाने आएंगे तो उन्हें कोई नहीं रोक सकेगा।”

कुछ पल रुककर उसने कहा–“फिलहाल, अगर आप उचित समझें तो आपकी तरफ से मैं यह दीपक भगवान के चरणों में जलाए देता हूं।”

दीपा ने कुछ बोले बिना चुपचाप थाली अमर की तरफ बढ़ा दी।

* * *

"आपने कौन-सी साइड से ग्रेजुएशन किया है, दीपाजी?"

"कॉमर्स से। मैंने स्टेनोग्राफी का भी कोर्स किया है।"

"बहुत खूब! आगे आपका क्या प्रोग्राम है?"

"सर्विस करूंगी। मेरा ऐ छोटा भाई है। उसे भी अपनी ही तरह पढ़ाकर इस गंदे काम से निकालूंगी और जिस दिन नौकरी मिल गई। उस दिन ही मैं बापू और मां को तो यह काम करने ही नहीं दूंगी।"

अमर ने ठंडी सांस ली और बोला–"दीपाजी! काम कोई भी बुरा नहीं होता। किसी काम को बुरा समझना जरूर बुरा होता है। फिर भी अगर आप अपने भाई, अपनी मां और बाप के लिए ऐसा सोचती हैं। तो अपनी बिरादरी के लिए ऐसा सोचती हैं तो अपनी पूरी बिरादरी के लिए ही ऐसा क्यों नहीं सोचतीं?"

"मैं समझी नहीं?"

"क्या आप इस बात पर विश्वास नहीं रखतीं कि सिर्फ एक घर का परिवार बदलने से पूरे देश की व्यवस्था नहीं बदल सकती।"

दीपा ध्यान से उसे देखती रही।

अमर ने फिर से कहा–"आप अमृत का और मेरा साथ दीजिए। हम लोग जो कुछ कर रहे हैं। शायद उससे आपको लगे कि ऐसा कुछ हुए बिना हमारे देश का कुछ भी नहीं बदल सकता।"

"मुझे नहीं मालूम, आप लोग क्या कर रहे हैं?"

"हम आपको बताएंगे, लेकिन इस शर्त पर कि आप भगवान की सौगंध खाकर हमारी स्कीम को गुप्त रखने की शपथ लें।"

"मैं भगवान की सौगंध खाकर शपथ लेती हूं कि आपकी स्कीम मेरी सांसें निकलने तक मेरी ही छाती में दफन रहेगी।"

"तो आइए, उस पार्क में बैठते हैं।"

उन तीनों ने एक छोटे से पार्क में प्रवेश किया।

* * *

चौहान ने एकदम मोटरसाइकिल को ब्रेक लगाए और पीछे बैठे प्रेमप्रताप ने चौंककर पूछा–"क्या हुआ?"

चौहान ने जवाब दिया–"अबे, देखा नहीं। उस लड़की ने आंख मारी है।"

"किस लड़की ने?"

"वह जो पेड़ के नीचे खड़ी है।"

प्रेमप्रताप ने पलटकर देखा। सीटी बजाने के अंदाज में होंठ सिकोड़कर बोला—"वाह, क्या गजब की चीज है।"

चौहान ने मोटरसाइकिल घुमाई और दीपा के करीब पहुंचकर बोला—"हाए...बेबी...!"

दीपा ने मीठी-सी मुस्कान के साथ कहा—"हाए...!"

"क्या इरादे हैं?"

"एक या दोनों?"

"अरे, हम दोनों तो साथ जीने-मरने वाले हैं।"

"दो हजार!"

"इन...!"

"लेकिन किसी होटल या आबाद जगह में नहीं। मैं पेशेवर नहीं हूं।"

"जहां तुम कहो।"

"रात को ठीक आठ बजे, जवाहर पार्क के बाहर मिलूंगी।"

"फिर तो जवाहर पार्क ही ठीक रहेगा।"

"मंजूर है, लेकिन एडवांस?"

"कितना?"

"सिर्फ सौ रुपए!"

प्रेमप्रताप ने जल्दी से सौ रुपए निकालकर दे दिए।

* * *

दिन ढलते ही अमर लगभग हांफता-दौड़ता हुआ हरिजनों की बस्ती में घुसा और जो नौजवान सबसे पहले नजर आया, उससे बोला—"भाई साहब यहां...अशरफी की मां का घर कौन-सा है?"

"कुशल तो है?"

"जल्दी ले चलिए मुझे।"

नौजवान तेजी से अशरफी के घर लाया। दीपा के पिता लखन को अमर ने एक पर्चा देकर कहा—"यह पर्चा मुझे जवाहर पार्क के बाहर सड़क पर मुड़ा-तुड़ा मिला था।"

दीपा के छोटे भाई ने पर्चा लेकर खोला तो उछल पड़ा—"बापू! यह तो दीपा दीदी का पर्चा है।"

"क्या लिखा है...जल्दी पढ़ो।"

छोटा भाई पढ़ने लगा—

"मैं हाथ जोड़ती हूं। जिस किसी को यह पर्चा मिले मेरे घर हरिजनों की बस्ती, बाल्मीकि नगर में अशरफी मां के यहां पहुंचा दे।"

मां! बापू, दो बदमाशों ने मेरा अपहरण करके जवाहर पार्क में रखा हुआ है। बड़ी मुश्किल से यह कागज ढूंढ़कर लिख रही हूं। आज रात को वे लोग मेरी लाज लूटेंगे और शायद मुझे मार डालेंगे। सवर्ण मालूम होते हैं।"

अचानक अशरफी रोने लगी, लेकिन अमर ने जल्दी से कहा–"रोने का समय नहीं है। अपनी बेटी को बचाने का जतन कीजिए।"

"क्या जतन करें? पुलिस भी बड़े लोगों का ही साथ देगी।"

"अगर आप अकेले हों। अरे, इस बस्ती की बेटी, सारी बस्ती की बेटी है। सब लोग मिलकर चलिए। फिर देखिए, कैसे आपकी नहीं चलती।"

अमर ने साथ आने वाले नौजवानों के कंधे पर हाथ रखकर कहा–"और भाई, तुम साइकिल लेकर दौड़ जाओ। शहर में जहां-जहां तुम्हारी बिरादरी की बस्तियां हैं सबको खबर कर दो। यह एक लड़की की नहीं, पूरी बिरादरी की इज्जत का सवाल है।"

नौजवान दौड़ता चला गया।

* * *

ठीक पौने आठ बजे दीपा ने प्रेमप्रताप और चौहान को आते देखा।

कानाफूसी में बोली–"शीऽऽऽ...मैं इधर हूं।"

दोनों झपटकर उसके पास आ गए।

प्रेमप्रताप ने हांफते हुए कहा–"तुमने...तो, बाहर...मिलने को कहा था?"

दीपा ने कहा–"बाहर पुलिस वाले टहल रहे थे।"

"ऐसी की तेसी पुलिस वालों की–वह क्या करते?"

फिर उसने जल्दी से दीपा का हाथ पकड़ लिया। दूसरे ही पल दीपा के मुंह से एक तेज चीख निकली–"बचाओ...बचाओ...!"

पप्पी ने हड़बड़ाकर कहा–"अरे...अरे, यह क्या करती हो?"

"बचाओ...बचाओ...पुलिस...पुलिस..."

चौहान ने जल्दी से उसका मुंह दबा लिया, तभी चारों तरफ से शोर की आवाजें आईं। साथ ही बहुत सारी रोशनियां।

चौहान ने तेज स्वर में कहा–"भागो...गड़बड़ लगती है...।"

इससे पहले कि वह भागता, एक पेड़ के पीछे से अमृत ने निकलकर उसकी टांग में टांग अड़ा दी और वह औंधे मुंह गिरा।

दूसरी तरफ से अमर ने एक मोटी-सी शाखा को डंडा बनाकर चौहान की टांगों पर मारा और वह गिर पड़ा।

अमर ने उन दोनों को शाखा से मारते हुए तेज स्वर में कहा—"जल्दी बांधो...।"

अमृत ने जल्दी-जल्दी दीपा को घास पर लिटाकर उसके हाथ-पांव बांध दिए। तब तक सैकड़ों आदमी अन्दर आ चुके थे। वह चिल्ला रहे थे—

"मारो...मारो..."

"पकड़ो...पकड़ो...!"

"जान से मार दो...!"

फिर अमर और अमृत उन लोगों की भीड़ में ही मिल गए। उन लोगों ने प्रेमप्रताप और चौहान को मारना शुरू कर दिया। अमर और अमृत मौका पाकर भीड़ में से खिसक गए।

चौहान और प्रेमप्रताप पर घूंसे, लातें, थप्पड़, ठोकरें पड़ रही थीं और वे दोनों सीमा से अधिक बदहवास और बौखसलाए हुए सिर्फ मार खा रहे थे।

* * *

शरदपुर के थाने के कम्पाउंड में सड़क पर हजारों आदमियों की भीड़ थी। वे लोग जोर-जोर से नारे लगा रहे थे।

"अपराधियों को दंड दो!"

"हमारी बेटियों की लाज से खेलने वालों को दंड दो।"

एक नेता टाइप का आदमी, बड़े जोशीले अंदाज में उन लोगों की भावनाओं को और भी भड़का रहा था।

थाने के अन्दर इतनी पुलिस फोर्स नहीं थी कि हजारों का मुकाबला कर सकती, इसलिए वे लोग भी हताश थे और कोतवाली से फोर्स की राह देख रहे थे।

अन्दर थाने में बैठी हुई दीपा रो रही थी। उसके साथ लखन, अशरफी और उसका छोटा भाई रत्तीलाल भी मौजूद थे। अशरफी बार-बार दीपा को चिपटा रही थी और इन्स्पेक्टर दीक्षित की हवा खराब हो रही थी।

लखनलाल ने उससे गुस्से से कहा—"आप रिपोर्ट क्यों नहीं लिखते?"

दीक्षित ने माथे से पसीना पोंछकर कहा—"थोड़ी देर ठहरो। वे लोग आते ही होंगे।"

"कौन लोग?"

"एस॰ एस॰ पी॰ और डी॰ एम॰ साहब, एस॰ पी॰ सिटी साहब, इलाके के डी॰ एस॰ पी॰ साहब!"

कुछ देर बाद कई गाड़ियां एक साथ पहुंचीं, जिनमें एस॰ एस॰ पी॰, डी॰ एम॰, एस॰ पी॰ सिटी, चौहान, जगताप और शेरवानी की कई गाड़ियां भी थीं।

भीड़ और ज्यादा जोश से चिल्लाने लगी–"हमें इन्साफ चाहिए।"

"मुजरिमों को दंड मिलना चाहिए।"

"एक भी मुजरिम छूट गया तो हम खुद उसे मार डालेंगे।"

गाड़ियों में से वे सब उतरकर अन्दर आ गए। प्रेमप्रताप और चौहान हवालात में बन्द थे। इन्स्पेक्टर दीक्षित तुरन्त अटेंशन हो गया था।

दीपा और भी ज्यादा सिसक-सिसककर रोने लगी। सबसे पहले शेरवानी ने उसके समीप जाकर उसके सिर पर हाथ फेरा और स्नेह से बोला–"घबराओ मत बेटी! तुम्हें इंसाफ मिलेगा।" फिर वह लखनलाल से बोला–"आप बच्ची के पिता हैं?"

लखन ने जवाब दिया–"जी, हां!"

"आइए, आप जगताप साहब और चौहान साहब से बात कर लीजिए।"

दीपा गुस्से से झटके से खड़ी होती हुई बोली–"हरगिज नहीं, बापू। अकेले में कोई बात नहीं होगी।" फिर वह शेरवानी से बोली–"मैं बच्ची नहीं हूं। बालिग भी हूं। और पढ़ी-लिखी भी। आपको जो बात करनी है, मुझसे कीजिए। पहले इन दोनों की रिपोर्ट लिखवाइए।" फिर वह डी० एम० से बोली–"मैं इतनी देर से यहां बैठी हूं। मुजरिम हवालात में बंद हैं। फिर भी यह इन्स्पेक्टर साहब मेरी रिपोर्ट नहीं लिख रहे हैं।"

डी० एम० ने इन्स्पेक्टर दीक्षित को घूरकर कहा–"इन्स्पेक्टर दीक्षित! अब तक एफ० आई० आर० क्यों नहीं दर्ज की गई?"

एस० एस० पी० ने बीच में आकर कहा–"मैंने फोन पर कहा था कि हमारा इन्तजार करें।"

"क्यों...?"

"इसलिए कि मामला एक नौजवान बच्ची का है। यह किसी भी जाति-बिरादरी की सही। लेकिन इज्जत तो सभी की होती है और मामले को जितना उछाला जाए, उतनी ही ज्यादा बदनामी लड़की की ही होती है।"

दीपा ने व्यंग्य से कहा–"मुझे अपनी बदनामी की चिंता नहीं। लेकिन इन जैसे भेड़ियों को जरूर दण्ड मिलना चाहिए। एक मेरी बदनामी से अगर मेरे जैसी बहुत सारी अबलाओं की इज्जत बच जाए तो यह मेरे लिए गर्व की बात होगी।"

चौहान ने कहा–"देखो, बेटी! बात को समझने की कोशिश करो..."

दीपा ने व्यंग्य से कहा–हुंह! आप समझा रहे हैं? कभी आप लोगों ने अपने योग्य सपूतों को भी समझाने की कोशिश की है!"

जगताप ने कहा–"इन दोनों को हम दंड देंगे। और तुम्हें जितना हर्जाना नकदी के रूप में चाहिए। वह तुम हमसे ले सकती हो।"

दीपा ने व्यंग्य से कहा—"चौहान साहब की भी तो एक बेटी है। उसे मेरी बिरादरी के लड़कों को सौंप दीजिए। जो भी हर्जाना होगा, मेरी पूरी बिरादरी मिलकर भर देगी।"

जगताप सन्नाटे में रह गया।

दीपा ने डी॰ एम॰ से कहा—"और आप यह सबकुछ सुन रहे हैं। डिस्ट्रिक्ट मजिस्ट्रेट, जो पूरे जिले का हाकिम और माई बाप होता है। क्या ऊपर वाले ने आपको इतना बड़ा पद इसलिए दिया है कि अन्याय पर परदा डालने में इन लोगों की मदद करें और न्याय मांगने वालों की तरफ से मुंह बन्द रखें।"

डी॰ एम॰ ने बुरा-सा मुंह बनाकर जगताप, चौहान और शेरवानी से कहा—"मुझे खेद है। आप लोग शहर के इतने इज्जतदार लोग...उस दिन आप लोगों ने प्रेमप्रताप की, जो तस्वीर खींची थी, उसमें मुझे यह प्रेमप्रताप एक मासूम-सा बच्चा लगा था। लेकिन अब लगता है कि शायद लाला सुखीराम की एफ॰ आई॰ आर॰ गलत नहीं थी।"

शेरवानी ने गंभीरता से कहा—"डी॰ एम॰ साहब! हम लोग इस शहर के निवासी हैं। हमेशा यहीं रहेंगे। यह मत भूलिए कि बड़े से बड़े अफसरों के तबादले होते रहते हैं।"

डी॰ एम॰ ने गुस्से से कहा—"आप मुझे चैलेंज कर रहे हैं? अभी मैं कुर्सी पर हूं। जब आप तबादला करा लें तो यहां अपनी मनमानी कीजिए।" फिर उसने गुस्से से इन्स्पेक्टर दीक्षित से कहा—"आप एफ॰ आई॰ आर॰ लिखिए।"

चौहान ने हाथ उठाकर कहा—"एक मिनट...डी॰ एम॰ साहब। शेरवानी साहब से जरा जल्दी हो गई। आज्ञा हो तो मैं इस बच्ची से बात कर लूं?"

"यहीं मेरे सामने!"

"बेहतर है।"

चौहान ने दीपा से पूछा—"बेटी! तुम्हारे साथ क्या घटना घटी थी।"

दीपा ने कहा—"मैं अपने ग्रेजुएट होने की खुशी में मंदिर में दिया जलाने गई तो पंडितजी ने मुझे अन्दर नहीं जाने दिया कि मैं शैडयूल-कास्ट हूं।"

"मैं वहां से दुःखी लौट रही थी कि जवाहर पार्क के पास ये दोनों मिले। उन्होंने मोटरसाइकिल रोककर मुझसे कहा कि अन्दर चलो। हम जवाहर पार्क के मंदिर में तुम्हें पूजा करने के लिए जबरदस्ती अन्दर भेजेंगे।"

मैं इनकी चाल समझी नहीं। ये लोग मुझे अन्दर लाए और अचानक पकड़कर मुझे ट्यूबवेल की कोठरी में ले जाकर बंद कर दिया। वहां पानी का इतना शोर था कि मेरी चीख-पुकार उसमें दब गई। ये लोग दरवाजा बंद करके चले गये कि मोटरसाइकिल कहीं रखकर रात में आएंगे।

"मुझे एक कागज मिल गया। बालपेन मैं हमेशा अपने पास रखती हूं। जल्दी-जल्दी पर्चा लिखकर मैंने गोला बनाया और रोशनदान से बाहर फेंक दिया। फिर मन में गिड़गिड़ाकर ईश्वर से प्रार्थना करने लगी कि किसी प्रकार वह पर्चा मेरे घर तक पहुंच जाए। मुझे नहीं मालूम कि पर्चा किस तरह मेरे घर तक पहुंचा और किसने पहुंचाया?"

"रात को आठ बजे ये लोग आए। उन्होंने मेरे हाथ-पांव बांधे और घास पर लाए। बौखलाहट में यह भूल गए कि मेरी बिरादरी के ही नहीं और भी न्यायप्रिय लोग मेरी मदद को आ गए थे।"

दीपा का बयान पूरा होते ही हवालात में से प्रेमप्रताप चिल्लाया—"चाचाजी! यह हरामजादी झूठ बोल रही है।"

दीपा ने पलटकर गुस्से से कहा—"तू खुद हरामजादा...कुत्ता...!"

डी॰ एम॰ ने गुर्राकर प्रेमप्रताप से कहा—"तुम लोग बीच में हस्तक्षेप करोगे तो फिर दूसरा उपाय अपनाया जायेगा।"

"डी॰ एम॰ साहब! मैं सच कह रहा हूं। यह पेशेवर है। इसने हमें निमंत्रण दिया था।"

दीपा ने रोआंसी आवाज में कहा—"सुना आपने डी॰ एम॰ साहब? मेरी पूरी बिरादरी ही नहीं, मेरा कॉलेज मेरे साथी स्टूडेंट्स मेरे चरित्र के गवाह हैं। प्रिंसिपल साहब से पूछिए। एक बार एक लड़के ने मुझे देखकर सीटी बजा दी थी। उसे प्रिंसिपल साहब ने सिर्फ मेरी शराफत और चरित्र देखकर कॉलेज से निकाल दिया।"

कहते-कहते वह रो पड़ी।

चौहान ने उसके सिर पर हाथ फेरकर कहा—"घबराओ मत, बेटी। तुम्हें इन्साफ मिलेगा।"

बाहर बहुत जोर-जोर से नारों की गूंज सुनाई दे रही थी। डी॰ एम॰ ने गंभीरता से कहा—"आप लोग बाहर जन समूह का क्षोभ, आक्रोश देख रहे हैं? अगर इन दोनों गुंडों को तुरंत जेल न भेजा गया तो भीड़ काबू से बाहर हो जायेगी।"

शेरवानी ने कहा—"और काबू से बाहर भीड़ को काबू में लाना पुलिस का काम है। आखिर लाठी चार्ज, आंसू गैस काहे के लिए हैं? और फिर हिंसा पर उतारू भीड़ को तो फायरिंग से भी रोका जा सकता है।"

डी॰ एम॰ गुस्से से बोला—"मुझे सच्चाई मालूम है। इसलिए उन लोगों की मांग गलत नहीं और सच्चा इन्साफ मांगने वालों पर मैं न तो लाठीचार्ज कराऊंगा, न ही आंसू गैस। फायरिंग तो बहुत दूर की बात है।"

"चाहे वह थाने में ही घुस पड़ें?"

"अच्छा! मेरी पुलिस का एक सिपाही भी हस्तक्षेप नहीं करेगा। आप इन लोगों के बीच से अपने लड़कों को निकालकर ले जा सकते हैं तो ले जाइए।"

वे लोग सन्नाटे में रह गए।

डी॰ एम॰ ने फिर से कहा–"आपके लड़कों के खिलाफ सुबूत गवाह की जरूरत नहीं। हजारों गवाह मौजूद हैं जिन्हें आप दबा नहीं सकते। अगर आप अपने लड़कों का कैरियर बनाना चाहते हैं तो यह मेरा सजेश्न है कि यह लड़की सहमत हो जाए तो आप दोनों में से कोई इसे अपनी बहू बना लीजिए।"

चौहान ने चौंककर कहा–"क्या? एक हरिजन लड़की को बहू?"

दीपा ने व्यंग्य से कहा–"एक हरिजन लड़की को जबरदस्ती नंगा किया जा सकता है?"

"ठीक है इन दोनों पर मुकद्दमे चलेंगे। इनकी एफ॰ आई॰ आर॰ अभी दर्ज होगी और इस लड़की बयान को किसी सबूत या गवाह की जरूरत नहीं।"

चौहान एक राजनीतिज्ञ था। उसने झट पेंतरा बदला और वात्सल्य से मुस्कराकर दीपा के सिर पर हाथ फेरता हुआ बोला–"बेटी! मैं तो सिर्फ यह जानना चाहता था कि हमारी होने वाली बहू पढ़-लिखकर सचमुच कितनी स्मार्ट हो गई है या नहीं हुई?"

फिर वह जगताप ही तरफ मुड़कर बोला–"लो भई, जगताप! किसी ने सच कहा है कि ईश्वर ऊपर से ही जोड़े बनाकर उतारता है–बहू मुबारक हो।"

जगताप ने चौंककर कहा–"मेरी बहू?"

चौहान ने हाथ मलते हुए प्यार से दीपा को देखा और बोला–"काश, मेरे बेटे चेतन की सगाई बचपन से ही तय न हुई होती तो मैं इस हीरे जैसी बहू को पाकर अपने आपको धन्य समझता। लेकिन अब मैं अगर उस लड़की से रिश्ता तोड़ता हूं बेटे का तो लोग उसमें खोट न समझने लगें।" फिर उसने नजरें बचाकर शेरवानी को आंख मारकर कहा–"क्यों शेरवानी साहब? क्या ख्याल है आपका?"

शेरवानी ने ठंडी सांस ली और बोला–"इस लड़की की दिलेरी देखकर तो मैं भी इस बात का कायल हो गया हूं कि हम भविष्य की भारतीय नारी का जो रूप कल्पना में देखते हैं दीपा उसके ऊपर बिल्कुल फिट बैठती है।"

चौहान ने कहा–"बस, जगतापजी। अब यह झगड़ा खत्म कराइये और फैसले का ऐलान कर दीजिए। बाहर देखिए कितना शोर बढ़ता जा रहा है। कहीं दंगा-फसाद न शुरू हो जाए।"

जगताप के चेहरे से ऐसा लगता था, मानों वह बुरी तरह फंस गया हो। उसका मन चाह रहा था कि वह चौहान को कच्चा ही चबा जाए।

फिर भी उसने मुस्कराकर कहा–"अच्छा, चौहान साहब। जरा, एक मिनट इधर आइए।"

चौहान को वह अलग ले गया और होंठ भींचकर बोला–"आप अपने बेटे को बचाकर मेरे बेटे को फंसाए दे रहे हैं।"

चौहान ने इत्मीनान से कहा—"देखिए, जगताप साहब! शतरंज के खिलाड़ी, दिमाग से शतरंज खेलते हैं, धन-दौलत से नहीं। आप जानते हैं कि मैं लीडर भी हूं और एम॰ एल॰ ए॰ भी। आपके बहुत सारे काम ऐसे हैं, जिनकी चाबियां मेरे हाथों में हैं। मैं जरा-सी चाबी घुमा दूं तो आपके कारोबार का कबाड़ा हो जाए। जैसे आपके ज्योति मिल के मजदूरों की यूनियन का अध्यक्ष, जो मेरे चरण-स्पर्श करता है और मेरे इशारों पर नाचता है।

"अरे! आप तो मजाक-मजाक में ही धमकियां देने लगे?"

"समझा देना अच्छा होता है, बाद में उलझन न पड़े इसलिए। वैसे जरूरी नहीं कि सगाई के बाद दीपा और पप्पी की शादी भी हो।"

"मान लीजिए शादी हो भी गई तो सारे जिले के हरिजन वोट आपकी मुट्ठी में होंगे। और बहुएं क्या अमृत पीकर पैदा होती हैं, जो कभी न मरें। कोई दुर्घटना हो सकती है। कोई बीमारी हो सकती है। कुछ बदमाश अपहरण करके रेप और मर्डर कर सकते हैं।"

"चलिए फिर ठीक है।"

वे दोनों फिर से उन सबके बीच आ गए और जगताप ने डी॰ एम॰ से कहा—"अगर दीपा के माता-पिता राजी हैं तो मैं दीपा को अपनी बहू बनाने को तैयार हूं।"

डी॰ एम॰ ने लखनलाल से पूछा तो उसने कहा—"सरकार! इतनी बदनामी के बाद मेरी बेटी का हाथ और पकड़ेगा भी कौन? थाली गिरती है तो झंकार सभी सुनते हैं। थाली टूटी या साबुत रही उसका किसी को क्या मालूम?"

डी॰ एम॰ ने जगताप से सम्बोधित होकर कहा—"तो फिर चलिए। आप खुद जन समूह के सामने लाउडस्पीकर पर यह घोषणा कीजिए कि आप दीपा को अपनी बहू स्वीकार कर रहे हैं ताकि जन आक्रोश और प्रकोप कम हो। आपकी घोषणा के बाद हम इन दोनों लड़कों के खिलाफ कोई कार्यवाई भी नहीं करेंगे।"

जगताप ने मुर्दा-सी आवाज में कहा—"चलिए, मैं ऐलान करने को तैयार हूं।"

डी॰ एम॰ ने इन्स्पेक्टर दीक्षित से कहा—"तब तक आप एक इकरारनामा तैयार कराइए, जिसमें जगतापजी दीपा को अपनी बहू बनाना स्वीकार करें और इसकी जिंदगी की जमानत दें। यह घोषणा करके आते हैं। फिर इनसे दस्तखत ले लिए जाएंगे।"

जगताप, डी॰ एम॰ और एस॰ एस॰ पी॰ सिटी के साथ बाहर निकल गया। इंस्पेक्टर दीक्षित एक लिखित तैयार करने लगा।

* * *

"अरे, सुना तुमने?"

"क्या हुआ भई?"

“कल रात सेठ जगताप और चौहानजी के लड़कों ने एक हरिजन लड़की का अपहरण कर लिया और उसकी लाज लूटने वाले थे।”

“हां सुना तो था किसी से। मगर विवरण नहीं मालूम हो सका।”

“विवरण आज के अखबार में आ गया है।”

“अच्छा! क्या लिखा है?”

“पूरे शहर और जिले के हरिजन चढ़ दौड़े थे। उन लोगों ने दीपा को बचा लिया और सेठ जगताप ने हजारों के जनसमूह में उस हरिजन लड़की को अपनी बहू बनाने की घोषणा कर दी।”

“क्या? हरिजन लड़की और सेठ जगताप की बहू?”

“हां, भई। आज उन दोनों की सगाई है और यह सगाई हरिजनों की ही बस्ती में होगी।”

“हैरत है...!”

ये बातें रेस्तरां का मालिक और एक ग्राहक आपस में कर रहे थे। अमर और अमृत बैठे जाने कब से चाय के घूंट ले रहे थे। दोनों के होंठों पर विजय मुस्कान फैल गई।

* * *

“अब क्या सोचा, शेरवानी साहब?”

“समझ में नहीं आता, सेठ साहब। चौहानजी तो राजनीति की बहुत बड़ी चाल-चल गए।”

“अपने बेटे को बचाकर मेरे बेटे को फंसा दिया।”

“मैं भी कुछ न बोल सका।”

जगताप ने व्हिस्की का घूंट भरकर नथुने फुलाते हुए कहा—“मगर यह असंभव है। मैं मर जाऊंगा। मगर एक नीच जाति की लड़की को अपने घर की बहू बनाकर नहीं लाऊंगा।”

“मामला तो अभी सगाई तक ही सीमित है।”

“सगाई के लिए भी तो हरिजनों की बस्ती में जाना पड़ेगा। मैं इतना बड़ा अपमान सहन नहीं कर सकता, शेरवानी साहब।”

“इसके सिवा कोई दूसरा रास्ता भी तो नहीं।”

“रास्ता है!”

“वह क्या...?”

“चाहे पचास लाख रुपये खर्च हो जाएं। बुलाओ दूसरे शहर से बदनाम-बदनाम बदमाशों को और लगवा दो आग हरिजनों की बस्ती में!”

“सोच लीजिये पूरी बिसात ही उलट जायेगी। हरिजनों की बस्तियां भी बहुत बड़े वोट बैंक हैं आपके लिए।”

"लेकिन इस बार चौहान को तो किसी तरह सीट नहीं मिलनी चाहिए।"

जगताप उछल पड़ा—"लखनलाल...वह हरिजन...?"

सेठ साहब! पूरे जिले के हरिजन वोट आपकी झोली में होंगे। मुस्लिम वोटों का बैंक तो मेरे कब्जे में है ही। ऊंची जातिवालों के वोट आप खरीद ही लेंगे। और इस तरह चौहान का पत्ता साफ हो जाएगा।"

"शेरवानी साहब! यह तो दूर की बात है। आप आज की बात कीजिये। शाम को कैसे रोका जाए इस होने वाली सगाई को?"

सेठ जगताप ने घूंट भरकर गुस्से से कहा—"मेरा तो जी चाहता है कि गोली मार दूं इस उल्लू के पट्ठे प्रेमप्रताप को!"

शेरवानी ने चुटकी बजाई और बोला—"नाइस आइडिया!"

"क्या...?"

"जरा प्रेमप्रताप को बुलाइए तो।"

जगताप ने एक नौकर से प्रेमप्रताप को बुलवाया, जो नशे में धुत्त था।

शेरवानी ने उसे ऊपर से नीचे तक देखकर कहा—"क्यों बेटे? मार के जख्मों में बहुत दर्द है, जो दिन में इतनी पी रहे हो?"

पप्पी ने गुस्से से कहा—"जखमों में दर्द कम है। दर्द तो इस बात है कि वह हरामजादा चेतन चौहान, जिसने उस हरिजन लड़की को देखकर गाड़ी रोकी थी, मुझे फंसाकर अलग हो गया।"

"असल किस्सा क्या था?"

पप्पी ने किस्सा बताया तो शेरवानी ने मुस्कराकर कहा—"इसका मतलब है, तुम अब भी नहीं समझे। सचमुच बच्चे हो।"

"किशनराज चौहान ने तुम्हारे डैडी से यह बदला ले लिया।"

"किस बात का?"

"वह एम॰ पी॰ की सीट पर बैठना चाहता था। लेकिन नीति-वश हमें एम॰ पी॰ की सीट एक सरदार को दिलवानी पड़ी क्योंकि वह नब्बे प्रतिशत खालिस्तान समर्थक था। अब वह सेंटर में है, इसलिए अब खालिस्तान विरोधी है।"

"ओहो...!"

"चौहान को एम॰ एल॰ ए॰ की ही सीट मिली और कोई मंत्रालय भी नहीं मिला, जिसका दोषी वह तुम्हारे डैडी को समझता है। एक बार उसने नशे में मुझसे कहा भी था कि एक दिन सेठ जगताप की इज्जत सड़कों पर न नीलाम कर दी तो चौहान नाम नहीं।"

"उसकी तो..."

"उसने वह कर दिखाया। हरिजन लड़की जरूर चेतन की फंसाई हुई होगी और अब वह तुम्हारी पत्नी बनेगी, चेतन मजे करेगा।"

"मैं उस सूअर के बच्चे को जान से मार दूंगा।"

"एक योग्य बेटे का फर्ज है कि बाप की इज्जत बचाए। अब लूट के केस में देख लो, मैंने और तुम्हारे डैडी ने किस तरह बाजी उलटकर तुम्हें बचा लिया, कांस्टेबल अमरसिंह को सस्पैंड करा दिया।"

पप्पी ने व्हिस्की का घूंट लेकर गुस्से से कहा—"मैं कसम खा रहा हूं। चेतन को जिंदा नहीं छोड़ूंगा।"

शेरवानी ने रिवाल्वर देकर कहा—"जाओ, मार डालो। लेकिन शहर से कहीं बाहर ले जाकर। वह तुम्हारा दोस्त है। उसे शक भी नहीं होगा कि तुम सच्चाई जान गए हो।"

पप्पी ने रिवाल्वर ले लिया और कमरे से निकल गया तो जगताप ने कहा—"यह आप क्या कर रहे हैं शेरवानी साहब?

"आपकी इज्जत बचा रहा हूं।"

"क्या मतलब?"

"हरिजन लड़की को बहू बनाने की घोषणा आप कर चुके थे। चेतन दीपा का प्रेमी था। यह यही चाहता था कि दीपा प्रेमप्रताप को मिले। इसलिए चेतन धोखे से प्रेमप्रताप को शहर से बाहर ले गया। उससे कहा कि सगाई मत करो, वरना तुम्हें जान से मार दूंगा। आपके बेटे ने अपनी जान बचाने के लिए उसे जान से मार डाला।"

"लेकिन वह पकड़ा जाएगा और हम उसे जमानत पर भी नहीं छुड़ाएंगे। आज की सगाई कैंसिल। अगले इलेक्शन तक केस चलेगा। उस दौरान मैं लखनलाल को मक्खन लगाकर एम० एल० ए० के लिए तैयार कर लूंगा कि सेठ साहब चाहते हैं कि होने वाला सम्बन्धी एम० एल० ए० बन जाए।"

"और एम० एल० ए० बन जाने के बाद?"

"तब तक तो लखनलाल एम० एल० ए० को अपनी सीट से इतना प्यार हो जाएगा कि उसकी लगाम जिधर चाहो, मोड़ दो।"

जगताप ने मुस्कराकर कहा—"सचमुच आप दूर की कौड़ी लाते हैं।"

"अब मैं इन्स्पेक्टर दीक्षित को फोन कर दूं कि वह प्रेमप्रताप की गिरफ्तारी में देर न करे। कहीं चौहान सम्भलने से पहले जवाबी हमला न कर बैठे!"

"ठीक है।"

शेरवानी फोन उठाकर डायल घुमाने लगा।

जैसे ही गाड़ी जंगल में शहर के किनारे पहुंची, पप्पी ने कहा—"जरा रोक तो चेतन।"

"क्यों...?"

"पेशाब करूंगा।"

चेतन ने गाड़ी रोक दी।

पप्पी उतर गया, उसने पीछे हटकर उसकी तरफ रिवाल्वर तानते हुए गुर्राकर कहा—"नीचे उतर।"

चेतन हंसकर बोला—"साले क्या ज्यादा चढ़ गई है?"

"अबे, तू उतरता है या नहीं?"

"तेरा दिमाग तो ठीक है?"

"ठीक नहीं था। लेकिन जब से तेरी असलियत खुली, ठीक हो गया।"

"मेरी असलियत कैसी?"

"तूने बाकायदा षड्यंत्र रचकर मुझे और मेरे डैडी को हरिजनों में फंसवाया, वरना तेरे बाप ने दीपा के साथ तेरी शादी की घोषणा क्यों नहीं की?"

चेतन जबदस्ती हंस पड़ा और बोला—"साले...पागल...जिस जगह मैं था, उसी जगह तू भी था। हम दोनों के पिताओं ने आपस में बातचीत करके फैसला किया था और तेरी तथा दीपा की शादी की घोषणा की थी।"

"चेतन! मैं तेरी किसी धूर्तता में नहीं आऊंगा। तेरे बाप की मेरे डैडी से दुश्मनी है। मेरे डैडी के खिलाफ तेरे बाप ने जो षड्यंत्र तैयार किया था, उसमें तू भी उनका साथी था। वह हरिजन लड़की दीपा पहले ही से नियत जगह खड़ी कर दी गई थी। उसने आंख मुझे मारी थी और गाड़ी तूने रोकी थी।"

"खूब! उसकी जाति-बिरादरी वालों ने तेरे साथ मुझे भी मारा था। उसे किस खाने में फिट करेगा तू? क्या उन्होंने मुझे छोड़ दिया था?"

"तुझे मारते नहीं तो क्या मुझे संदेह नहीं हो जाता? तूने थोड़ी-सी मार खायी। लेकिन मैं तो जीवन भर के लिए फंस गया। मेरे बाप की इज्जत गई। हमारे कुल में दाग लग गया।"

चेतन ने उसे ध्यान से देखकर कहा—"ये सब बातें तुझसे किसने कहीं?"

"मेरे पिता और शेरवानी साहब ने। वे लोग तेरे बाप के राजनीतिक हथकंडों को अच्छी तरह समझते हैं, वरना मैं तो आज फंस गया था।"

"देख प्रेमप्रताप, होश से काम ले। मुझे अपनी सफाई का एक मौका दे दे।"

"मेरा दिमाग नहीं फिर गया। तुझे मौका दे दिया तो फिर क्या तू हाथ आएगा? यहां से तो तेरी लाश का भी पता नहीं चलेगा।"

चेतन का चेहरा सफेद हो गया था।

उसने कहा—"देख, पप्पी! तू मुझे मारकर पछताएगा।" हम दोनों ही किसी षड्यंत्र का शिकार हो रहे हैं।"

"मेरे पिताजी क्या मुझसे झूठ बोलेंगे? नहीं चौहान...हर्गिज नहीं...!" उसने रिवाल्वर चेतन की तरफ दोनों हाथों से ताना और होंठ भींचकर कहा—"तू मोटरसाइकिल से उतर या मत उतर। मैं गोली चला रहा हूं।"

"अच्छा-अच्छा, मैं उतर रहा हूं। लेकिन मुझे एक मिनट का मौका तो दे।" कहते-कहते चेतन नीचे उतर आया।

और फिर अचानक प्रेमप्रताप ने ट्रेगर दबा दिया। 'धांय' की आवाज के साथ ही चेतन की हृदयविदारक चीख से जंगल का सन्नाटा गूंज उठा।

चेतन ने अपनी छाती पकड़ते हुए होंठ भींचकर कहा—"पागल...आदमी...तू मेरी सफाई तो सुन लेता...अरे, हम दोनों इतने अच्छे दोस्त हैं...संदेह करने से पहले उस दोस्ती का ख्याल तो किया होता...!"

प्रेमप्रताप के हाथ थर-थर कांप रहे थे। शरीर में ठंडी-ठंडी लहरें दौड़ रही थीं। ऐसा लगा, जैसे उसका सारा नशा हिरन हो गया हो।

चेतन घुटनों के बल बैठ गया और तेज-तेज सांसों के साथ बड़ी मुश्किल से बोला—"तेरे...बाप ने...तुझसे इतना बड़ा...झूठ क्यों बोला...मुझे नहीं मालूम...लेकिन...मैं अब...दुनिया से जा रहा हूं...ऐसे मौके पर आदमी झूठ नहीं बोलता। मैं गीता की सौगन्ध खाता हूं...मैंने...तेरे साथ कोई षड्यंत्र नहीं रचा था...!"

पप्पी के हाथ से रिवाल्वर निकलकर गिर पड़ा। उसने कंपकंपाती आवाज से कहा—"चेतन...!"

चेतन ने कराहते हुए कहा—"हमने...आज तक...मिलकर...छोटे-मोटे अपराध किए थे...आज तेरे बाप के एक झूठ ने...तुझे कातिल बना...दिया...तेरे बाप ने...तेरे हाथों...मुझे मरवाकर...तेरे साथ भी दुश्मनी की है..."

"चेतन...?"

अचानक प्रेमप्रताप चेतन के पास बैठ गया। मगर चेतन लुढ़ककर चारों खाने चित हुआ और फिर जड़ हो गया।

पप्पी बैठा थर-थर कांप रहा था। उसके होश उड़ गए थे, अचानक उसने पदचापें सुनीं। वह हड़बड़ाकर मुड़ा। दूसरे ही पल उसका पूरा शरीर हिलकर रह गया।

सामने खड़ा हुआ इंस्पेक्टर दीक्षित रूमाल से पकड़कर रिवाल्वर उठा रहा था। पप्पी का जी चाहा कि वह भाग खड़ा हो।

मगर इंस्पेक्टर दीक्षित ने बड़े इत्मीनान से कहा—"आइए, प्रेमबाबू! मेरे साथ चलिए।"

प्रेमप्रताप ने अनायास कहा—"कहां...?"

दीक्षित ने जवाब दिया—“थाने...लेकिन घबराइए मत। आपको अभी चालान काटकर जेल भेज दिया जाएगा।”

“म...म...मगर...”

“मैंने कहा न, परेशान न हों। आपको चेतन के पिता चौहान साहब ने फंसाकर एक हरिजन लड़की से आपका विवाह करा देने की चाल चली थी। वह अपनी चाल का खुद ही शिकार हो गया।”

“म...म... मैं समझा नहीं।”

“उसकी चालाकी का उसे दंड मिल गया और अब आप जेल में होंगे तो आपकी सगाई भी नहीं हो सकेगी दीपा से। आपको बयान यह देना है कि चेतन दीपा का प्रेमी था। यहां लाकर वह आपको मारना चाहता था। लेकिन अपने बचाव में आपने उसे मार दिया।”

फिर वह मुस्कराया और बोला—“और अपने बचाव के लिए किसी के हाथों किसी का खून हो जाए तो फिर उसे कानून की तरफ से कोई दंड नहीं मिलता।”

“जब तक यह केस चलेगा तब तक दीपा वाला मामला भी ठंडा पड़ जाएगा। इसलिये आप उससे शादी से भी जाएंगे।”

प्रेमप्रताप सन्नाटे में रह गया।

उसने बड़ी मुश्किल से कहा—“सिर्फ इतनी-सी बात के लिए डैडी ने मेरे हाथों मेरे दोस्त का खून करा दिया...और मुझे एक खूनी बना दिया?”

“पप्पी साहब! राजनीति में सबकुछ उचित है। बाप, बेटे को और बेटा बाप को मार डालते हैं? क्या आपने इतिहास नहीं पढ़ा? बादशाहत पाने के लिए औरंगजेब ने अपने बाप शाहजहां को कैद कर दिया था और भाई दारा शिकोह का खून करा दिया था।”

अचानक पता नहीं किधर से एक जन्नाटेदार बड़ा-सा पत्थर बंदूक की गोली की तरह आया और इंस्पेक्टर दीक्षित की कनपटी पर पड़ा।

खटाक की आवाज हुई। इन्स्पेक्टर दीक्षित की आंखों में अंधेरा छा गया। रिवाल्वर उसके हाथ से गिर गया। फिर वह खुद भी बेहोश होकर लुढ़क गया।

प्रेमप्रताप की समझ में कुछ नहीं आ रहा था।

अचानक पेड़ की आड़ में से तेजी से अमर सामने आया और अमर को देखते ही प्रेम के होश और भी ज्यादा उड़ गए।

अमर ने उसके करीब पहुंचकर कहा—“घबराओ मत। मैं इस समय तुम्हारा दुश्मन नहीं हूं। मैं जैसा कहूं, वैसा करो—वरना चेतन की लाश और यह रिवाल्वर तुम्हारे गले में फांसी का फंदा डलवा देंगे।”

प्रेमप्रताप थूक निगलकर बोला—“म...म...मैं क्या करूं?”

"तुम कुछ मत करो। तुम्हारे होश ठिकाने नहीं हैं।"

अमर ने दीक्षित के हाथ से गिरा हुआ रिवाल्वर, उसी के रूमाल से पकड़कर उठाया उसके ऊपर प्रेमप्रताप की उंगलियों के निशान साफ किए और रिवाल्वर खुद इंस्पेक्टर दीक्षित के हाथ में इस प्रकार पकड़वा दिया कि उसके ऊपर उसी के हाथ के निशान बन जाएं।

फिर उसने प्रेमप्रताप से कहा–"यह मोटरसाइकिल किस की है?"

"च...च...चेतन की...!"

"इसे यहीं रहने दो...आओ...!"

प्रेमप्रताप का हाथ पकड़कर उसने एक दिशा में भागना शुरू कर दिया। प्रेमप्रताप भी उसके साथ भागता चला गया।

* * *

एक पब्लिक कॉल बूथ के पास रुककर अमर ने प्रेमप्रताप से कहा–

"तुम यहां इसके पीछे छुप जाओ।"

पप्पी बूथ के पीछे छुप गया। भय के मारे उसका चेहरा पीला पड़ गया था।

अमर ने बूथ में घुसकर डायल घुमाया। आवाज आने पर सिक्का डाला और माउथपीस मुंह के करीब लाने के बाद आवाज बदलकर बोला–"हैल्लो...!"

दूसरी तरफ से पुरुष-स्वर सुनाई दिया–"हैल्लो...!"

"नेताजी हैं...?"

"आप कौन हैं?"

"मैं कोई भी हूं। अगर नेताजी न भी हों तो उन तक तुरंत खबर पहुंचा दीजिए कि अकरोली के रास्ते पर नहर के पश्चिमी किनारे पर इंस्पेक्टर दीक्षित ने नेताजी के बेटे चेतन को गोली मार दी है।"

दूसरी तरफ से चीखने की-सी आवाज आई–"क्या? मेरे बेटे को गोली मार दी है?"

"ओह! आप नेताजी ही हैं।"

चीखकर पूछा–"क्यों मार दी मेरे बेटे को गोली? कौन हो तुम?"

"मैं आपका एक भक्त हूं। नाम बताकर पुलिस के झंझट में नहीं फंसना चाहता। मैं अपनी आंखों से देखा था। इंस्पेक्टर दीक्षित पेड़ के पीछे छुपा हुआ था। उधर से चेतन बाबू मोटरसाइकिल पर गुजरे। दीक्षित ने उन्हें लल्कारकर रोका।

"दोनों में कुछ कहा-सुनी हुई। चेतन बाबू ने गुस्से में दीक्षित को एक पत्थर खींच मारा। दीक्षित ने बेहोश होते-होते चेतन बाबू को ही गोली मार दी।"

"तुम झूठ बोल रहे हो।"

"जल्दी कीजिए नेताजी। दीक्षित होश में आ गया तो आप जीवन भर उसे बेटे का कातिल साबित नहीं कर सकेंगे, क्योंकि वह बहरहाल पुलिस वाला है।"

फिर अमर ने रिसीवर लटका दिया।

बूथ से निकलकर उसने प्रेमप्रताप से कहा—"अब आप अपना चेहरा ठीक कीजिए और यह भूल जाइए कि आप चेतन के साथ थे और आपने उसे गोली मारी है।

"अब चेतन का कातिल इंस्पेक्टर दीक्षित है, क्योंकि उसके हाथ में जो रिवाल्वर है उसकी गोली से चेतन की मौत हुई है। उसके ऊपर दीक्षित की ही उंगलियों के निशान हैं।"

"म...म...मगर..."

"प्रेम बाबू! आप यही जानना चाहते हैं न कि आपने मेरे साथ इतना बड़ा अन्याय किया और मैंने आपकी गर्दन से फांसी का फंदा ही निकलवा दिया?"

"हां, अपने इतने बड़े दुश्मन के साथ आखिर तुमने क्यों इतनी बड़ी भलाई की?"

"इसलिए कि मैं आपको अपना दुश्मन नहीं समझता।"

"मगर तुम मेरे ही कारण से सस्पैंड हुए थे।"

"सस्पैंड मुझे मेरी सच्चाई ने कराया था और आपको शौकत और चौहान ने बिगाड़ा था, आप तीनों को अभिभावकों ने!"

प्रेमप्रताप कुछ न बोला।

अमर ने फिर से कहा—"अगर आप इस सच्चाई को स्वीकार करते हैं कि आपको इतनी छूट नहीं होती तो आप लोग यूं खुले आम डकैती और लूटमार न करते फिरते तो आपकी समझ में खुद-ब-खुद सबकुछ समझ में आ जाएगा।"

"तुम शायद सच कह रहे हो। मुझे मेरे डैडी और शेरवानी ने मिलकर चेतन के खून पर उकसाया था—वह भी झूठ बोलकर।"

"ओहो...!"

"उन्होंने मुझे बताया था कि नेताजी ने अपने बेटे चेतन के साथ षड्यंत्र करके मुझे और मेरे डैडी को फंसाया, दीपा को बहू बनाने के लिए। मैंने आवेश में चेतन को मार डाला। मगर चेतन ने मरते समय गीता की सौगन्ध खाई थी कि उसने कोई षड्यंत्र नहीं रचा था। वह अकारण ही मेरे हाथों मारा गया।"

कहते-कहते पप्पी ने बूथ से पीठ लगा ली। दोनों हाथों से मुंह छुपाकर सिसक-सिसककर रो पड़ा।

अमर ने ठण्डी सांस ली और उसके कंधे पर थपकी देखकर बोला—"तुमने उनके इस षड्यंत्र का उद्देश्य समझा?"

पप्पी ने आंसू पोंछकर रुंधे गले से कहा—"मैं समझ गया हूं क्योंकि चेतन के मरते ही इंस्पेक्टर दीक्षित अकेला वहां पहुंच गया था। उसने मुझे धीरज बंधाकर बताया कि इस तरह मैं

जेल चला जाऊंगा और दीपा से सगाई और शादी से बच जाऊंगा और मुझे बचा लिया जाएगा, यह कहकर कि चेतन खुद दीपा का प्रेमी था। और वह मुझे नहर के किनारे मारने के लिए ले गया था। मगर अपने बचाव में मुझसे खून हो गया।"

"हूं, और वे लोग यह बात साबित कर देते।"

उसने आंसू पोंछकर कहा—"मगर...मैं...मैं अपने डैडी को दण्ड देना चाहता हूं।"

"किस प्रकार?"

"मैं खुद अदालत में जाकर स्वीकार करूंगा कि मैंने चेतन का खून किया है और उसके लिए मुझे मेरे डैडी और उस कुत्ते शेरवानी ने उकसाया था।"

"क्या इस प्रकार तुम सचमुच अपने डैडी को दण्ड देने में सफल हो जाओगे?"

"मैं उनका इकलौता बेटा हूं।"

"हुंह, वह इकलौता बेटा, जिसे उन्होंने सिर्फ अपने कुल की इज्जत बचाने के लिए दांव पर लगा दिया। मान लो अगर उनकी स्कीम में भूल रह जाती और यह साबित न हो पाता कि तुमने अपने बचाव में चेतन को मारा था तो भी तुम्हें मृत्यु-दण्ड ही मिलता।"

"बेश्क...!"

"लेकिन तुम्हारे डैडी को इस बात की परवाह नहीं थी। प्रेमप्रताप, दौलत की लालसा और राजनीति आदमी का दिल पत्थर कर देती है। उसके दिलों में भी खून के रिश्तों का भी कोई मान या महत्त्व नहीं रह जाता।"

पप्पी कुछ न बोला।

अमर ने फिर से कहा—"तुम सचमुच अपने डैडी को दण्ड देना चाहते हो न?"

"शत-प्रतिशत...!"

"तो फिर उसका एक ही तरीका है।"

"वह क्या?"

उन्होंने जो चाल चली थी उसे असफल बना दो।"

"कैसे...?"

"दीपा से सगाई करके।"

"नहीं..."

अमर ने गम्भीरता से कहा—"क्यों नहीं? क्या इसलिए कि वह हरिजन है?"

"मेरा मतलब है..."

"क्या दीपा सुन्दर नहीं?"

"बहुत सुन्दर है।"

"पढ़ी-लिखी नहीं...?"

"है...!"

"क्या उसके अन्दर वह जोश और उत्साह नहीं, जो आज की एक अच्छी जीवन-साथी में होना चाहिए और आज के नौजवान चाहते हैं।"

"सबकुछ है। मगर उसने मेरे सामने मुझे और चेतन को मूर्ख बनाकर फंसाया और अपनी बिरादरी से मार पड़वाई।"

"जानते हो, उसने ऐसा क्यों किया?"

"क्यों...?"

"इसलिए कि तुम्हारे ही जैसे ऊंची जाति के एक पंडित ने उसे मन्दिर के अन्दर जाकर भगवान के चरणों में दीपक जलाने से इसलिए रोक दिया कि वह हरिजन है।"

"ओह...!"

"उसने मनौती मानी थी कि वह ग्रेजुएट होने पर भगवान के चरणों में दीया जलाएगी। लेकिन पुजारी ने उसे अन्दर नहीं जाने दिया। उस मंदिर की आधार शिला चेतन के पिता ने रखी थी और उसके निर्माण के लिए सबसे ज्यादा रकम तुम्हारे पिता ने ही दी थी। इसीलिए उसने तुम दोनों के पिताओं को दंड देने का फैसला किया था।"

"मगर हमने उसका क्या बिगाड़ा था?"

"प्रेम बाबू, लाला सुखीराम ने तुम्हारा क्या बिगाड़ा था? उनके बेटे अमृत ने तुम्हारा क्या बिगाड़ा था?"

प्रेम कुछ न बोला।

अमर ने फिर कहा—"प्रेम बाबू! इस दुनिया में हर अपराध, हर पाप का दंड इसी धरती पर मिल जाता है। अगर दण्ड के लिए परलोक ही नियत होता तो आदमी को स्वर्ग और नर्क का अन्तर मालूम ही न होता।"

प्रेमप्रताप ने भर्राई हुई आवाज में कहा—"शायद तुम ठीक कह रहे हो।"

"इसलिए दीपा को अपने अपराधों का दण्ड ही समझकर स्वीकार कर लीजिए। मेरा विश्वास है कि वह आपका जीवन स्वर्ग बना देगी। अगर आपको अपने पापों का पछतावा है तो उसका सिर्फ एक यही रास्ता है और आप अपने डैडी को भी इसी तरह दण्ड दे सकते हैं।"

प्रेमप्रताप ने ठंडी सांस ली और बोला—"सच कहते हैं आप। मैं ऐसा ही करूंगा। मगर तुम दीपा को कैसे जानते हो?"

"जैसे एक भाई, बहन को जानता है।"

"क्या मतलब?"

"दीपा को मैंने मन्दिर की सीढ़ियों पर पंडितजी से उलझते देखा था। अगर मैं उसे न रोकता तो वह अपनी बिरादरी वालों को बुलाने जा रही थी मन्दिर में प्रवेश करने के लिए।"

"ओहो..."

"मैंने उसे समझाया था कि तुम बिरादरी वालों को बुलाकर लाओगी तो हंगामा होगा। सवर्णों और शूद्रों का टकराव होगा और कानून और पुलिस हमेशा ऊंची जाति-वालों का ही साथ देती है।

"उस टकराव में मारे जाने वाले निर्दोष ही होंगे, चाहे वे सवर्णों के हों, चाहे शूद्रों के, क्योंकि लड़ने वाले अलग होते हैं और लड़ाने वाले अलग।"

पप्पी ने उसे हैरत से देखा और बोला—"तुम तो बड़ी समझदारी की बातें करते हो। आखिर तुम कांस्टेबल ही क्यों बने थे?"

अमर ने ठंडी सांस ली और बोला—"सिर्फ इसलिए कि मेरे पीछे कोई सेठ जगताप या कोई नेता चौहान नहीं था। मैं साइंस का ग्रेजुएट हूं।"

"ओह...!"

"अब मैं तुमसे सगाई के बाद ही मुलाकात करूंगा, क्योंकि तुम्हें अपने दोस्त के खून का ही नहीं, अपने पिछले अपराधों का भी प्रायश्चित करना है। एक नौजवान होने के नाते देश के प्रति अपना कर्तव्य पूरा करने के लिए उन बूढ़े गिद्धों के विरुद्ध लड़ाई भी लड़नी है, जो तुम जैसे नौजवानों को मोहरे बनाकर अपनी कुर्सियां बचाते हैं।"

प्रेमप्रताप कुछ न बोला। उसके होंठ सख्ती से भिंचे हुए थे।

* * *

प्रेमप्रताप जब थ्री-व्हीलर से उतर कर अपने बंगले में पहुंचा तो जगताप उसे देखकर इस प्रकार उछल पड़ा, जैसे कोई अजूबा देख लिया हो—"अरे, तुम यहां कैसे?"

प्रेमप्रताप ने विस्मय प्रकट करते हुए कहा—"मैं समझा नहीं, डैडी।"

"मेरा मतलब है, तुम कहां से आ रहे हो?"

"एक बॉर है। पता नहीं, कब कितनी पीता हुआ बॉर में पहुंच गया था। पीते-पीते बेहोश हो गया। वहां के मैनेजर ने मुझे दफ्तर के एक सोफे पर लिटा दिया।"

"थोड़ी देर में मुझे होश आया तो मैं उठकर इधर की ओर भाग आया।"

जगताप की आंखें हैरत से फटी रह गईं। उसने होंठों पर जुबान फेरकर कहा—"इसका मतलब है, तुम कहीं और गए ही नहीं?"

पप्पी ने फिर हैरत से कहा—"आखिर, मैं और कहां जाता?"

"क्या तुम्हें चेतन नहीं मिला?"

"नहीं तो..."

"और तुम्हें यह भी याद नहीं कि शेरवानी साहब ने तुम्हें कुछ बताया था?"

"शेरवानी अंकल ने? क्या बताया था मुझे?"

"उन्होंने तुम्हें जो कुछ बताया था—"बिल्कुल याद नहीं?"

"पूछ तो रहा हूं। ऐसा क्या बताया था उन्होंने?"

इससे पहले की जगताप कुछ बोलता, एकाएक टेलीफोन की घंटी की आवाज आई और जगताप बुरी तरह उछल पड़ा।

फिर उसने रिसीवर उठाकर कहा—"हां, मैं जगताप..."

दूसरी तरफ से चौहान की ठंडी आवाज आई—"मैं...आपका दोस्त...चौहान!"

जगताप के दिमाग को झटका-सा लगा। उसने कहा कहिए, मिस्टर चौहान!"

"क्या आपको मालूम है कि मेरे बेटे चेतन का खून हो गया?"

"जगताप सचमुच उछलकर खड़ा हो गया—"क्या? चेतन का खून हो गया?"

"जी, हां।"

"मगर कहां? कब? कैसे?"

"अकरोली के रास्ते में...नहर के पश्चिमी किनारे पर कुछ घंटे पहले...!"

"हे भगवान, किसने मार डाला?"

"इंस्पेक्टर दीक्षित ने!"

"लेकिन क्यों?"

"इंस्पेक्टर दीक्षित का कहना है कि चेतन का खून आपके बेटे प्रेमप्रताप ने किया है।"

"मेरे बेटे प्रताप ने?"

"जी हां...!"

"तो इंस्पेक्टर दीक्षित क्यों पकड़ा गया?"

"उसका कहना है कि उसने चेतन को गोली चलाते देखा। रिवाल्वर अपने कब्जे में लेकर उसने प्रताप को हिरासत में लेना चाहा। लेकिन पता नहीं किसने उसकी कनपटी पर पत्थर मारकर उसे बेहोश कर दिया और उसके हाथ में रिवाल्वर थमाकर भाग गया।"

"यह बात आपको कैसे मालूम हुई?"

"मुझे किसी ने फोन पर खबर दी थी।"

"क्या खबर दी थी?"

"यही कि अमुक स्थान पर चेतन की लाश पड़ी है। उसे इन्स्पेक्टर दीक्षित ने मारा है और इन्स्पेक्टर दीक्षित के गोली चलाने से पहले चेतन ने इन्स्पेक्टर को पत्थर खींचकर मार दिया था। बेहोश होते-होते उसने चेतन पर गोली चला दी।"

"फिर आप प्रताप को क्यों कातिल समझ रहे हैं?"

"यह दीक्षित का बयान है।"

"अरे, प्रताप तो कुछ घंटे पहले यहीं था। उसने बहुत पी ली थी। यहां से बाहर चला गया। बॉर में और ज्यादा पीकर बेहोश हो गया। बॉर में मैनेजर ने उसे सोफे पर लिटा दिया। अभी उसे होश आया तो वह सीधा घर चला आया।"

"अच्छा...!"

"क्या आपको विश्वास नहीं हुआ?"

"प्रताप कहां है?"

"मेरे पास खड़ा है।"

"उसे फोन दीजिए।"

"देता हूं।"

जगताप ने थूक निगलकर प्रताप की तरफ फोन बढ़ाते हुए कहा–"चौहान अंकल से बात करो।"

प्रताप ने रिसीवर लेकर कहा–"हैलो, अंकल चौहान!"

"प्रताप! तुम पिछले चार घंटे से कहां थे?"

"ब्लू-मून बॉर में। मदहोशी की दशा में यहां से निकला था। फिर पता नहीं, कैसे बॉर में पहुंच गया। वहां और पीकर बेहोश हो गया। मैनेजर ने मुझे अन्दर लिटा दिया। अभी वहीं से आ रहा हूं।"

"बॉर का मैनेजर पुष्टि कर देगा?"

"आप उसे थाने बुलाकर मालूम कर लीजिए।"

"क्या तुम आज चेतन से मिले ही नहीं?"

"मैं अपने होश में ही नहीं था।"

"चेतन का खून हो गया है।"

"नहीं...!" प्रेमप्रताप सचमुच रो पड़ा और जगताप उसे ध्यान से देखता रहा। दूसरी तरफ खामोशी रही। बड़ी मुश्किल से प्रताप ने सिसकियों के बीच कहा–"मुझे विश्वास नहीं होता, अंकल!"

उसकी लाश शरदपुर के थाने में है। इन्स्पेक्टर दीक्षित खूनी की हैसियत से पकड़ा गया है। मगर वह तुम्हारे ऊपर आरोप लगा रहा है।"

"तो फिर आप मुझे गिरफ्तार करा दीजिए। आप कहें तो मैं इकबालिया बयान भी दे दूं।" कहते-कहते वह फिर से रो पड़ा।

चौहान ने धीरे से कहा–"धीरज रखो, बेटे!"

फिर सम्पर्क कट गया।

प्रेमप्रताप ने रिसीवर जगताप को दिया और धम्म से सोफे पर बैठकर नन्हे बच्चे की तरह फूट-फूटकर रोने लगा।

जगताप के चेहरे का रंग उड़ा हुआ था। आंखें फटी हुई थीं।

* * *

शेरवानी कार से उतरकर तेज-तेज चलता हुआ भीतर पहुंचा। चौहान को देखकर वह ठिठककर रह गया। फिर आगे बढ़कर बोला—“नेताजी, क्या यह खबर सच्ची है?”

चौहान ने गम्भीरता से जवाब दिया—“सच्ची है।”

शेरवानी इस प्रकार कुर्सी पर बैठ गया, मानो टांगों की जान निकल गई हो।

उसने भर्राई हुई-सी आवाज में कहा—“यह क्या हो रहा है? तीन दिन से मेरा भानजा लापता है। हर पहचान वाले को तार दे-देकर मालूम किया, ट्रंक-कॉल किए, मगर कहीं पता नहीं चला और आज...आज यह इतना गजबनाक हादसा हो गया।”

“शेरवानी साहब, होनी को कौन टाल सकता है।”

“मगर यह हुआ कैसे?”

“इन्स्पेक्टर दीक्षित ने पता नहीं क्यों उसे गोली मार दी?”

शेरवानी उछल पड़ा—“क्या? इन्स्पेक्टर दीक्षित ने?”

चौहान ने उसे ध्यान से देखकर पूछा—“फिर आप हत्यारा किसे समझ रहे थे?”

“अरे, मैं समझ रहा था। किसी दुश्मन के हाथों ऐसा हुआ है।”

“इन्स्पेक्टर दीक्षित ने भी कोई दुश्मनी ही निकाली होगी। और अब वह सेठ साहब के बेटे प्रेमप्रताप पर आरोप लगा रहा है।”

“नहीं...!”

“प्रेमप्रताप अपने घर पर ही है।”

“आपने बात की उससे?”

“हां, वह पिछले चार घंटों तक जिस बॉर में बेहोश रहा था, उसके मैनेजर ने भी उसके बयान की पुष्टि कर दी है।”

शेरवानी सन्नाटे में रह गया।

इतने में थाने के कम्पाउंड में एक कार आकर रुकी, जिसमें से सेठ जगताप और प्रेमप्रताप उतरते हुए नजर आए। चौहान की आंखों में बिजली का कौंधा लपका। फिर वह शांत हो गया।

कुछ देर बाद प्रेमप्रताप, चेतन की लाश पर गिरकर फूट-फूटकर रो रहा था।

* * *

“मालिक! आपसे संतलाल नामक आदमी मिलना चाहता है।”

“कहां से आया है?”

“हरिजनों की बस्ती से।”

"हरिजनों की बस्ती से?"

सेठ जगताप चौंककर सीधा बैठ गया।

नौकर ने कहा—"जी हां, मालिक! कहता है लखनलाल ने भेजा है।"

"तुमने उससे कहा नहीं कि हम अभी-अभी श्मशान से लौटे हैं? अपने दोस्त चौहान के बेटे की चिता जलवाकर!"

"मैंने कहा था, मालिक! लेकिन वह नहीं मानता। कह रहा है, मिलकर ही जाऊंगा।"

अचानक अपने कमरे से प्रेमप्रताप ने निकलकर नौकर से कहा—"उसे अन्दर बुला लो।"

नौकर चला गया तो सेठ जगताप ने कहा—"बेटे! आज तो...।"

प्रेमप्रताप ने बात काटकर कहा—"मेरे दोस्त की चिता जली है न?"

"हां, बेटे!"

"डैडी! क्या आप चाहते हैं कि कुछ और निर्दोषों की चिताएं जल जाएं?"

"क्या मतलब?"

"अगर आज मेरी और दीपा की सगाई की बात टाली गई तो वे लोग इसे बहाना समझेंगे। अब यह मामला सिर्फ लखनलाल के घर का नहीं रहा। पूरी बिरादरी ने इसे अपनी प्रतिष्ठा का प्रश्न बना लिया है।"

"तो क्या तुम दीपा से सगाई के लिए अपनी खुशी से तैयार हो?"

"नीति...डैडी! यह नीच बिरादरी के लोग, जिसकी अपनी कोई इज्जत नहीं होती, किसी इज्जत वाले की इज्जत उछालकर खुश होते हैं।"

"लेकिन हरिजनों की बस्ती में जाकर सगाई करना क्या हमारा अपमान नहीं है?"

"यह अपमान की तरह सहन करना पड़ेगा, डैडी! अगर उन लोगों ने हम से दुश्मनी पर कमर बांध ली तो हम हर वक्त पुलिस प्रोटेक्शन थोड़े ही साथ लिए फिरेंगे।"

इतने में एक सांवला-सा अधेड़ आदमी अन्दर आया, जो सूरत से अक्खड़ और बदतमीज मालूम होता था।

उसने आते ही एक सोफे पर बैठते हुए कहा—"मुझे लखनलालजी ने भेजा है।"

जगताप का चेहरा इस तरह गुस्से से लाल हो गया, जैसे वह अभी संतलाल को नौकरों से उठवाकर बाहर फेंक देगा। लेकिन वह सिर्फ होंठ भींचकर रह गया।

प्रेमप्रताप ने संतलाल से पूछा—"आप लखनलालजी के रिश्तेदार हैं?"

"जंवाईराज! यूं तो हमारी सारी बिरादरी एक-दूसरे की रिश्तेदार है। वैसे मैं दीपा का मौसा भी हूं और म्यूनिसिपल कारपोरेशन के स्वीपरों की यूनियन का सैक्रेटरी भी हूं।"

इस बार जगताप ने तनिक गुस्से से पूछा—"कैसे आए हो?"

"सेठ साहब! क्या आपको याद नहीं रहा? आज दीपा और प्रेमबाबू की सगाई होनी है।"

"सेठ ने कहा—"क्या तुम्हें मालूम नहीं कि आज हमारे दोस्त चौहान का बेटा एक पीड़ाजनक मौत मरा है। हम दोनों अभी श्मशान से आ रहे हैं।"

"सेठजी! जीवनमृत्यु तो इस संसार में लगे रहते हैं। नेताजी चौहान आपके दोस्त हैं और उनके बेटे की हत्या हो गई है। वह भी थोड़ी देर पहले ही श्मशान से लौटे हैं। लेकिन नहा-धोकर वह अब तक हमारी बस्ती में पहुंच चुके हैं सगाई के संस्कारों में सम्मिलित होने के लिए!"

जगताप सन्नाटे में रह गया।

संतलाल ने फिर से कहा—"सात बजे शाम का शुभ-मुहूर्त है सगाई का। हमारी सारी बिरादरी जमा हो चुकी है। गांव-देहात के मेहमान भी आ गए हैं। प्रेस वालों की भीड़ पहले ही जमा हो चुकी है। मैंने दूरदर्शन वालों को भी सूचना दे दी थी। इस संस्कार की झलकियों को वे भी कवर करेंगे, क्योंकि यह सगाई पूरे देश के लिए एक मिसाल होगी।"

कुछ पल रुककर वह कुछ चुनौती भरी मुस्कान के साथ बोला—"और अगर यह शुभ कार्य किसी बहाने टाला गया तो इन्हीं पुलिसवालों और दूरदर्शवालों को दीपा अपनी विपदा सुनाएगी कि किस प्रकार आपके बेटे ने उसका अपहरण किया था। उसकी लाज लूटी थी।

"और आपने लिखित दी थी कि आप दीपा को अपनी बहू बनाएंगे। इसलिए उसके बाप ने आपके बेटे के विरुद्ध कोई कार्रवाई नहीं की थी। फिर आप जानते हैं कि हरिनगर के हरिजनों की प्रतिष्ठा की यह समस्या पूरे देश की प्रतिष्ठा की समस्या बन आएगी।"

फिर वह उठता हुआ बोला—"छः बज रहे हैं। सगाई की रीति का मुहूर्त सात बजे संध्या का है। अब आप वहां पहुंचे या न पहुंचें—यह आपकी इच्छा है।"

प्रेमप्रताप ने गम्भीरता से कहा—"नहीं, मौसाजी! हम लोग आधे घंटे में पहुंच रहे हैं।"

संतलाल ने प्यार से उसके सिर पर हाथ फेरा और बाहर निकल गया। जगताप के होंठ सख्ती से भिंचे रह गए थे।

प्रेमप्रताप ने कहा—"आप भी तैयार हो जाइए, डैडी! मैं नहाने जा रहा हूं।"

फिर वह अपने कमरे की तरफ चला गया।

* * *

दीपा और प्रेमप्रताप की सगाई बड़ी धूमधाम से हुई। वह सारी धूमधाम हरिजनों की तरफ से ही थी। सेठ जगताप की तरफ से सिर्फ एम० एल० ए० चौहान सम्मिलित हुआ था, क्योंकि उस सगाई का सेठ के जानकार क्षेत्रों में किसी को पता ही नहीं था।

प्रेसवालों ने सैकड़ों फोटो-ग्राफ ले डाले और दूरदर्शन वालों ने सगाई की पूरी रीति कवर की, जिसमें सेठ जगताप से ज्यादा आगे-आगे चौहान रहा।

रीति के बाद दूरदर्शन की एक कार्यकर्ता लड़की ने अलग-अलग उस सगाई के बारे में सबकी प्रतिक्रियाएं जाननी चाहीं।

प्रेमप्रताप से उसने सवाल किया—"आप एक उच्च जाति के और इतने बड़े सेठ के इकलौते बेटे हैं। आप इस सगाई के लिए कैसे राजी हो गए?"

"किसी भी अच्छाई को जाति-पांत की तराजू में नहीं तोला जा सकता। दीपाजी में वे सारी खूबियां हैं जो एक अच्छी जीवन साथी में होनी चाहिए। उनकी खूबियों के आधार पर मैंने उन्हें अपनी जीवन साथी चुनना पसन्द किया है।" प्रेमप्रताप ने गम्भीरता से जवाब दिया।

लड़की ने दीपा से पूछा—"आप इस सम्बन्ध से कैसा अनुभव कर रही हैं?"

दीपा ने गम्भीरता से जवाब दिया—"वही, जो एक अच्छे जीवन साथी को पाकर एक लड़की महसूस करती है। हम दोनों एक दूसरे के मंगेतर हैं। इस समय न तो मैं हरिजन हूं, न ही मेरे मंगेतर ऊंची जाति के हैं। एक अच्छा जीवन साथी और एक अच्छी ससुराल मेरा अधिकार था, जो मुझे मिल गया।"

संवाददाता ने सेठ जगताप से पूछा—"आपके मन में दीपा को बहू बनाने का विचार कैसे आया?"

जगताप ने जवाब दिया—"दीपा मेरे बेटे की पसन्द है और अपने बेटे की खुशी को मैं अपनी पसन्द समझता हूं।"

फिर चौहान से पूछा गया—"नेताजी! इस सम्बन्ध के बारे में आपके क्या विचार हैं?"

चौहान की आंखों में मगरमच्छ के आंसू नजर आए। उसने कहा—"प्रेमप्रताप और मेरा स्वर्गवासी बेटा एक-दूसरे के गहरे दोस्त थे। अगर दीपा बेटी को पहले प्रेमप्रताप ने पसन्द न किया होता तो इसे मैं अपने घर की बहू बनाता।"

"दीपा को मेरा बेटा कितना पसन्द करता था, इस बात का अंदाजा इससे लगाया जा सकता है कि मेरे बेटे ने प्रेमप्रताप के लिए अपनी पसन्द की तो बलि दे दी, लेकिन आज उसने खुद भी अपने आपको गोली मारकर आत्महत्या कर ली।"

इससे पहले कि संवाददाता कुछ और पूछती, चौहान के कुछ चमचों ने जोरदार नारा लगाया—"नेताजी चौहान की...जय...!"

दूसरे ही पल हजारों हरिजनों का गगनभेदी नारा गूंज उठा—"नेताजी चौहान...की जय!"

"हमारे नेता...जिंदाबाद!"

"हमारा नेता...चौहान!"

"चौहान का बेटा...अमर रहे!"

"चौहान का बेटा...अमर रहे!"

जगताप के होंठ कठोरता से भिंचकर रह गए। इतने में शेरवानी अपने धर्म के सैकड़ों लोगों को लेकर आ गया और वे लोग हरिजनों से गले मिलने लगे।

* * *

दूसरे दिन शाम को एक छोटे से पार्क में अमर, दीपा और प्रेमप्रताप तथा अमृत इकट्ठे हुए। सबसे पहले दीपा ने अमर और अमृत से पूछा–"तुम लोग सगाई में क्यों नहीं आए?"

अमर ने जवाब दिया–"हम नहीं चाहते थे कि मुझे और अमृत को साथ देखा जाए और हमारा तुमसे किसी प्रकार का सम्बन्ध प्रकट हो, वरना हमारा षड्यंत्र समझा जाता।"

दीपा ने प्रेमप्रताप की तरफ देखा और बोली–"क्या प्रेमबाबू को सबकुछ मालूम है?"

"प्रेमबाबू, अब पहले जैसे प्रेमबाबू नहीं हैं। उन्हें जितना मालूम है, उससे आगे हम लोग उन्हें बता देंगे।"

प्रेमप्रताप ने दीपा से कहा–"मेरे डैडी और शेरवानी चाहते थे कि चेतन की मौत इस सगाई को टालने का बहाना बन जाए और समय के साथ-साथ लोग यह घटना भूल जाएं।"

उसने अमर की तरफ देखा और बोला–"लेकिन अमर भैया ने अगर मेरे ऊपर एक बहुत उपकार न किया होता तो शायद यह नया प्रेम तुम्हारे सामने न होता। अब यह सगाई सिर्फ एक दिखावे की सगाई नहीं है। मैं अपनी शिक्षा पूरी करते ही इस सगाई को शादी में बदल दूंगा।"

दीपा के होंठों पर अच्छी-सी मुस्कान फैल गई उसने कहा–"सचमुच अमर भैया जादूगर हैं। अगर उस दिन यह मुझे मंदिर की सीढ़ियों पर न रोकते तो मैं मंदिर के अन्दर जाने के लिए बिरादरी बुला लेती और पता नहीं क्या हो जाता।"

अमर ने कहा–"अच्छा दीपा। अब तुम घर जाओ। तुमसे कोई काम होगा तो हम खुद तुमसे कांटेक्ट करेंगे।"

"ठीक है भैया। लेकिन मैं चाहूंगी कि प्रेमबाबू के सामने कोई बात गुप्त न रहे। उन्होंने मुझे अपनाने का गम्भीरता से फैसला किया है तो जीवन साथियों के बीच ऐसा कुछ नहीं छिपा रहना चाहिए, जिसका रहस्योद्घाटन शादी के बाद दोनों के बीच कटुता का कारण बने।"

"तुम निश्चिन्त रहो। अब यह मेरी जिम्मेदारी है।"

दीपा के जाने के बाद अमर ने विस्तार से प्रेमप्रताप के बारे में बताया कि उसने किस प्रकार दीपा के द्वारा प्रेम और चौहान को फंसवाया था।

प्रेमप्रताप पर उसका कोई रिएक्शन नहीं हुआ। उसने कहा–"तुम्हारी इस चाल ने कम से कम मुझे मेरे डैडी की असली सूरत तो दिखा दी। मैं और चेतन अच्छे थे या बुरे–लेकिन हम दोनों बहुत गहरे दोस्त थे।"

"तुम दोनों का एक तीसरा दोस्त शौकत भी तो था।"

“हां, लेकिन चेतन का मेरा बचपन का साथ था और शौकत हम दोनों को दसवीं क्लास से मिला था। इसके अलावा वे हम दोनों से उम्र में भी छोटा था।

“वह शेरवानी साहब का भानजा और लेपालक बेटा था। उसमें कुछ ऐब भी थे। वैसे, जो कम से कम मुझमें और चेतन में नहीं थे। लेकिन वह अचानक कहां लापता हो गया, कुछ पता नहीं।”

अमर और अमृत ने एक-दूसरे की तरफ देखा। लेकिन प्रेम की आखिरी बात का जवाब नहीं दिया।

अमर ने कुछ पल रुककर पूछा—“शौकत ने तुम्हारे और चौहान के साथ कुछ लड़कियों को रेप भी किया था?”

“हां, हम लोगों ने ये पाप किए हैं।”

“सिर्फ वासना से मजबूर होकर?”

“शराब-कबाब के आदी को शबाब की जरूरत खुद-ब-खुद पड़ जाती है। लेकिन आमतौर पर आसानी से हाथ आ जाने वाली लड़की को इन्डीकेट शौकत ही करता था।”

“ओहो...!”

“एक बार उसने सलमा नामक एक लड़की को इन्डीकेट किया। वह किसी कारखाने के हेड मिस्त्री की बेटी थी, जो डाईयां बनाता था। अब्दुल्ला उसका नाम था। जिस कारखाने में उसने दस वर्ष काम किया, उस कारखाने के मालिक ने दस वर्ष में मिस्त्री की कला से कम से कम एक करोड़ रुपया कमाया।”

‘लेकिन जब सलमा की शादी का समय आया और मिस्त्री ने पच्चीस हजार एडवांस मांगे तो मालिक ने साफ इन्कार कर दिया।”

“अब्दुल्ला को एक-दूसरे कारखानेदार ने पचास हजार एडवांस देकर लपक लिया। अब्दुल्ला ने सलमा की शादी धूमधाम से करने की तैयारियां शुरू कर दीं।”

“अब्दुल्ला के पहले मालिक और शेरवानी साहब के गहरे सम्बन्ध हैं। इसलिए कि शेरवानी साहब के कैन्डीडेट को इलेक्शन लड़ने के लिए शेरवानी साहब को वह भी चन्दा देता था। उसने शेरवानी साहब से कहा कि अब्दुल्ला को सीख मिलनी चाहिए।”

प्रेमप्रताप ने ठंडी सांस ली और बोला—“और शेरवानी ने सीख देने का काम शौकत को सौंप दिया। शौकत ने मेरे और चेतन के साथ मिलकर सलमा का अपहरण कर लिया।”

“उसकी इज्जत हम तीनों ने मिलकर लूटी, ताकि उसकी शादी ही न हो सके। वह इतनी स्वाभिमानी लड़की थी कि जैसे ही हमने उसे छोड़ा, उसने हमारे सामने ही रेल के सामने कूदकर आत्महत्या कर ली।”

प्रेमप्रताप की आंखों में यंत्रणा नजर आई और वह बोला–"शायद पहली बार मुझे किसी लड़की पर तरस आया था, क्योंकि वह लड़की सलमा, उस हरामी शौकत को शौकत भाई कहती थी और शौकत ही उसे बहाने से लाया था।"

अमर और अमृत की आंखों में भी वेदना झलक रही थी।

अमर ने कहा–"तुम्हें यह कैसे पता चला कि सलमा के साथ जो कुछ हुआ, अब्दुल्ला को दण्ड देने के लिए हुआ था।"

"उस हरामी शौकत ने खुद ही बताया। जब दूसरे दिन हमें मिला तो बहुत खुश था। कहकहे लगा रहा था। मुझे और चौहान को एक बड़े होटल में ट्रीट दी और बताया कि उस ट्रीट कि लिए रकम उसे शेरवानी ने दी थी, जो शेरवानी को अब्दुल्ला के पहले मालिक ने दी थी और अब्दुल्ला, सलमा के रेप और मौत के आघात से पागल हो गया।"

प्रेमप्रताप ने और भी ऐसी कई घटनाएं बताईं, जिनमें अधिकांश ऐसी ही लड़कियों को रेप किया गया था, जिनके घरवालों से किसी न किसी तरह बदला लेना था।

उसने बताया–"एक लड़की आशा का हम तीनों ने अपहरण किया था। उसे चौहान ने 'सजेस्ट' किया था, क्योंकि आशा का बाप अचानक चौहान की पार्टी छोड़कर एक दूसरी पार्टी में जा मिला था।"

"उस दल-बदल के दण्डस्वरूप उसे अपनी बेटी की लाज से हाथ धोने पड़े। उसका रिश्ता टूट गया। फिर उसकी शादी एक रिक्शापुलर से करनी पड़ी।"

अमर ने आखिर में पूछा–"तुम लोगों ने ऐसी किसी लड़की का मर्डर भी किया था?"

"एक लड़की का मर्डर करना पड़ा था। लेकिन वह मर्डर शौकत और चेतन ने मिलकर किया था।"

"क्यों...?"

"हम लोग किसी और लड़की को उठाना चाहते थे। भूल से उसे उठा लाए। बाद में पता चला कि वह लड़की चेतन के पिता के दोस्त की बेटी है। दोस्त भी छोटा-मोटा नहीं कारखानेदार, जो शायद कारखानेदार को भी हिलाकर रख देता।"

"ओहो..."

"मजबूर होकर उसे रेप करने के बाद कत्ल करना पड़ा। लेकिन उसके हाथ-पांव चेतन ने पकड़े और शौकत ने उसका गला घोंट। फिर उसे कमर से पत्थर बांधकर एक पुराने निर्जन इलाके के कुएं में फेंक दिया गया।"

"यानी तुम लोगों को मासूम लड़कियों के अपहरण और रेप की खुली छूट तुम लोगों के पिताओं ही की तरफ से थी।"

प्रेमप्रताप ने होंठ सिकोड़कर कहा–"अब इसमें भी किसी सन्देह की गुंजाइश है।"

"और यह लूटमार...डकैती कर छूट...?"

प्रेमप्रताप कड़वी-सी मुस्कान के साथ अमर की तरफ देखकर बोला–"जो कुछ मैं बताऊंगा। शायद तुम उस पर विश्वास नहीं करोगे।"

"मैं जानता हूं कि अब तुम झूठ नहीं बोलते।"

"हम लोगों को यानी मुझे, चेतन और शौकत को हरिनगर के पूरे सिविल लाइन का इलाका सौंपा गया था, राह चलते और दिन में या रात में किसी भी समय चाकू की नोक पर यार रिवाल्वर की नोक पर किसी की भी पगड़ी उतार लेना, जेब खाली करा लेना, जरूरत पड़े तो जख्मी तक कर देना।"

"जहां इक्का-दुक्का दुकान खुली मिल जाए, उसे लूट लेना। किसी घर में कोई औरत अकेली हो, उस घर में घुसकर जेवरात, नकदी लूट लेना। जी चाहे तो औरत को भी रेप कर लेना।"

"ओहो...!"

"हम लोगों के खिलाफ पचास रिपोर्टों के बाद एक रिपोर्ट पर औपचारिक कार्रवाई होती और वह भी इस प्रकार खत्म हो जाती, जैसे हम लाला सुखीराम की दुकान लूटने के केस से साफ बचा लिए गए और उल्टे तुम्हें सस्पैंड होना पड़ा।"

"यह छूट किसकी तरफ से थी?"

"चौहान की तरफ से। हमारे बचाव की जिम्मेदारी भी चौहान और शेरवानी पर थी। शरदपुर थाने का इन्चार्ज इन्स्पेक्टर दीक्षित बाकायदा हर महीने अपनी तनख्वाह से दुगनी रकम शेरवानी के हाथों से प्राप्त करता है।"

"और बाकी स्टाफ?"

"उन्हें भी कुछ न कुछ मिलता ही होगा।"

"एस॰ एस॰ पी॰, एस॰ पी॰ सिटी और डी॰ एम॰ साहब?"

"इन लोगों में से कोई कड़क निकल आए तो चौहान ऊपर से टेलीफोन मंगवा लेता है।"

"तो तुम्हें सिविल लाइन से बाहर जाकर कुछ करने की जरूरत नहीं थी?"

"नहीं। रेवले लाइन पार के पुराने शहर में यही सबकुछ करने का काम शेरवानी ने पांच नौजवान गुण्डों के एक दल को सौंप रखा है।"

"तुम्हें उन पांचों के नाम मालूम हैं?"

"खुलेआम दनदनाते फिरते हैं। सब जानते हैं। अभी पुराने शहर का एक छोटा कारखानेदार अट्ठारह हजार रुपए वसूल करके ला रहा था। एक गली के मोड़ से उसे खींचकर पांचों अकेले में ले गए।"

"उसके रुपए छीने। उसने बचाव किया तो पेट में चाकू मार दिया। लगभग एक दर्जन लोगों ने वह कांड देखा। किसी ने पुलिस को भी फोन कर दिया। लेकिन पुलिस घायल को उठाने के लिए पूरे दो घंटे बाद पहुंची।"

"किसी ने गवाही दी?"

"एक मौलाना ने मस्जिद में से देख लिया था। उन्होंने पुलिस आने पर गवाही दे दी कि उन्होंने पांचों को देखा है। पुलिस उन्हें साथ ले गई।"

"उस मोहल्ले की एक औरत ने उन गुण्डों के हेड साबिर के कहने पर मौलाना के विरुद्ध छेड़छाड़ और हाथापाई की रिपोर्ट दर्ज करा दी।"

"वह चालू औरत है। मौलाना की जमानत भी नहीं हुई, जेल में सड़ रहे हैं। और अब कोई साबिर और उसके चारों साथियों के खिलाफ गवाही देने की हिम्मत भी नहीं करता।"

"हूं। यानी हरिनगर के दोनों इलाकों के गुण्डों को दो ग्रुपों में बांट दिया गया है—"डकैटी, लूटमार, चाकूमारी और बलात्कार के लिए!"

"हां...!"

"इसका मतलब है, जो केस हरिनगर से सम्बन्धित जिलों में हो रहे हैं, उनमें भी अलग-अलग ग्रुप होंगे यह सब करने वाले।"

"यकीनन होंगे।"

"इस सबका उद्देश्य?"

"हम जवान लोगों को आम खाने से मतलब होता है। पेड़ गिनने के लिए कौन सोचता है?"

"हूं...और तुम नौजवानों को तुम्हारे ही अभिभावक इस रास्ते पर डालते हैं?"

"अब तो खुलकर सामने आ गया है।"

"चौहान तो रूलिंग पार्टी का एम॰ एल॰ ए॰ है। इस अराजकता और आंतक से वह अपनी ही पार्टी को बदनाम क्यों कर रहा है?"

"शायद इसलिए कि वह एम॰ पी॰ बनना चाहता था। लेकिन उसे हाईकमान ने एम॰ एल॰ ए॰ बनवा दिया। एम॰ पी॰ की सीट के लिए एक ऐसे सिख को चुना गया, जो खालिस्तान समर्थक था और अब वह सेंट्रल में मंत्री है।"

"तो चौहान इस बात का बदला ले रहा है?"

"और क्या सोचा जा सकता है!"

"लेकिन शेरवानी और तुम्हारे डैडी क्यों चौहान का साथ दे रहे हैं।"

"उनका कोई हित होगा, जो मुझे नहीं मालूम। वैसे डैडी एक लट्ठ टाइप के पूंजीपति हैं, कठोर भी। मगर राजनीतिक दांव-पेंच वह शेरवानी या चौहान की तरह नहीं जानते।"

"क्या सचमुच चौहान दीपा और चेतन की सगाई पर सहमत था?"

"प्रचार! उसने तो बड़ी चालाकी से चेतन को बचाकर मुझे फंसा दिया था उस समय।"

"और हरिजनों की बस्ती में अपने बेटे की मौत का भी राजनीतिक लाभ उठाने से नहीं चूका। जहां सेठ जगताप...जिन्दाबाद के नारे लगने चाहिए थे, वहां अपनी जय-जयकार करवा ली।"

“दूसरी तरफ उसने अपने बेटे की हत्या को आत्महत्या साबित करके इन्स्पेक्टर दीक्षित को भी बचा लिया।”

प्रेमप्रताप ने चौंककर कहा—“क्या? इन्स्पेक्टर दीक्षित बच गया?”

“बिल्कुल, उसकी वर्दी भी शरीर पर है, कुर्सी भी उसके नीचे है। रिवाल्वर पर खुद चेतन के ही हाथों के निशान बना लिए गये हैं।”

“इसका मतलब है, अब इन्स्पेक्टर दीक्षित चौहान की सच्चाई बता देगा कि किस प्रकार डैडी और शेरवानी ने मेरे हाथों चेतन का खून करा दिया और दीपा से मेरी सगाई कराने की भी कोशिश की।”

“जाहिर है...बता देगा...।”

“और चौहान शेरवानी और डैडी को चारों खाने चित करने की कोशिश करेगा।”

“बेशक...!”

प्रेमप्रताप ने ठण्डी सांस ली और बोला—“इस हमाम में सब नंगे हैं। मगर अब मुझे क्या करना है?”

अमर ने कहा—“अब तुम अकेले हो। इसलिए सिविल लाइन का एरिया शायद किसी दूसरे ग्रुप को सौंप दिया जाए।”

“वैसे भी कर दिया जायेगा, क्योंकि हम तीन के ग्रुप को चेतन लीड करता था। वह मर चुका है। चौहान मुझे सेठ जगताप के बेटे की हैसियत से यह काम अब सौंपेगा नहीं और शौकत लापता है।”

“इसलिए तुम चुपचाप कॉलेज जाते रहो।”

“मगर चौहान शायद मुझे जिंदा नहीं रहने देगा। वह एक ऐसा नाग है, जो अपने दुश्मन से हजार वर्ष बाद भी बदला ले सकता है। फिर मैं तो उसके बेटे का खूनी हूं। भेद इन्स्पेक्टर दीक्षित उसे बता चुका होगा।”

“तुम्हारी सुरक्षा के लिए सबसे ज्यादा उचित जगह तुम्हारे डैडी की कोठी है। बेहतर होगी कि कुछ दिनों के लिए तुम कॉलेज ही मत जाओ, किसी भी बीमारी या टेंशन के बहाने!”

“ठीक है...!”

अमृत ने कहा—“लेकिन इस समय भी प्रेम को अकेला नहीं जाना चाहिए। हम दोनों उसे पहुंचा देते हैं।”

अमर ने गंभीरता से कहा—“नहीं, तुम इतने खुलकर सामने मत आओ। तुम दुकानदार हो। मैं एक सस्पेंडेड सिपाही हूं। मैं प्रेम के साथ कार में चला जाता हूं।”

“और कोई खास बात?”

“बाद में तय करेंगे। अभी तो जानकारी का भंडार इकट्ठा कर रहे हैं।”

वे तीनों उठ गये।

* * *

कार के शीशे चढ़े हुए थे। अमर जान-बूझकर पिछली सीट पर बैठा था। उसके पास प्रेमप्रताप का ही दिया हुआ रिवाल्वर भी था, जो अंग्रेजी था और जिसमें छह राउंड मौजूद थे। प्रेमप्रताप खुद कार ड्राइव कर रहा था।

एक बाजार से गुजरते हुए कुछ ऐसे हंगामे की आवाज आई, जैसे आपस में कुछ लोग लड़ रहे हों। वे लोग चौकन्ने हो गए।

फिर एक आदमी बुरी तरह चिल्लाता और भागता हुआ उधर ही आता नजर आया—"बचाओ...बचाओ...।"

"अरे, मुझे मार डालेंगे...!"

"भगवान के लिए मुझे बचाओ!"

उसके पीछे दस-बारह आदमी हाथों में लाठियां, हाकियां और दूसरी चीजें लेकर दौड़ते आ रहे थे।

अमर ने धीरे से कहा—"होशियार प्रेम...!"

प्रेम ने धीरे से कहा—"मैं समझ रहा हूं।"

"कार इतनी धीमी कर लो, जैसे रोक रहे हो। फिर एकदम निकालते ले चलना।"

प्रेमप्रताप ने कार की गति धीमी कर ली और भागने वाला आदमी उसी की गाड़ी के बोनट पर आकर गिरता हुआ चीखा—"मुझे बचा लो...बाबूजी...।"

"मुझे बचा लो...!"

"मैंने किसी लड़की को नहीं छेड़ा, मुझ पर झूठा आरोप लगा रहे हैं।"

इतनी देर में वे दस-बारह बिफरे हुए लोग करीब पहुंच गए थे। उन्होंने जैसे ही कार के गिर्द घेरा डाला। प्रेमप्रताप ने फुर्ती से एक्सीलेटर दबा दिया।

गाड़ी झटके से आगे बढ़ी और फरियादी बोनट पर ही लटका रह गया।

पीछे से कई हाकियां, लाठियां कार पर पड़ीं। लेकिन शीशा भी न टूट सका और गाड़ी फर्राटे भरती हुई निकलती चली आई। फरियादी लटका रहा।

अमर ने प्रेम से कहा—"बाजार से निकाल ले चलो। किसी सुनसान जगह रोकना।"

"वे लोग पीछे-पीछे आ गए तो?"

"छः राउंड हैं। छः सौ की भीड़ भाग जायेगी।"

गाड़ी बाजार से निकली और एक सुनसान रास्ते पर आकर रुक गई। रुकते-रुकते अमर खिड़की खोलकर उतर पड़ा।"

फरियादी संभलकर खड़ा हो गया था। उसने आंखें फाड़कर हांफते हुए कहा—"बहुत-बहुत धन्यवाद! आपने मुझे मरने से बचा लिया।"

अमर ने उसकी भुजा पकड़कर कहा—"चलो, गाड़ी में बैठो। वे लोग आ रहे होंगे।"

"नहीं-नहीं साहब। मैं चला जाऊंगा।"

"अबे, चला कैसे जाएगा?"

अमर ने उसकी गर्दन पकड़कर गाड़ी में ठूंस लिया और प्रेमप्रताप से बोला—"शहर से बाहर नहर की तरफ ले चलो।"

फरियादी ने हड़बड़ाकर कहा—"क...क...क्यों?"

अमर ने क्रूर स्वर में कहा—"वहां से गोली की आवाज शहर तक नहीं आयेगी और नहर में लाश भी आसानी से बहाई जा सकती है।"

"नहीं...नहीं...!"

"हरामजादे...पहले इस नाटक का मतलब बता, फिर तुझे मरना तो है ही।"

"नहीं...नहीं। भगवान के लिए मुझे छोड़ दो!"

"छोड़ेंगे...मगर नहर में और लाश की सूरत में। और अब गोली की जगह मैं तुझे हाथों से मारूंगा। पहले दोनों हाथों का तोड़ दूंगा। फिर नाक पर पत्थर मारूंगा।"

फरियादी कंपकंपाकर गिड़गिड़ाया—"नहीं...नहीं...।"

गाड़ी अब नहर की दिशा में ही दौड़ रही थी। अचानक अजनबी ने गाड़ी से बाहर झांककर चिल्लाने की कोशिश की—"बचाओ...बचाओ...!"

अमर का एक तगड़ा-सा घूंसा उसकी ठोड़ी पर पड़ा और उसके अगले दो दांत बाहर आ गिरे। साथ ही खून भी मुंह से गोद में टपकने लगा।

अमर ने निर्मम स्वर में कहा—"अब आसानी से चिल्ला सकोगे। चिल्लाओ...इस बार मैं तुम्हारी नाक की हड्डी तोड़ दूंगा।"

अजनबी बिल्कुल जड़ होकर रह गया।

* * *

गाड़ी कुछ देर बाद नहर के किनारे ठीक उस जगह रुक गई, जहां प्रेमप्रताप ने चेतन को गोली मारी थी। अमर ने नीचे उतरकर अजनबी की गर्दन पकड़कर नीचे खींच लिया।

प्रेमप्रताप भी उतर गया। अमर ने प्रेमप्रताप से कहा—"एक पत्थर लाओ। पहले इसके घुटने तोड़ दिये जाएं।"

अजनबी ने गिड़गिड़ाकर कहा—"नहीं, भगवान के लिए नहीं। मेरे ऊपर दया करो।"

अमर ने उसकी गर्दन पकड़कर झटका दिया और बोला—"वे लोग कौन थे, जो तेरे पीछे दौड़ रहे थे?"

"व...व...वे लोग...एक...एक लड़की को छेड़ने का आरोप...।"

अमर ने उसका दायां हाथ पकड़कर एक झटका दिया। 'चटाक' की आवाज के साथ एक हड्डी टूट गई। अजनबी भैंसे की तरह डकराया।

अमर ने वैसे ही निर्मम स्वर में गुर्राकर कहा—"प्रेम पत्थर लाओ।"

अजनबी नीचे धम्म से बैठ गया था। उसके चेहरे पर तीव्र वेदना के लक्षण थे और आंखों में आंसू।

उसने बैठी-बैठी आवाज में कहा—"ब...ब...बता रहा हूं...मुझे मत मारो...!"

"बताओ, वे लोग कौन थे?"

"शहर के गुण्डे!"

"ओहो, क्या उनमें नासिर भी था?"

"नासिर के ही चेले-चपाटे थे।"

"और तुम कौन हो?"

"मैं नासिर के ही मोहल्ले में रहता हूं।"

"क्या करते हो?"

"जेबें काटता हूं।"

"नासिर तुम्हारे द्वारा प्रेम की कार रुकवाना चाहता था?"

"हां...!"

"उसके गुंडे प्रेम को जान से मारने आए थे न?"

"हां...मैं कार से टकराता...प्रेम बाबू जैसे ही उतरते...गुंडे उन पर टूट पड़ते...लाठियों...हाकियों से मार डालते और फिर गाड़ी में आग लगा देते...कुछ दुकानदारों पर आक्रमण करते...छोटा मोटा फसाद बना दिया जाता।"

"और यह षड्यंत्र चौहान साहब का था?"

"म...म...मुझे नहीं मालूम।"

अमर ने प्रेम से कहा—"प्रेम...पत्थर...!"

अजनबी जल्दी से बोला—"हां, शेरवानी साहब ने नासिर को...इस काम के लिए...एक बड़ी रकम दी थी और उसमें से हम सबको भी...हिस्सा मिला था।"

"अब तुम नासिर को क्या बताओगे?"

"ज...ज...जो...आ...आ...आप कहेंगे।"

"नासिर को तुम बताओगे कि जिस कार को उसने प्रेम प्रताप की कार समझा था। उसमें प्रेमप्रताप नहीं था, टाइगर था।"

"ट...ट...टाइगर...!"

"हां, ब्लैक टाइगर...!"

"क...क...कौन ब्लैक टाइगर?"

अगले ही पल अमर ने गुर्राकर चीते के ही पंजे की तरह उसके मुंह पर पंजा मारा और बुरी तरह छटपटाने लगा, क्योंकि उसके चेहरे पर पांच नाखूनों के निशान वैसे ही बन गए थे, जैसे किसी चीते ने पंजा मारा हो और बाईं आंख की पुतली भी निकल पड़ी थी।

अमर ने हिंसक स्वर में कहा—"अब समझे किसे कहते हैं ब्लैक-टाइगर।"

"स...स...समझ गया।"

"याद रखो, अगर तुमने बता दिया कि इस गाड़ी में प्रेमप्रताप भी था तो तुम पाताल में भी छुप जाओगे तो भी मैं तुम्हें ढूंढ निकालूंगा और तुम्हारी दूसरी आंख भी फोड़ दूंगा। साथ में जुबान भी जड़ से काट दूंगा। मैं तुम जैसे लोगों को जान से मारने में विश्वास नहीं रखता हूं।"

अजनबी ने हांफते हुए बैठी-बैठी आवाज में कहा—"म...म...मैं वही कहूंगा, जो आपने बताया है..."

"बस, अब तुम बेहोश होने वाले हो। कुछ देर बाद होश में आओगे तो शहर जाने के लिए कोई न कोई सवारी मिल जाएगी।"

अजनबी सचमुच बेहोश होकर गिर पड़ा।

प्रेमप्रताप की आंखें फैली हुई थीं। और चेहरा जाने क्यों सफेद-सा हो रहा था।

अमर ने उसकी भुजा पकड़कर कहा—"शायद अब तुम ड्राइविंग न कर सकोगे...बैठो..."

प्रेमप्रताप हैरान-हैरान अगली सीट पर ही बैठ गया। ड्राइविंग अमर ने संभाल ली।

गाड़ी चल पड़ी तो प्रेमप्रताप ने थूक निगलकर कहा—"स...स...सचमुच...तुमने तो मुझे मौत के मुंह से निकाल लिया।"

अमर ने गम्भीरता से कहा—"इसलिए कि अब तुम एक पूंजीपति के एय्याश, आवारा बेटे नहीं रह गए हो।"

"त...त...तुम कौन हो?"

"एक सिपाही—मेरा काई दूसरा रूप नहीं है।"

"म...म...मगर इतना निर्मम और भयानक..."

"प्रेम बाबू! युद्ध के मैदान में यही निर्ममता और हिंसा काम आती है। दुश्मन पर टूटते हुए आदमी को यह नहीं सोचना चाहिए कि दुश्मन के अस्तित्व के कौन से भाग का नुकसान पहुंच

रहा है। उसके ऊपर जितना ताबड़-तोड़ हमला करोगे। उतनी ही सरलता से विजय प्राप्त कर लोगे।"

"सचमुच...तुम...तुम्हें तो कोई बहुत बड़ा अफसर होना चाहिए था।"

"हरगिज नहीं। अफसर सिर्फ कुर्सी तोड़ने के लिए होता है। लड़ाई सिर्फ सिपाही लड़ता है। बहरहाल, यह साबित हो गया कि चौहान दुश्मनी पर उतर आया है।"

"और यह उसका आखिरी हमला नहीं हो सकता।"

"हमले का जवाब हमला होना चाहिए, ईंट का जवाब पत्थर। इसी प्रकार दुश्मन के ऊपर काबू पाया जा सकता है।"

"यानी...?"

"हमें पहले चौहान और शेरवानी की जोड़ी तोड़नी है। उसके बाद उन दोनों का जोर तोड़ना है। यह नासिर तो शेरवानी का ही गुन्डा है।"

"बेशक, शेरवानी जरूर चौहान से मिल गया है।"

"क्या मैं इस हमले के बारे में डैडी को बता दूं?"

"क्या तुम्हें उन पर इतना भरोसा है?"

"क्या मतलब है?"

"संभव है, तुम्हारे डैडी तुम्हें अपनी नीतियों की भेंट चढ़ा दें। एक बार तो तुम उन्हें परख ही चुके हो। क्या कमी रह गई थी तुम्हारे गले में फांसी का फंदा पड़ने में?"

वह कुछ न बोला। थूक निगलकर रह गया।

* * *

रात के अंधेरे में तीन छायाओं ने कब्रिस्तान में प्रवेश किया और दबे पांव चलते हुए शौकत की कब्र के पास रुक गए।

वे तीनों अमर, अमृत और हशमत थे।

हशमत ने कहा—"यही है शौकत की कब्र!"

अमर ने कहा—"हशमत चाचा! कब्र खोदकर उसमें से लाश निकालना गुनाह तो नहीं है?"

हशमत ने गम्भीरता से कहा—"बेशक गुनाह जरूर है, लेकिन दस हजार गुनाह बचाने के लिए एक गुनाह करना कोई गुनाह नहीं है। अगर यह गुनाह है तो भी यह गुनाह मैं अपने सिर लूंगा।"

"हशमत चाचा! इंसाफ की इस जंग में आपका नाम हमारे दिलों में सुनहरी शब्दों में हमेशा लिखा रहेगा।"

"जल्दी...देर मत लगाओ...कब्रिस्तान का चौकीदार सो रहा होगा।"

अमर और अमृत ने फाबड़े संभालकर कब्र की खुदाई शुरू कर दी।

लगभग एक घण्टे में लाश बाहर निकालकर उन लोगों ने कब्र को फिर से पहले की ही तरह बराबर कर दिया। कब्र ऐसी हो गई कि किसी को भी संदेह न हो सके कि वह खोदी गई है।

लाश को एक काले कम्बल में लपेटकर अमर और अमृत ने उठवाया, फिर वे तीनों कब्रिस्तान से बाहर आ गए।

अमर के शरीर पर एक मैला-सा कुर्ता और मैली-सी धोती थी। पैरों में गंवारों सरीखे जूते और और सिर पर पगड़ी। वह ठेठ देहाती नजर आ रहा था।

उसने लाश रिक्से के टब में रखी। फिर अमृत और हशमत से कहा—"अब आप लोग जाइए।"

अमृत ने झट पूछा—"लेकिन तुम अकेले जाओगे। अगर पकड़े गए तो?"

"मैं अब नहीं पकड़ा जाऊंगा। हां, तुम मेरे साथ होगे तो हम दोनों पकड़े जाएंगे, क्योंकि तुम वे सब नहीं कर सकते, जो मैं कर लूंगा।"

"ठीक है, लेकिन मुझे तुम्हारी चिंता जरूर रहेगी।"

"घबराओ मत। अगर मेरी नीयत अच्छे काम की है तो मुझे कुछ नहीं होगा।"

हशमत ने कहा—"जाओ, बेटे। मेरी दुआएं तुम्हारे साथ हैं।"

अमर ने दिल में भगवान का नाम लिया और रिक्शा लेकर चल पड़ा। अमृत और हशमत कुछ दूर तक उसे जाते हुए देखते रहे। फिर जब उसका रिक्शा नजरों से ओझल हो गया तो वे लोग एक तरफ साथ-साथ चल पड़े।

* * *

रात के लगभग साढ़े बारह बजे होंगे।

शेरवानी ने अभी-अभी आखिरी घूंट लेकर गिलास रखा था और तन्दूरी चिकन की प्लेट आगे सरकाकर नौकर को पुकारा था—"रहीम...!"

रहीम दौड़कर आया और बोला—"जी, मालिक।"

"अबे, तूने क्या कनीज से नहीं कहा था?"

"कह दिया था हुजूर कि आपने बुलाया है।"

"और उस डोमिनी की यह मजार कि अब तक गायब है।"

"सरकार! मोहल्ले भर में एक ही तो नौजवान और खूबसूरत डोमिनी है सांवली है तो क्या हुआ। हर जगह शादी-ब्याह पर उसी की पुकार पड़ती है।"

"आज किसके यहां शादी है?"

"शादी नहीं, अकीका है। बन्ने मियां के बेटे का। पांच लड़कियों पर पहला लड़का हुआ है। बड़ी धूमधाम की है उन्होंने। कनीज भी वहीं होगी।"

"इसका मतलब है, वह आज नहीं आएगी।"

"यह तो नामुमकिन है। आपका हुक्म उसने कभी नहीं टाला। कोई न कोई बहाना करके, किसी न किसी तरह वह आ जरूर जाएगी।"

अचानक किसी ने दरवाजे की घण्टी बजाई और शेरवानी ने चौंककर कहा—"यह कौन आया?"

रहीम ने जवाब दिया—"सरकार! वही होगी कनीज।"

"नहीं, घण्टी बजाने का यह अंदाज कुछ-कुछ शौकत जैसा है।"

"मगर शौकत मियां तो कई दिनों से लापता हैं।"

"लापता क्या? जवान-गर्म खून है। कहीं बड़ा हाथ मारा होगा। चला गया होगा किसी लड़की को लेकर मनोरंजन करने।"

घण्टी फिर से बजी और रहीम ने कहा—"हजूर! यह तो कनीज ही मालूम होती है।"

"जाओ, देखो।"

रहीम ने आकर "मैजिक-आई" से बाहर झांका, लेकिन वहां कोई नजर नहीं आया। रहीम सहम गया।

लौटकर कमरे में आया और बोला—"सरकार! दरवाजे पर तो कोई नहीं नजर आ रहा है।"

"अबे, बेवकूफ! क्यों हैं? फाटक पर तो पहरेदार मौजूद है। जब तक उसने अंदर नहीं आने दिया होगा, कौन आ सकता है?"

"सरकार आप ही चलकर देखिए।"

"ला, बन्दूक उठाकर ला मेरी।"

रहीम बन्दूक ले आया। शेरवानी ने उसकी दोनों नलियों में कारतूस डाले और दरवाजे की जगह वह ऊपर वाले हिस्से में आया और जोर-जोर से पुकारने लगा—"गफूर...गफूर!"

रहीम ने भयभीत आवाज में कहा—"मालिक चौकीदार भी गायब है।"

"चुप करो, गायब होकर कहां जाएगा? पन्द्रह वर्ष से हमारा नौकर है।"

"फिर बोलता क्यों नहीं?"

"शायद निबटने गया होगा!"

फिर वह वापस मुड़ता हुआ बोला—"आओ, नीचे आओ!"

वे लोग नीचे आये तो रहीम ने कहा—"सरकार, इस प्रकार दरवाजा मत खोलिए।"

"क्यों?"

"पता नहीं, क्या चक्कर है। दो बार घंटी बजरकर रह गई। फिर गफूर की आवाज भी नहीं सुनाई दे रही है। घर में हम दोनों ही हैं। और आपके दोस्त कम, दुश्मन ज्यादा हैं।"

शेरवानी के माथे पर चिंता की रेखाएं नजर आईं। फिर उसने रिसीवर उठाकर डायल घुमाया और इलाके की पुलिस चौकी का नंबर मिलाने लगा।

* * *

रहमत पांडे की पुलिस-चौकी का इन्चार्ज सब-इन्स्पेक्टर ठाकुर जीप में चार कांस्टेबलों के साथ आ गया। फाटक पर जीप रोककर उसने कई बार हार्न बजाया।

फिर उसे इमारत की ऊपरी मंजिल से शेरवानी की आवाज सुनाई दी—"निचली खिड़की खुली होगी। चौकीदार अब तक गायब है। आप लोग खिड़की से अन्दर आ जाइये।"

सब-इन्स्पेक्टर ठाकुर ने जोर से पूछा—"बाद में किसी ने घंटी नहीं बजाई?"

"नहीं...!"

सब-इन्स्पेक्टर ठाकुर ने रिवाल्वर निकालकर उतरे हुए कांस्टेबल से कहा—"चलो, खिड़की खोलकर अंदर घुसो।"

कांस्टेबल ने सावधानीपूर्वक इस प्रकार खिड़की खोली, जैसे उसे आशंका हो कि खिड़की खुलते ही फायरिंग न शुरू हो जाए।

पहले कांस्टेबल अंदर घुसे। सब-इन्स्पेक्टर ठाकुर। ऊपर से आवाज आई—"दरोगाजी! आप लोग अंदर आ गए।"

"हां क्या बात है, शेरवानी साहब?"

"मैं नीचे आ रहा हूं।"

दरोगा और कांस्टेबल जहां खड़े थे, वहां से हिले भी नहीं।

शेरवानी रहीम के साथ बंदूक लेकर नीचे आया और रहीम से बोला—"चलो, दरवाजा खोलो। अब तो पुलिस आ गई है। अब काहे का डर?"

रहीम ने बहुत डरते-डरते दरवाजा खोला। फिर बाहर निकला और किसी चीज से टकराकर औंधा गिरता हुआ गला फाड़कर चिल्लाया।

दरोगा ने चिल्लाकर चेतावनी दी—"कौन है...खबरदार...?"

शेरवानी ने भी बंदूक तान ली थी। वह चिल्लाकर बोला—"जल्दी आइए, दरोगाजी। यहां एक लाश पड़ी है।"

ठाकुर चीखकर बोला—"लाश...किसकी लाश...?"

"लाश कफन में लिपटी है। पता नहीं किसकी है?"

दरोगा ने शेरवानी से पूछा—"कहां से आई यह लाश?"

शेरवानी ने खीझकर कहा—"मुझे मालूम होता तो तुम्हें क्यों बुलाता?"

"म...म...माफ कीजिएगा।"

"किसी ने दो बार घंटी बजाई थी। वही लाश डालकर गया है शायद।"

"वह कौन था?"

"तुम दरोगाजी हो या जोकर? मैं अगर उसे देख भी लेता तो क्या बंदूक छाती से चिपटाए खड़ा रहता। उसे गोली न मार देता।

"ओह, ठीक कहते हैं। लेकिन आपका चौकीदार...?"

"पता नहीं, कम्बख्त कहां मर गया!"

अचानक गफूर की आवाज आई—"सरकार मैं यहां हूं।"

वे लोग चौंक पड़े। गफूर आंखें रगड़ता हुआ आया तो शेरवानी ने उसे डपटकर कहा—"कहां मर, गया था तू?"

गफूर ने तुरंत जवाब दिया—"हुजूर! पता नहीं किसने मेरी कनपटी पर घूंसा मारकर बेहोश कर दिया था। बस, अभी-अभी होश में आया हूं।"

दरोगा ने कहा—"जरूर उसी ने बेहोश किया होगा, जो लाश डाल गया है।"

गफूर उछलकर बोला—"लाश? कहां है?"

"यह क्या पड़ी है।"

"कि...क...किसकी है?"

दरोगा ने एक कांस्टेबल से कहा—"कफन खोलकर मुंह देखो।"

दो कांस्टेबल बैठ गए। उन लोगों ने ऊपर का बंधन खोलकर जैसे ही मुंह खोला, शेरवानी लड़खड़ा कर पीछे हटता हुआ कंपकंपाती आवाज में बोला—"शौकत मियां...!"

फिर वह दरवाजे से टिक गया और दरोगा हड़बड़ा कर बोला—"अरे हां, यह शौकत मियां हैं। यह तो कई दिनों से लापता थे।"

शेरवानी कुछ न बोला। बड़ी मुश्किल से पीछे हटकर उसने एक सोफे का सहारा लिया। और फिर धम्म से सोफे पर बैठ गया।

दरोगा ने अचानक कहा—"शेरवानी साहब! लाश के साथ एक कागज भी है।"

शेरवानी ने मुश्किल से कहा—"क...क...कागज...?"

"जी हां, ऐसा लगता है—मानो खून से कुछ लिखा हो। अखबार का कागज है।"

"क...क...क्या लिखा है?"

"उर्दू में लिखा है। मैं पढ़ नहीं सकता।"

शेरवानी ने दरोगा से कागज लिया। जिसमें खून में उंगली डुबोकर लिखा गया था—

"मुझे चौहान ने मरवाया है नासिर से।"

शेरवानी ने कागज को मुट्ठी में भींच लिया। दरोगा ने झट पूछा—"क्या लिखा है, शेरवानी साहब?"

शेरवानी ने निढाल आवाज में कहा—"कुछ नहीं! इसे किसी ने लड़की के चक्कर में मार डाला है। आप एम्बूलैंस मंगवाइए।"

दरोगा ने फोन संभाला और सिविल हस्पताल के नंबर घुमाने लगा।

* * *

सिविल सर्जन ने शेरवानी से कहा—" मृतक की मौत गला घोंटने से हुई है। उससे पहले इसे काफी यातना भी दी गई है और मौत को लगभग पांच दिन गुजर चुके हैं।"

शेरवानी ने धीरे से कहा—"हूं...लेकिन आप मेरी एक दरख्वास्त मानेंगे?"

"फरमाइए...?"

"पोस्टमार्टम की रिपोर्ट डिक्लेयर मत कीजिए। कोई पूछे तो बताइए कि देसी शराब ज्यादा पी जाने से यह मौत हुई है।"

लेकिन क्यों...?"

"मैं आपको गोपनीयता की मुंहमाँगी कीमत दूंगा।"

"बेहतर है। यह रिपोर्ट फाड़कर फेंक दीजिए।"

शेरवानी ने रिपोर्ट फाड़कर फेंक दी।

बाहर आया तो कम्पाउंड शहर के और सिविल लाइन के हजारों उन लोगों से भरा पड़ा था, जो शेरवानी के प्रशंसक थे।

वे सब जोश-खरोश से चिल्लाने लगे—

"शौकत मियां को किसने मारा?"

"हमें उसका नाम बताओ।"

"हम उसके टुकड़े-टुकड़े कर देंगे।"

शेरवानी ने हाथ उठाकर सबको खामोश किया और फिर ऊंची आवाज में बोला—"मैं आप लोगों के इस प्यार और खुलूस का शुक्रगुजार हूं। शौकत मियां की मौत देसी ठर्रा पी जाने से हुई है। मुझे नहीं मालूम, उसे यह लत कैसे लग गई थी?"

किसी ने जोर से पूछा—"लेकिन पिछले छह दिन से शौकत मियां कहां थे?"

शेरवानी ने कहा—"मुझे नहीं मालूम।"

"सुना है, कोई उनकी लाश कोठी के बरामदे में छोड़ गया था!"

"वह कोई दुश्मन नहीं हमदर्द था। उसने लाश को कफन पहना दिया था। पांच दिन तक डरके मारे छुपाकर रखा होगा फिर कल रात को वह लाश मेरी कोठी में छोड़ गया था, ताकि मैं दफन कर सकूं।"

"आपको किसी पर सन्देह तो नहीं है?"

"नहीं, किसी पर सन्देह नहीं है?"

शेरवानी ने दाएं-बाएं चौहान और जगताप खड़े थे। वे लोग शेरवानी को धीरज बंधाते हुए गाड़ी की तरफ लाने लगे।

शेरवानी ने कहा–"मैं एम्बूलैंस में जाऊंगा।"

चौहान ने कहा–"नहीं, शेरवानी साहब। मैं आपका दर्द समझ सकता हूं क्योंकि मैंने भी यही घाव खाया है। आप लाश के साथ मत बैठिए।"

शेरवानी चुपचाप जगताप और चौहान के साथ गाड़ी में बैठ गया।

नासिर रात को लगभग बारह बजे दीवार फांदकर अंदर आया और पिछले बरामदे में पहुंचा तो शेरवानी की कानाफूसी सुनाई दी–"नासिर...?"

नासिर ने धीरे से जवाब दिया–"मैं ही हूं चचा मियां।"

"किसी को मालूम तो नहीं कि तुम कहां गये हो?"

"नहीं, मैंने सबको धोखे में रखा है।"

"शाबाश! मेरे साथ आओ...।"

शेरवानी नासिर को अपने कमरे में लाया और दो गिलासों में शराब उड़ेलता हुआ नासिर से संबोधित होकर बोला–

"तुम जानते हो, मेरे ऊपर इस वक्त क्या बीत रही है?"

"मैं समझ रहा हूं, चचा मियां। आपने शौकत मियां को बेटे की तरह परवरिश किया था।"

शेरवानी ने उसकी तरफ गिलास बढ़ाया तो उसने गिलास लेकर कहा–"आपको किस पर शक है?"

शेरवानी ने अपना गिलास उठाकर कहा–"शक नहीं, मुझे कातिल का नाम मालूम हो चुका है।"

नासिर ने एक लंबा घूंट भरकर कहा–"मुझे बताइये, मैं उसकी गर्दन धड़ से अलग कर दूंगा।"

उसने फिर एक और लंबा घूंट लिया और शेरवानी ने अपने गिलास से घूंट लेकर जहरीली मुस्कान के साथ कहा–"तुम उसका कुछ नहीं बिगाड़ सकते।"

नासिर ने हैरत से पूछा–"क्यों...?"

शेरवानी ने कठोर स्वर में कहा–"क्योंकि उससे मुझे बदला लेना है।"

"आप...कैसे?" फिर उसने अपनी छाती जोर से मसलकर कहा–"म...म...मुझे क्या हो रहा है?"

शेरवानी जहरीले स्वर में बोला–"तुम मर रहे हो।"

नासिर हड़बड़ाकर खड़ा होता हुआ बोला–"क...क...क्या मतलब?"

"मैंने शराब में जहर मिला दिया था।"

नासिर ने हताश होकर चीखने की कोशिश की, "जहर...!"

लेकिन उसकी आवाज ऊंची न हो सकी।

शेरवानी ने पहले ही जैसे जहरीले स्वर में कहा–"हां, मैंने तुम्हें इसलिए जहर दिया है कि मेरे बेटे के कातिल तुम हो।"

नासिर छाती मसलता हुआ बोला–"मैं तुम्हारे बेटे का कातिल...यह क्या बक रहा है, कमीने?"

"तमीज से बात करो।"

"तमीज...के बच्चे...तू...असली हरामी है...तूने अपनी विधवा बहन का बेटा...छीन लिया था...उसे...एय्याशी के रास्ते पर डालकर...तूने...मेरा संरक्षक बनकर...इतना बड़ा गुंडा...बनाया...और अब...अब..."

बड़ी मुश्किल से नासिर ने जेब से हाथ निकालकर चाकू निकाला। कंपकंपाते हाथों से उसे खोलकर उसका फल सीधा करता और हांफता हुआ बोला–"अब...तुझे...तुझे...भी मर जाना चाहिए..."

उसने चाकू वाला हाथ इस प्रकार ऊंचा किया, जैसे वह चाकू का फल शेरवानी की छाती में ही उतार देगा। मगर उसका उठा हुआ हाथ उठा ही रह गया...आंखें और मुंह फैले, शरीर तना हुआ। फिर वह धड़ाम से गिर पड़ा।

उसकी आंखें फटी रह गईं थीं। मुंह खुला रह गया था।

शेरवानी ने अपने बूढ़े नौकर रहीम को बुलाया और पूछा–"क्या हुआ?"

रहीम ने नासिर की लाश की तरफ कुछ भय से देखा और बोला–"मालिक! गड्ढा तैयार है।"

शेरवानी ने कहा–"चलो, उठवाओ।"

रहीम भयभीत स्वर में बोला–"यह...स...स...सचमुच मर चुका है?"

शेरवानी ने खीझकर कहा–"झूठ-मूठ मरता तो क्या इस तरह पड़ा होता?"

फिर उसने झुककर नासिर का चाकू उठाया। रहीम के साथ मिलकर नासिर की लाश पकड़वाई। फिर दोनों कोठी के पिछले हिस्से में आए, जहां एक लम्बी-सी क्यारी में कब्र के बराबर गड्ढा खुदा हुआ था।"

दोनों ने मिलकर नासिर को उसी गड्ढे में डाला और शेरवानी ने नासिर का चाकू भी गड्ढे में डाल दिया। फिर हांफता हुआ रहीम से बोला–"बन्द कर दो गड्ढा।"

रहीम गड्ढे में फावड़े से मिट्टी भरने लगा। उसके हाथ बुरी तरह कांप रहे थे। उसे ऐसा लगता, जैसे अभी नासिर उठकर खड़ा हो जाएगा।

जैसे ही अमर ने पार्क में प्रवेश किया, अमृत ने उसे पुकारकर कहा–"मैं इधर हूं।"

अमर इत्मीनान से चलता हुआ अमृत के निकट गया और उसके पास बैठता हुआ बोला–"तुम कब से आए हुए हो?"

अमृत ने जवाब दिया–"आज तो रोशनी होने से पहले निकल पड़ा था। बापू ने कह दिया है कि अब मैं सबेरे-सबेरे टहलने जाया करूंगा। मेरा हाजमा खराब रहने लगा है।"

"गुड...!"

"रात को क्या हुआ?"

"तीर निशाने पर बैठा।"

"यानी...!"

"नासिर का गिरोह अब अपने सरगना से वंचित हो चुका है।"

"ओहो..."

"मैं दो दिन से नासिर की निगरानी कर रहा था। कल रात ग्यारह बजे के बाद नासिर ने अपने साथियों से कहा कि वह बाथरूम जा रहा है। वे लोग एक रेस्तरां में बैठे नशा कर रहे थे। नासिर सीधा शेरवानी की कोठी गया। पिछली दीवार फलांगकर अन्दर गया।

"मैं कुछ देर बाद अन्दर था। फिर मैंने नासिर को शराब के दो घूंट पीकर मरते देखा। लाश को शेरवानी और उसके नौकर रहीम ने अपनी कोठी की एक क्यारी में दफन कर दिया है। वह लाश कभी-भी बरामद कराई जा सकती है, क्योंकि लाश गल भी जाए तो उसके साथ सबसे बड़ी पहचान नासिर का रामपुरी चाकू है, जिसे उसके साथी पहचानते होंगे।"

"खूब! यानी तुमने शहर में आतंक फैलाने वालों के सरदार का ही खात्मा करा दिया।"

"वह भी उसके एक संरक्षक के ही हाथों।"

अच्छा, सुनो। कल मैंने तुम्हारी मां और बहन को एक हजार रुपए का मनीआर्डर भेज दिया है। वापसी की रसीद पर द्वारा पोस्ट-मास्टर लिख दिया है। मनीआर्डर तुम्हारे नाम से भेजा है।"

"यार, अमृत...!"

"नहीं, इस मामले में कुछ मत कहना। अरे, तुम जो कुछ कर रहे हो। उससे तुम्हारी मां-बहन का पेट थोड़े ही भर जाएगा। अगर तुम्हें भी खर्चे की जरूरत हो तो बता देना।"

"जरूरत होगी तो तुमसे ही कहूंगा, दोस्त।"

"हां, तुमने जिस आदमी का हाथ तोड़कर प्रेमप्रताप को बचाया था, उसका कुछ पता नहीं चला कि उसने नासिर तक और नासिर ने चौहान तक ब्लैक टाइगर को खबर पहुंचाई थी या नहीं?"

"मैंने कल रात नासिर को उसके बारे में भी साथियों से बातें करते सुना था।"

'अच्छा, क्या कह रहा था?"

"उसने डर के मारे मुझसे तो 'हां' कर ली थी। लेकिन वापस नासिर तक पहुंचा ही नहीं। शायद होश आते ही यहां से कही और खिसक गया।"

"ओहो..."

"नासिर उसके लिए बुरा था कि उस हरामजादे के कारण प्रेमप्रताप हाथ से निकल गया और जिस समय नजर आ गया, वह उसे मारकर जमीन में गाड़ देगा।"

"इसका मतलब है, अभी चौहान इस बात से अनभिज्ञ है कि प्रेमप्रताप को किसने बचाया?"

"परवाह नहीं। हमारा उद्देश्य जो कुछ प्राप्त करना है, वह हम प्राप्त कर रहे हैं।"

फिर वे दोनों कुछ और बातें करने के बाद उठ गए।

* * *

जैसे ही गाड़ी सेठ जगताप के बंगले के फाटक पर रुकी—चौकीदार ने सादर मुद्रा में प्रणाम किया और फाटक खोल दिया।

गाड़ी ने भीतर प्रवेश किया और पोर्च की तरफ बढ़ गई। ड्राइवर ने उतरकर दरवाजा खोला और चौहान को देखकर उसने बड़ी गर्मजोशी से उससे हाथ मिलाया।

चौहान उसके साथ अन्दर आता हुआ बोला—"कहां है अपना प्रेमप्रताप?"

जगताप ने कुछ चौंककर पूछा—"क्यों...?"

"अरे, आपने इतनी बड़ी खबर मुझसे छिपाई?"

"कैसी खबर...?"

चौहान ने एक स्थानीय अखबार उसे देकर कहा—"पहले पृष्ठ का पहला शीर्षक पढ़ाः

नगर के सुप्रसिद्ध पूंजीपति, ज्योति ऑयल मिल के मालिक के इकलौते बेटे प्रेमप्रताप पर कातिलाना हमला—प्रेमप्रताप बाल-बाल बचे।"

जगताप भौंचक्का-सा रह गया। उसने आंखें फाड़कर चौहान की तरफ देखा तो चौहान ने बेचैनी से पहलू बदलकर कहा—"आप जानते हैं, यह खबर सुनकर मेरा क्या हाल हुआ है? जब से मेरा बेटा चेतन रहीं रहा, मैं आपके बेटे प्रेमप्रताप में ही उसकी झलक देखता हूं। कल शाम को मैं ही उसकी झलक देखता हूं। कल शाम को मैंने यह खबर पढ़ी थी तो मेरे पैरों तले से जमीन खिसक गई थी।"

जगताप ने होंठों पर जुबान फेरकर कहा—"मगर यह खबर गलत है।"

चौहान ने चौंककर कहा—"क्या मतलब?"

"प्रेमप्रताप तो दो दिन से बीमार है। उसने बंगले से बाहर कदम भी नहीं निकाला।"

"यह आप क्या कह रहे हैं?"

अरे, प्रेमप्रताप पर हमला होता तो क्या वह अपने बाप से यह बात छिपाता?"

"लेकिन ऐसी झूठी खबर छापने का दुस्साहस कोई अखबार कैसे कर सकता है?"

"संभव है, यह कोई स्कैंडल हो। पता नहीं, क्या चक्कर है? अचानक हम तीनों दोस्तों के बेटों पर ही विपदा आई है। उधर शेरवानी साहब के भानजे की मौत। एक तरफ चेतन की इतनी जबरदस्त दुर्घटना और अब यह झूठी खबर।"

एकाएक अन्दर के दरवाजे के पास से प्रेमप्रताप की आवाज आई—"यह खबर झूठी नहीं है, डैडी।"

वे दोनों चौंक कर मुड़े और चौहान ने जल्दी से उठते हुए कहा—"आओ...आओ...प्रेम बेटे!"

प्रेम समीप आया तो चौहान ने उसे छाती से लगाकर माथे पर प्यार किया और उसे देखता हुआ भर्राई हुई आवाज में बोला—"भगवान का लाख-लाख शुक्र है कि तुम सकुशल हो।"

जगताप ने हैरान हैरान बैठते हुए कहा—"लेकिन तुमने यह बात मुझसे क्यों छिपाई?"

प्रेम ने कहा—"मैं आपको ख्वामख्वाह परेशान नहीं करना चाहता था।"

"लेकिन घटना क्या थी?"

प्रेमप्रताप ने पूरी घटना बताई और बोला—"पता नहीं, वह कौन था? आकाश से उतरा हुआ देवता या परीकथाओं का कोई चरित्र। अगर वह मुझे न बचाता तो इस समय शायद..."

"नहीं...नहीं, भगवान न करे...।"

चौहान ने प्रेम को ध्यान से देखकर पूछा—"कौन था वह?"

मैं तो उसकी सूरत भी नहीं देख-सका। लेकिन उसने मेरे पूछने पर बस इतना ही कहा था कि तुम मुझे ब्लैक टाइगर के नाम से याद रख सकते हो।"

"ब्लैक टाइगर?"

"जी, हां। उसने अपना चेहरा फिल्मी नकाबपोशों की तरह छिपा रखा था।"

चौहान ने उसे ध्यान से देखकर कहा–"बेटे! यह कोई स्कैंडल तो नहीं था?"

"मैं समझा नहीं अंकल?"

"मुमकिन है, उसने अपने आदमियों से हमला करा दिया हो। फिर खुद ही ब्लैक टाइगर बनकर कूद पड़ा हो।"

प्रेमप्रताप ने गम्भीरतापूर्वक कहा–"क्षमा कीजिए, अंकल। वह ब्लैक टाइगर था। कोई लीडर नहीं था।"

"क्या मतलब?"

"अमर उसने नाटक रचाया होता तो अपने ही आदमी का हाथ न तोड़ देता, उसकी एक आंख न फोड़ देता। आज भी उसके चेहरे पर ब्लैक टाइगर के पंजे के पांचों नाखूनों के निशान खरोंचों के रूप में मौजूद होंगे।"

"किसके चेहरे पर?"

"जिसने बहाने से मेरी गाड़ी रुकवाई थी।"

"ओह...!"

"उन लोगों की यही प्लानिंग थी। वह अजनबी चिल्लाता हुआ भागकर आया। मेरी गाड़ी से टकराकर गिड़गिड़ाने लगा कि मुझे बचा लो। उसके पीछे दस-बारह गुंडे थे। जैसे ही मैं कार से उतरा, वे गुंडे ऊपर लाठियां, हाकियां और चाकू लेकर टूट पड़े।"

"ओहो...!"

"लेकिन नियम से वह ब्लैक टाइगर सामने आ गया। क्या बला की फुर्ती थी उसमें। बिल्कुल बिजली की तरह एक की हॉकी छीनकर उन पर टूट पड़ा। पलक झपकने में सबको भगा दिया। सिर्फ उस आदमी को पकड़ लिया, जिसने फरियादी बनकर मेरी गाड़ी रुकवाई थी।"

जगताप उसे ध्यान से देखकर बोला–"यह आदमी कौन था?"

"ब्लैक टाइगर उसे नहर पर ले गया था। जान से मारने की धमकी सुनकर उसने भयभीत होते हुए सारी असलियत बता दी।"

चौहान ने पूछा–"वह आदमी कौन था?"

"शहर की तरफ का कोई पॉकेटमार। मुझे उसका नाम याद नहीं।"

और वे आक्रामक गुंडे?"

"वे सब नासिर के आदमी थे।"

जगताप ने चौंककर कहा–"नासिर...पुराने शहर का गुंडा?"

"हां, डैडी!"

"लेकिन उसने तुम्हारे ऊपर क्यों आक्रमण कराया था?"

"मुझे मरवाने के लिए!"

"भगवान न करे! मगर उसने ऐसा किसके इशारे पर किया?"

प्रेमप्रताप ने अर्थपूर्ण मुस्कान के साथ चौहान को देखा और बोला—"अंकल! आप ही बताइए। किसने मुझे खत्म कराने की कोशिश की होगी?"

चौहान बड़ा शांत नजर आ रहा था।

उसने कहा—"शायद उसने, जिसने मेरे बेटे चेतन का खात्मा कराया है।"

जगताप फिर चौंककर बोला—"लेकिन आपको तो बताया था कि चेतन ने आत्महत्या की थी।"

"सेठजी! मैं अपने जानी दुश्मनों को भी क्षमा कर देता हूं।"

"मगर मैं अपने जानी दुश्मनों को क्षमा नहीं करूंगा।"

उसने प्रेमप्रताप से कहा—"बेटे! बताते क्यों नहीं, किसने तुम पर आक्रमण कराया था?"

प्रेमप्रताप ने ठंडी सांस ली और बोला—"आपके एक गहरे दोस्त ने।"

"मेरे गहरे दोस्त ने?"

"हां, डैडी..."

"कौन दोस्त है वह?"

चौहान ने प्रेम को ध्यान से देखकर पूछा—"कहीं वह दोस्त मैं तो नहीं हूं?"

प्रेम ने कहा—"चोर की दाढ़ी में तिनका। भला, आपने यह संदेह अपने ऊपर क्यों ले लिया?"

"इसलिए कि हम सिर्फ दोस्त हैं—सेठ साहब, शेरवानी और मैं!"

"तो क्या यह आक्रमण शेरवानी की तरफ से नहीं हो सकता।"

"और उसका कोई आदमी पकड़ा जाएगा तो वह मेरा ही नाम लेगा। शेरवानी सेठजी को अपना दुश्मन कैसे बना सकता है?"

"ठीक कह रहे हैं आप!"

"यानी उसने मेरा ही नाम लिया था?"

"हां, लेकिन जब ब्लैक टाइगर ने उसके दो दांत तोड़ दिए तो वह सच बोलने पर मजबूर हो गया।"

"और सच क्या बोला?"

"मुझे शेरवानी अंकल खत्म कराना चाहते थे।"

चौहान के चेहरे पर असन्तोष था। लेकिन जगताप ने बेचैनी से कहा—"शेरवानी? भला, उसे मेरे बेटे से दुश्मनी क्यों हो गई?"

"उस पॉकेटमार के अनुसार, शेरवानी अंकल को संदेह है कि उनके बेटे शौकत को आपने गायब कराके खत्म करा दिया है।"

"क्या...?" जगताप उछल पड़ा—"भला, मुझे उससे क्या दुश्मनी थी?"

"यह तो शेरवानी अंकल ही जानें?"

जगताप गुस्से से फोन की तरफ हाथ बढ़ाता हुआ बोला—"मैं अभी शेरवानी से बात करता हूं।"

चौहान ने उसका हाथ रोककर कहा—"यह क्या बचपना कर रहे हैं, सेठ साहब?"

"क्यों...?"

"आप क्या समझते हैं? शेरवानी खुशी-खुशी स्वीकार कर लेगा कि हां, उसने नासिर के द्वारा प्रेम पर आक्रमण करा दिया था?"

"फिर क्या उसे यूं ही छोड़ दूं?"

"नहीं, समय का इन्तजार कीजिए।"

"कैसा समय?"

"ऐसा समय, जैसा समय का इन्तजार हम नेता लोग करते हैं। कब अपने किस दुश्मन को चित करना है, इसके लिए सुअवसर देखा जाता है। यूं भावुक होकर झपट पड़ने से चूहा भी हाथ नहीं आता और अक्ल के दांव-पेंच इस्तेमाल करने से शेर भी जाल में फंस जाता है।"

प्रेमप्रताप ने कहा—"चौहान अंकल ठीक कह रहे हैं, डैडी।"

जगताप ने फोन करने का इरादा त्याग दिया। लेकिन उसका चेहरा जरूर गुस्से से लाल था।

उसने होंठ भींचकर कहा—"शेरवानी को जब तक शिक्षा नहीं दी जाएगी, तब तक मुझे शांति नहीं मिलेगी।"

"डैडी! शेरवानी अंकल को शिक्षा देने का एक और भी तरीका है।"

"वह क्या...?"

"नासिर...!"

जगताप चौंककर बोला—"क्या मतलब?"

"शेरवानी अंकल ने नासिर के ही द्वारा मुझ पर हमला कराया था न?"

"फिर...?"

"उन्होंने नासिर को कुछ रकम भी दी होगी।"

"बेशक...!"

"आप नासिर को उससे दुगनी रकम देकर अपने फेवर में ले लीजिए।"

"उससे क्या होगा?"

"शेरवानी अंकल के विरुद्ध नासिर से कुछ भी काम ले सकते हैं।"

"तुम ठीक कहते हो।" फिर उसने चौहान से कहा—"क्यों, चौहान जी?"

चौहान ने सिर हिलाकर कहा—"लड़का समझदारी की बात कर रहा है।"

"मैं अभी उसे नाराज कराता हूं।"

जगताप ने रिसीवर उठाकर डायल घुमाया और रिसीवर कान से लगा लिया।

कुछ देर के बाद दूसरी तरफ से आवाज आई—"यस, पुलिस चौकी....?"

जगताप ने कहा—"इंस्पेक्टर ठाकुर?"

दूसरी तरफ से आवाज आई—"मैं ही हूं।"

"मैं...सेठ जगताप...!"

चौंककर कहा—"ओहो, हुक्म कीजिए सेठ साहब।"

"आपके इलाके में या किसी आसपास के इलाके में कहीं भी नासिर नजर आए, उसे फौरन मेरे पास भेज दीजिए।"

"नासिर...क्या काम है, श्रीमान?"

"निजी काम है!"

"श्रीमान! नासिर तो कल रात ग्यारह बजे से गायब है।"

जगताप ने चौंककर कहा—"नासिर गायब है?"

इस वाक्य पर चौहान भी चौंक पड़ा।

आवाज आई—"जी, हां। दिन में मुझे उससे काम पड़ा था। घर मालूम कराया तो पता चला कि वह रात से ही घर नहीं आया। उसके साथियों से मालूम कराया तो उन्होंने कहा कि वे खुद परेशान हैं।

"रात के ग्यारह बजे तक नासिर उनके साथ था। फिर कल्लन के रेस्टोरेंट में से यह कहकर उठा था कि वह निबटने के लिए घर जा रहा है। फिर लौटा ही नहीं।"

"और घर भी नहीं पहुंचा?"

"जी, नहीं।"

"तो फिर कहां गया?"

"भगवान जाने? मुझे खुद उससे जरूरी काम था।"

"खैर, जब भी कहीं नजर आए...तुरन्त यहां भिजवा दीजिए।"

"बेहतर है।"

उसने रिसीवर रख दिया।

तब चौहान ने हैरत से पूछा—"नासिर गायब है।"

"हां, कल रात से।"

"कहां गया?"

"मैं समझता हूं, कहां गया?"

"क्या मतलब?"

"यह अखबार कल शाम का ही है न?"

"जी, हां...!"

"शायद यह खबर शेरवानी तक भी पहुंची होगी।"

"ओहो, आपका मतलब है...शेरवानी ने नासिर को हटा दिया?"

"सेंट-परसेंट। शेरवानी समझता है कि प्रेम बच गया है और वह पॉकेटमार गायब है तो उसने सच्चाई जरूर बताई होगी।"

"हूं...आप बिल्कुल दुरुस्त अन्दाजा लगा रहे हैं।"

"लेकिन नासिर आखिर कब तक शहर से गायब रहेगा। कभी-न-कभी व अपने घर तो लौटकर आएगा ही, क्योंकि उसका परिवार यहीं है।"

चौहान ने कहा—"जाने दीजिए। क्यों टेंस होते हैं? ईश्वर की दया से प्रेम सही-सलामत है। चलिए इस खुशी में एक-एक जाम हो जाए।"

"आइए...!"

जगताप और चौहान उठकर बॉर-रूम में चले गए।

* * *

उन दोनों के जाने के बाद प्रेमप्रताप ने रिसीवर उठाया और डायल घुमाया। रिसीवर कान से लगा लिया।

कुछ देर बाद दूसरी तरफ से किसी लड़की की आवाज आई—"हैलो...!"

प्रेम ने धीरे से कहा—"क्या अमृतजी घर पर हैं?"

"आप कौन हैं?"

"मैं प्रेमप्रताप हूं।"

"क्या कौन प्रेमप्रताप?"

"आप शायद रीता देवी हैं?"

"जी, हां। आप कौन से प्रेमप्रताप हैं?"

"रीता बहन! वैसे तो मैं वही मुजरिम प्रेमप्रताप हूं, जो आपके बापू की दुकान लूटने के चक्कर में पकड़ा गया था।"

"क्या?" रीता शायद भड़क उठी थी–"आपकी हिम्मत कैसे हुई यहां फोन करने की?"

"आपका नाराज होना उचित है, रीता बहन। लेकिन आप सिर्फ अमृतजी को इतना ही बोल दीजिए कि मैं उनसे कुछ बात करना चाहता हूं। अमृतजी का रिएक्शन देखकर आपका मेरी तरफ से भी गुस्सा खत्म हो जाएगा।"

कुछ जवाब न मिला तो अमृत ने फिर से कहा–"प्लीज, दर मत कीजिए। मैं छुपकर फोन कर रहा हूं।"

"होल्ड कीजिए। वह नीचे दुकान पर हैं। बुलाती हूं।"

"शुक्रिया! लेकिन सबके सामने मेरा नाम न बताएं।"

लगभग एक मिनट बाद आवाज आई–"हैलो...कौन...प्रेमप्रताप?"

"हां, अभी रीता बहन से मुलाकात हो गई थी।"

"मैं से समझा लूंगा। उसे कुछ नहीं मालूम न?"

"उसका दिल साफ हो जाना चाहिए।"

"तुम बताओ। तुमने क्यों फोन किया है?"

"दरअसल शायद तुम्हें अमर ने बताया होगा कि मेरे ऊपर आक्रमण हुआ था।"

"हां, बताया था।"

और अमर ने एक पॉकेटमार से असलियत उगलवा ली थी?

"मालूम है। हमला चौहान ने कराया था। कल शाम के अखबार में न्यूज भी आई है।"

"वही अखबार लेकर चौहान दौड़ा हुआ यहां आ गया हमदर्दी जताने।"

"अच्छा...!"

"और मैंने उसकी ही राजनीतिक चाल से उसे मात दे दी।"

"कैसे...?"

"मैंने कह दिया कि पॉकेटमार ने बताया था, नासिर के द्वारा शेरवानी साहब ने मेरे ऊपर कातिलाना हमला करा दिया था।"

"बहुत समझदार हो गए हो तुम भी।"

"यह सब अमर की संगत का प्रभाव है।"

"मैं आज ही अमर को यह खबर दे दूंगा।"

"अमर को एक खबर और देनी है।"

"क्या...?"

"कल रात ग्यारह बजे से पुराने शहर का कुख्यात गुण्डा नासिर गायब है और डैडी समझ रहे हैं कि उसे शेरवानी साहब ने छुपा दिया है।"

"यह भेद तुमसे पहले अमर को और फिर मुझे मालूम हो गया था।"

"क्या मतलब?"

"नासिर अब इस दुनिया में नहीं है।"

"प्रेम ने चौंककर कहा—"नहीं...!"

"हां! उसे शेरवानी ने जहरीली शराब पिलाकर मार डाला। उसकी लाश उसके चाकू के साथ शेरवानी की कोठी की ही एक क्यारी में दबी है। लेकिन तुम किसी प्रकार की चिंता नहीं करो।"

"ओ० के०!"

प्रेमप्रताप ने जैसे ही रिसीवर रखा, वैसे ही बाहर से जोरदार शोर की आवाज आई। प्रेमप्रताप चौंक पड़ा। शोर जगताप और चौहान ने भी सुन लिया। वे लोग भी आ गए और जगताप के चेहरे पर हवाइयां उड़ने लगीं।

उसने प्रेम से कहा—"यह कैसा शोर है?"

"मुझे पता नहीं। मैंने भी अभी-अभी सुना है।"

चौहान ने थूक निगलकर कहा—"ऐसा लगता है, जैसे किसी बड़ी भीड़ ने धावा बोल दिया है।"

जगताप ने कहा—"लगता तो ऐसा ही है।"

चौहान ने प्रेम से कहा—"सोच क्या रहे हो, तुरन्त पुलिस को फोन करो।"

प्रेम रिसीवर उठाने ही लगा था कि अचानक बाहर से एक नौकर दौड़ता हुआ आया और जगताप से सम्बोधित होकर बोला—"वह...वे लोग हैं।"

जगताप ने पूछा—"कौन लोग?"

"वही मालिक...हरिजन हैं...हजारों हैं।"

वे लोग चौंक पड़े।

जगताप ने कहा—"हरिजन यहां क्या करने आए हैं?"

प्रेमप्रताप ने बाहर की तरफ बढ़ते हुए कहा—"नहीं, मैं तुम्हें नहीं जाने दूंगा।"

"डैडी! वे लोग क्यों आए हैं—यह तो मालूम हो?"

"जरूर किसी ने भड़काया है। तुम पुलिस को फोन करो।"

"डैडी! पुलिस के आने से वे लोग और भी ज्यादा भड़क जाएंगे।"

चौहान जल्दी से बोला—"ठहरो...ठहरो...वे लोग क्या चीख रहे हैं।"

उन लोगों ने कान उधर ही लगा दिए। बाहर से आवाजें आ रही थीं—"प्रेमप्रताप को बाहर लाओ।"

"हम प्रेमप्रताप को देखना चाहते हैं।"

"प्रेमप्रताप कैसा है?"

"हमें प्रेमप्रताप की खैरियत चाहिए।"

प्रेमप्रताप ने ठंडी सांस ली और बोला—"सुन रहे हैं आप?"

चौहान बोला—"शायद उन लोगों ने कल शाम का अखबार देख लिया है।"

जगताप ने कहा—"लेकिन कहीं यह उनकी कोई चाल न हो।"

प्रेमप्रताप ने कहा—"डैडी! आप तो ख्वामख्वाह इतना डर रहे हैं।"

फिर वह आगे बढ़कर बाहर निकला तो उसके पीछे जल्दी-जल्दी जगताप भी निकलता हुआ अपने नौकर से बोला—"मेरी बंदूक लेकर आओ।"

चौहान भी उनके पीछे-पीछे निकल आया।

प्रेमप्रताप ने फाटक के पास जाकर अन्दर से फाटक का ताला खोला। फाटक खुला तो हजारों आदमियों की भारी भीड़ सामने नजर आई, जिसमें सबसे आगे दीपा थी।

दीपा के होंठों से कंपकंपाती आवाज निकली—"प्रेम बाबू!"

फिर वह आगे बढ़ी और अत्याधिक बेचैनी से प्रेम की छाती से लगकर भर्राई हुई आवाज में बोली—"शुक्र है भगवान तेरा। मेरी जान ही निकल गई थी।"

प्रेमप्रताप ने दीपा की पीठ थपकी और बोला—"कुछ नहीं हुआ। मैं ठीक हूं।"

लखनलाल ने बढ़कर प्रेमप्रताप के सिर पर हाथ फेरा। साथ ही जन समूह पूरे उत्साह के साथ चिल्लाने लगा—"प्रेमप्रताप...जिंदाबाद...!"

"प्रेमप्रताप की...जय...!"

"प्रेमप्रताप...अमर रहे...!"

"प्रेमप्रताप का बोलबाला..."

"प्रेम के दुश्मनों का...मुंह काला...!"

"प्रेम अब हमारा...जंवाई है..."

"प्रेम की तरफ नजर उठाने वाले के हम टुकड़े-टुकड़े कर देंगे।"

"हमें आक्रामकों के नाम बताओ।"

प्रेमप्रताप ने लखनलाल से कहा—"बाबूजी! इन लोगों को समझाइए। मैं बिल्कुल ठीक हूं।"

"लेकिन बेटे, तुम पर हमला किसने किया था?"

"कुछ लुटेरे थे जो सिर्फ मेरा वह पाऊच छीनकर ले गए जिसमें दस हजार रुपए की रकम थी—और कुछ भी नहीं।"

"तुम्हें तो कोई कष्ट नहीं दिया?"

"मैं आपके सामने खड़ा तो हूं। कोई खरोंच तक नहीं है।"

"मगर अखबार में तो लिखा था..."

"बाबूजी! अखबार वाले तो बात का बतंगड़ बना देते हैं। आइए, आप लोग अन्दर चलिए और इन सबको समझाकर लौटा दीजिए।"

"ये लोग अब आसानी से नहीं जाएंगे।"

"मैं समझाऊं इन्हें?"

"बेटे! इन लोगों ने कुछ आदमी तय किए हैं, जिनमें से दस आदमी हर वक्त यहां तुम्हारे बंगले पर बंदूकों के साथ पहरा देंगे। और तुम कहीं जाओगे तो दो सशस्त्र आदमी तुम्हारे साथ जाया करेंगे तुम्हारी रक्षा के लिए!"

"बाबूजी! मेरे लिए इतना बड़ा खतरा नहीं है।"

दीपा ने उससे कहा–"जो कुछ तय हो हो चुका है। आप उसे नहीं बदल सकते। और सुनिए...अब मैं भी आपके ही बंगले में रहूंगी। एक मिनट आपको अकेला नहीं छोडूगीं।"

"दीपा! तुम ख्वाम-ख्वाह..."

दीपा ने धीरे से कहा–"मैं अमर भैया से मिल चुकी हूं।"

प्रेमप्रताप सन्नाटे में रह गया।

फिर लखनलाल ने चौकीदार के स्टूल पर खड़े होकर भीड़ को समझाया और बड़ी मुश्किल से वे लोग वापस जाने पर सहमत हुए। फिर भी पहरे के लिए जो दस आदमी नियत किए गए थे, वे कम्पाउंड के अन्दर आ गए। उनके पास लाइसेंस वाली बंदूकें भी थीं।

उस समय चौहान का चेहरा देखने योग्य था।

* * *

शाम ढले अमर और अमृत पार्क में मिले। अमृत ने अमर को प्रेमप्रताप के टेलीफोन के बारे में बताया तो अमर ने कहा–"बहुत समझदारी के काम लिया है प्रेम ने!"

"बेशक...!"

"चौहान ने यहां भी दांव खेल ही दिया। खबर खुद ही छपवाई और खुद ही खैरियत मालूम के लिए जगताप के पास पहुंच गया।"

"ओहो, वह खबर उसने छपवाई थी?"

"हां, वह परेशान था कि पॉकेटमार को कार में उठाकर ले जाया गया है। वह गायब है। फिर भी जगताप ने क्यों रिपोर्ट नहीं कराई इस हमले की।"

"खूब...!"

"यह भी अच्छा हुआ कि उस समय वहां चौहान मौजूद था, जब हजारों हरिजनों की भीड़ प्रताप की खैरियत मालूम करने पहुंची।"

"ओहो...!"

"मैंने दीपा को जैसा समझाया था, उसने वैसा ही किया। अब वह प्रेम के साथ ही रहेगी और प्रेम की सुरक्षा के लिए दस हरिजन नौजवान बंदूकों के साथ तैनात रहेंगे। दो सशस्त्र नौजवान प्रेम के बाहर निकलने पर उसके साथ कार में रहा करेंगे।"

"यह कहो, उसने चौहान के हाथ काट दिए।"

"जरूरी था, क्योंकि चौहान चुप नहीं बैठ सकता था। मैं अगर सिर्फ प्रेमप्रताप की सुरक्षा के लिए ही सारा समय लगा रहता तो और कुछ न कर पाता।"

"अच्छा, सुनो। मैंने प्रेम को नासिर के बारे में बताकर भूल तो नहीं की?"

"बिल्कुल नहीं। अब प्रेम पर हम पूरा भरोसा कर सकते हैं। दीपा उसके बंगले में ही रहेगी तो उस बंगले में होने वाली गतिविधियों से हमें सूचित करती रहेगी।"

कुछ देर रुककर अमृत ने कहा—"पिछले एक सप्ताह से सिविल लाइन एरिया में किसी वारतादा की खबर नहीं सुनी।"

"वारदातों के जिम्मेदार ऊपर जा चुके हैं। एक बदल चुका है। उसके अलावा अब शहर का गुंडा नासिर भी नहीं रहा। वह अपने ही संरक्षक के हाथों मारा गया।"

"अब शहर में भी कुछ अन्तर पड़ेगा?"

"शायद! क्योंकि पहले जगताप, शेरवानी, चौहान—तीनों मिलकर ही सबकुछ करा रहे थे। अब स्थिति बिल्कुल अलग है। चौहान...प्रेम और जगताप का दुश्मन। जगताप शेरवानी का दुश्मन है। शेरवानी चौहान का दुश्मन।"

अमृत हंसकर बोला—"तुमने तीन षड्यंत्राकारी दिमागों की चूलें ढीली कर दी हैं। अगर तुम भी किसी षड्यंत्रकारी दल से संबद्ध होते तो क्या होता?"

"मेरा जन्म शायद अपराधियों के इस चक्रव्यूह को तोड़ने के लिए हुआ था। उसे शक्ति पहुंचाने के लिए नहीं हुआ था।"

"सच कहते हो तुम। अच्छा, अब अगला कदम क्या होगा?"

"कुछ दिन सुन-सुन लेनी पड़ेगी। फिर कुछ तय करेंगे?"

फिर वे लोग कुछ और मामलों पर विचार-विमर्श करने लगे।

* * *

चौहान के कमरे के बंगले के विशेष भेंटकर्ताओं के कमरे में नासिर के आठ साथी बैठे थे। आठों विभिन्न अपराधों में सजाएं भी काट चुके वे। पुलिस की थर्ड-डिग्री ने उन्हें काफी मजबूत भी कर दिया था और वे लोग विभिन्न अपराधों के माहिर भी थे।

चौहान कह रहा था—"तो तुम लोगों में किसी को भनक भी नहीं मिली कि नासिर कहां गया?"

एक ने जवाब दिया—"जी, नहीं।"

दूसरा बोला—"उस रात अगर हमें जरा-सा सन्देह भी हो जाता तो हम लोग नासिर का पीछा जरूर करते और पता ही लगाते कि वह निबटने के बहाने कहां जा रहा है।"

"और उस पॉकेटमार का भी नहीं, जिसे प्रेमप्रताप अपनी कार के बोनट पर लटकाये हुए भागता हुआ चला गया था?"

"जी, नहीं। अगर प्रेमप्रताप इस तरह न भाग खड़ा होता तो अब तक उसकी राख का भी पता न होता कि कहां गई।"

तीसरा बोला—"हमें अपने चेतनजी की रक्षा के लिए भी नियुक्त किया होता तो उन्हें कुछ न होता।"

चौहान ने हाथ ऊपर उठाकर कहा—"अच्छा, जो होना था हो चुका। लेकिन मेरा नाम चौहान है। मैंने बड़े-बड़े नेताओं के दांत खट्टे किए हैं और इस मोर्चे पर भी मैं हारना नहीं चाहता।"

"हमें बताइए क्या करना है?"

"अब तुम में से एक को नासिर की जगह लेनी है। यह फैसला तुम लोग आपस में ही करके मुझे बताओ कि कौन नासिर की जगह लेगा।"

एक ने कहा—"यह गोगा नासिर की जगह लेगा।"

बाकी लोग भी बोल उठे—"हम सहमत हैं। हम गोगा को अपना सरदार मानते हैं।"

चौहान ने नोटों की एक गड्डी निकालकर उसके सामने डाली और बोला—"ये अस्सी हजार हैं। दस-दस हजार आपस में बांट लो।"

गड्डी गोगा ने उठा ली और बोला—"अब हमें स्कीम बताइए।"

चौहान ने कहा—"पिछले सप्ताह से सिविल लाइन में कोई वारदात नहीं हुई। अब दो दिन से पुराने शहर में भी सन्नाटा है।"

"कहां से शुरुआत करें?"

सिविल लाइन से। शहर के दोनों हिस्से अब तुम आठों के जिम्मे हैं। तुम चार-चार का ग्रुप बनाओ या जैसा भी उचित समझो।"

"ठीक है।"

"सिविल लाइन में किसी भी खतरे के समय इन्स्पेक्टर दीक्षित संभाल लेगा और शहर में इन्स्पेक्टर सिंह। इन दोनों को मैं आज खबर किये दे रहा हूं।

"ठीक है। अब हमें आज्ञा दीजिये।"

"काम आज ही से शुरू होना चाहिए।"

"आप इत्मीनान रखिये।"

"शुरुआत के लिए भी मैं ही तुम्हें टिप देता हूं।"

"फरमाइए...?"

"हालात का रुख वाला सुखीराम की दुकान की लूट से ही बदला था। अब दोबारा शुरुआत भी लाला सुखीराम के परिवार से ही हानी चाहिए।"

"किस प्रकार?"

"सुखीराम की बेटी—रीता। वह आठ बजे से दस बजे रात तक राजघाट रोड के एक कोचिंग सेंटर में जाती है।"

"फिर...?"

"बस, आज रात उसे सुहागिन बना दो। बहुत सुन्दर है। तबियत खुश हो जाएगी।"

"बेहतर है। आज रीता ही सही।"

"बस, अब तुम जा सकते हो। मुझे रोजाना की रिपोर्ट मिलनी चाहिए।"

वे लोग उठ गए।

* * *

रात के ठीक दस बजे अमृत ने मोटरसाइकिल कोचिंग सेंटर के बाहर रोक ली। रीता को पहुंचाने और वापस ले जाने अमृत खुद ही आता-जाता था।

कुछ देर बात कोचिंग की क्लासें खत्म हुईं और सेंटर में से लड़के-लड़कियों की भीड़ निकलती नजर आई।

अमृत ने मोटरसाइकिल स्टार्ट की और रीता पीछे बैठ गई। मोटरसाइकिल चल पड़ी। जैसे ही मोटरसाइकिल आर॰ टी॰ ओ॰ से आगे आकर राजघाट रोड से मद्रास रोड की दिशा में मुड़ी।

अचानक एक तरफ से किसी ने मोटरसाइकिल के आगे चौखट-सी फेंकी।

मोटरसाइकिल का अगल पहिया उसके ऊपर चढ़ गया। अमृत सन्तुलन न बनाए रख सका। मोटरसाइकिल एक तरफ गिरी। साथ अमृत और रीता भी गिरे। रीता के मुंह से चीख निकल गई, क्योंकि वह कलाबाजी खा गई थी। पुस्तकें भी गिर गई थीं।

इससे पहले कि अमृत संभलता, अंधेरे में से दो लड़कों ने निकलकर रीता को पकड़ा। एक ने रीता को मुंह दबोच लिया। दो ने अमृत को घेरकर उसकी छाती पर रिवाल्वर और पीठ पर चाकू रख दिया।

एक ने गुर्राकर कहा—"चुपचाप घर चले जाओ, साले साहब।"

अमृत ने थूक निगलकर कंपकंपाती आवाज में कहा—"क...क...कौन हो तुम लोग?"

दूसरे ने जवाब दिया—"तुम्हारे होने वाले जीजा।"

"खामोश...!"

"हा...हा...हा...बुरा मत मानो, साले साहब। हर साले की बहन के कपड़े एक-न-एक दिन तो उतरते ही हैं।"

"मैं...मैं...तुम लोगों को जिन्दा नहीं छोड़ूंगा।"

"मगर हम लोग तुम्हें भी जिंदा छोड़ रहे हैं। तुम्हारी बहन को दो घण्टे के बाद जिंदा मौरिस रोड के चौराहे पर छोड़ जाएंगे।"

"हरामजादो! मैं तुम लोगों का खून पी जाऊंगा।"

"जरूर पीना। पहले अपनी बहन को तो पीने दो।"

फिर एक ने मोटरसाइकिल उठाई और रिवाल्वर दिखाकर अमृत से बोला—"चलो, शराफत से बैठो और चले जाओ, वरना तुम्हारे सामने ही हमें तुम्हारी बहन नंगी करनी पड़ जाएगी।"

अचानक उसके मुंह से 'हिच' की आवाज निकली और वह किसी न नजर आने वाली चीज को अपने गले में बुरी तरह निकालने की कोशिश करता हुआ अंधेरे की तरफ खिंचता चला गया।

रीता थरथर कांप रही थीं

रिवाल्वर वाले ने चिल्लाकर कहा—"अबे...ओ सुंदर!"

उसका ध्यान दूसरी तरफ देखकर अमृत ने एक हाथ उसके रिवाल्वर पर डाला और दूसरे हाथ का भरपूर घूंसा उसके जबड़े पर रसीद किया।

उसके हाथ से रिवाल्वर निकल गया और वह बिलबिलाकर पीछे हटता चला गया।

अमृत ने रिवाल्वर का रुख उन दोनों की तरफ किया, जिन्होंने रीता को पकड़ रखा था और गुर्राकर बोला—"छोड़ो इसे, वरना फायर करता हूं।"

दोनों ने बौखलाकर रीता को छोड़ दिया—"भैया...!"

रीता तड़पकर अमृत से आकर लिपट गई।

अमृत ने कहा—"घबराओ मत। अब यह कुत्ते तुम्हारा कुछ नहीं बिगाड़ सकते।"

अगले ही पल अन्धेरे में से कोई भारी-सी चीज एक बदमाश के सिर पर लगी और वह छटपटाकर अपना सिर दोनों हाथों से पकड़े हुये सड़क पर लेट गया। दूसरे की भी यही दशा हुई। तीसरा, जो पहले ही घूंसा खा चुका था, भागने की पोजीशन में नजर आया तो उसकी टांगों पर लगभग दो फुट का एक मजबूत और मोटा-सा डंडा आकर टकराया और वह औंधे मुंह गिरा।

अन्धेरे में से किसी की आवाज आई—"तुम अपनी बहन को लेकर चले जाओ। ब्लैक टाइगर इन लोगों को देख लेगा। इनका रिवाल्वर अंधेरे में आवाज की दिशा में फेंक दो। ये लोग मेरे रिवाल्वर की मार पर हैं, जो भागने की कोशिश करेगा, उसे गोली मार दूंगा।"

अमृत ने रिवाल्वर अंधेरे में फेंक दिया। मोटरसाइकिल स्टार्ट की और रीता से बोला—"चलो, बैठो...।"

रीता कंपकंपाती हुई बैठ गई।

मोटरसाइकिल की रोशनी जब मौरिस रोड के चौराहे से निकल गई तो अचानक अंधेरे में एक काली पतलून-कमीज वाला निकला, जिसके चेहरे पर काला रूमाल बंधा हुआ था। आंखों पर काले शीशे की ऐनक।

उसके रिवाल्वर का रुख उन तीनों की तरफ था। चौथे का गिरेबान उसके हाथों में था। उसने चौथे को उन तीनों की तरफ धक्का दिया और गुर्राया—"जिसने भी दस मीटर से आगे भागने की कोशिश की उसका भेजा एक गोली चाट लेगी। अब तुम में से एक वह डंडा उठाकर मुझे दो।"

एक ने डंडा उठाकर दे दिया। स्याहपोश बाएं हाथ से रिवाल्वर पकड़े रहा। दाएं हाथ से उसने आगे वाले बदमाश के कंधे पर डंडा मारा। वह छटपटाकर चीखा ओर उसका दायां हाथ इस तरह झटक गया, मोनो कंधे की हड्डी के चटकने की आवाज आई और वह सड़क पर गिरकर छटपटाने लगा।

फिर यही हाल दूसरे का हुआ, तीसरे का, फिर चौथे का। कुछ देर बाद वे चारों आने एक-एक हाथ, एक-एक पांव तुड़वाए सड़क पर बेहोश पड़े थे।

अमर ने उनकी कमर पर ठोकर मारी और आराम से चल पड़ा।

एक पब्लिक टेलीफोन-बूथ के सामने आकर उसने इधर-उधर देखा। अन्दर घुसकर उसने रिसीवर हुक से उतारकर डायल घुमाया। जैसे ही दूसरी तरफ से आवाज आई—"हैलो...।" उसने सिक्का छेद में डाला।

अमर ने कहा—"अरे, नेताजी। आपने अभी तक पी नहीं?"

"कौन हो तुम...?"

"गोगा...!"

"ओहो, गोगा...क्या हुआ?"

"सफलता।"

"लाला की लड़की उठा ली?"

"बिल्कुल...?"

"अरे, गधे। मुझे फोन करने की क्या जरूरत थी?"

अमर ने हल्का-सा कहकहा लगाया तो चौहान ने खीझकर कहा—"हंस क्यों रहा है?"

अमर ने जवाब दिया—"इसलिए कि लाला कि लड़की खैरियत के साथ घर पर पहुंच गई।"

"हें...अब, फिर उठाया क्यों था?"

"नेता के दास नेताजी का हुक्म टाल सकते थे?"

कुछ चौंककर कहा गया—"कौन हो तुम?"

अमर न अचानक गंभीरता से कहा—"ब्लैक टाइगर!"

"यह क्या बला है?"

"इस बला के बारे में गोगा के चारों गुंडों से पूछ लेना। मैंने तुम्हें इसलिए फोन किया है, नेता कि मैंने तुम अपराधियों का चक्रव्यूह तोड़ने के लिए जन्म लिया है।"

"क्या बकते हो?"

राजघाट से मौरिस रोड की तरफ के मोड़ पर तुम्हारे चारों पार्सल पड़े हैं। चाहो तो उन्हें अभी उठवा लो, चाहे पड़ा रहने दो। गुड-नाइट!"

फिर उसने रिसीवर रख दिया और आराम से बाहर निकलकर सड़क पर चल पड़ा।

* * *

इन्स्पेक्टर दीक्षित की जीप फर्राटे भरती हुई मौरिस रोड के चौराहे से राजघाट की तरफ बढ़ी। जीप में वह अकेला ही था।

काफी दूर से ही रोशनी में वे चारों सड़क पर नजर आ गए। इन्स्पेक्टर दीक्षित ने जल्दी से जीप रोक ली।

उनमें से एक होश में आ चुका था। वह धीरे-धीरे कराह रहा था। दीक्षित कूदकर जीप से उतरा और उसके पास बैठ कर बोला—"ऐ, कैसे हो तुम?"

बड़ी मुश्किल से उसने आंखें खोलीं और घोर पीड़ा में डूबी हुई आवाज में बड़ी मुश्किल से बोला—"मेरा एक हाथ और एक टांग टूट गए हैं।"

"किसने किया तुम्हारा यह हाल?"

"ब...ब...ब्लैक टाइगर ने!"

"यह कौन है?"

"कोई अलौकिक विपदा है। उसने मेरे तीनों साथियों का भी एक-एक हाथ तोड़ दिया है और एक-एक टांग तोड़ दी है।"

"ओहो, क्या तुम उसे पहचानते हो?"

"वह काले लिबास में था और उसका चेहरा भी काले रूमाल से ढंका हुआ था। उफ्फोह इन्स्पेक्टर साहब, मुझसे सहन नहीं हो रहा है। जल्दी से हस्पताल ले चलिए।"

वह फिर बेहोश हो गया।

इन्स्पेक्टर दीक्षित जल्दी-जल्दी चारों को एक-एक करके जीप में डालने लगा।

* * *

ठीक दो बजे वह हस्पताल से निकला। अपनी जीप में बैठा और चल पड़ा।

जब जीप अंधेरी सड़क पर दौड़ने लगी तो अचानक पीछे से एक मर्दानी-सी आवाज उसके कानों में आई—"बस, यहीं रोक लो।"

इन्स्पेक्टर दीक्षित ने बिजली जैसी फुर्ती से ब्रेक लगाये। साथ ही होलेस्टर पर हाथ डाला। लेकिन वह सन्नाटे में रह गया, क्योंकि होलेस्टर से रिवाल्वर गायब था।

रिवाल्वर की नाल उसकी गर्दन पर लग गई और शुष्क स्वर में कहा गया—"रिवाल्वर मेरे पास है। घबराओ मत।"

इन्स्पेक्टर दीक्षित हकलाकर बोला—"*...*...तुम कौन हो!"

"ब्लैक टाइगर!"

"ब...ब...ब्लैक टाइगर?"

"अपराधियों का दुश्मन और तुम जैसे गद्दार कानून के रखवालों के खून का प्यासा।"

"नहीं...!"

"नीचे उतरो, वरना मैं ट्रेगर दबाता हूं।"

दीक्षित तुरन्त नीचे उतर आया।

पीछे से अमर नीचे उतरा और गुर्राया—"अपनी वर्दी उतारो!"

"क...क...क्यों...?"

"क्योंकि मैं इस वर्दी का सम्मान करता हूं, जिसे पहनते समय तुमने कानून की रक्षा की शपथ लेकर भी इस पवित्रा वर्दी का सम्मान नहीं किया।"

"द...द...देखो...मैं...ब...बाल-बच्चों वाला हूं।"

अमर निर्मम स्वर में गुर्राया—"वर्दी उतारो, वरना गोली चलाता हूं।"

दीक्षित ने जल्दी से बुश्-शर्ट उतार दी। पतलून की बैल्ट खोल दी।

अमर ने कहा—"अब मेरी तरफ रुख करो।"

दीक्षित जैसे ही अमर की तरफ मुड़ा।

अचानक दीक्षित के चेहरे पर चीते सरीखा पंजा पड़ा और दीक्षित की चीख निकल गई थी और चेहरे के ऊपर पांचों नाखूनों के निशान मौजूद थे।

अमर ने उसके दाएं कंधे पर डंडा मारा और वह तड़प गया। दूसरा डंडा उसके दाएं घुटने पर पड़ा, जिसकी हड्डी उसी समय चटक गई। वह लुढ़ककर बेहोश हो गया।

अमर ने उसे ठोकर मारी और मुड़कर चल पड़ा।

* * *

चौहान ने अपने सामने खड़े गोगा को देखा, जिसकी एक आंख पर एक गेंद उभर आई थी और हाथ सूजकर लटक रहा था। एक हाथ टूटा हुआ था। लेकिन दोनों टांगें सलामत थीं।

गोगा बड़ी पीड़ाजनक आवाज में कह रहा था–"नेताजी! पता नहीं किस प्रकार मैं उससे बचकर भाग निकला, वरना मरी एक टांग भी टूट गई होती, जैसे सिविल लाइन में मेरे चार साथियों का हश्र हुआ था और आज पुराने शहर में मेरे तीन साथियों का हश्र हुआ है।"

"हूं! और उसने सिविल लाइन के इन्सपेक्टर दीक्षित और पुराने शहर के इन्स्पेक्टर सिंह का भी यही हाल किया है, जो तुम लोगों का।"

"क्या वह इतना शक्तिशाली है कि तुम लोग उस अकेले को नहीं मार सकते?"

"नेताजी! शक्ति से ज्यादा दिमाग की जरूरत होती है किसी भी लड़ाई में। उसका दिमाग इतना तेज है कि यही समझ में नहीं आता कि वह किस प्रकार का वार करेगा।"

"जब उसका समाना हुआ तो मुझे अन्दाजा हुआ कि वह शक्ति से ज्यादा अपनी खोपड़ी और आक्रमणकारी ढंग से लड़ता है। उससे दस गुना शक्तिशाली भी उसके आगे टिक नहीं सकता।"

"यह तुम कह रहे हो गोगा, जो नासिर के बाद शहर की नाक कहलाता है।"

"क्या आप शहर की इस नाक को अपने सामने देख नहीं रहे। कोई दूसरा देखेगा तो यह समझेगा कि कम से कम पचास आदमियों ने मिलकर मारा है गोगा को।"

चौहान चिंतन नजरों से उसे घूरता हुआ बोला–"और तुम इस हालात में यहां आ गए?"

"और कहां जाता?"

"हस्पताल।"

"कुशल मनाइए, चौहान साहब। हस्पताल में मेरे सात साथी इस समय एक जैसी दशा में हैं और उनके दिल-दिमाग पर ब्लैक टाइगर किसी भूत की तरह सवार है। उनसे पूछ-ताछ करने वाले भी सब बड़े-बड़े अफसर हैं।"

"अगर उनमें से किसी एक ने भी बता दिया कि इस लूटमार, बलात्कार और अराजकता के लिए उन्हें आपकी तरफ से रकम मिली थी तो आप कहां होंगे?"

"तुम मुझे धमकी दे रहे हो?"

गोगा पीड़ा में भी हंस पड़ा और बोला–"आ गए न अपनी राजनीति के रंग-ढंग पर। चौहान साहब, मेरा जो हाल है, वह आपके कारण से है। मेरे सातों साथी जीवन भर के लिए अपंग हो गए हैं। मैं भी शायद सारी उम्र एक भिखारी जैसा जीवन गुजरूंगा और आप मुझे ही आंखें दिखा रहे हैं!"

अचानक चौहान ने कोमल स्वर में कहा–"बैठ जाओ, तुम्हें बड़ी जल्दी गुस्सा आ जाता है।"

गोगा ने बैठते हुए कहा—“अपने किसी भरोसे के डाक्टर को बुलाकर मेरा इलाज यहीं कराइए। पुलिस ऐसे बदमाशों की बहुत बड़ी दुश्मन है, जो किसी काम के न रहते हों।”

“तुम्हारे विचार में यह ब्लैक टाइगर कौन हो सकता है?”

“भूत! शायद उसके शरीर में शिकारी कुत्ते की आत्मा है। जिधर किसी भी बदमाश की गंध सूंघता है—वहीं आ मौजूद होता है। मुझे तो लगता है कि शहर के दोनों हिस्सों के बाद अब हरिनगर, से लगने वाले गांव कस्बों की बारी है।”

“यह भेद सिर्फ हम तीन के बीच था—मैं, सेठ जगताप और शेरवानी। यानी हम लोग जान-बूझकर नगर की कानून-व्यवस्था खराब कराके वर्तमान राज्य सरकार के विरुद्ध जनता में अविश्वास और नफरत पैदा कर रहे हैं।

“उधर विधानसभा भंग होती, इधर मैं दल बदलकर दूसरी पार्टी के टिकट पर खड़ा हो जाता और सीट फिर से मेरे हाथ में होती।”

“जी...!”

“लेकिन अब सेठ जगताप और शेरवानी मेरे विरुद्ध हैं। सम्भव है उन दोनों ने मिलकर कोई ऐसा आदमी खड़ा किया हो, जो मेरी चालों को असफल कर दे, क्योंकि मुझे विश्वास है कि अब लोग मुझे विधानसभा की सीट पर नहीं देखना चाहेंगे।”

गोगा आंखें फाड़े चौहान को देखता रहा।

चौहान ने फिर से कहा—“जगताप के पास पैसा है। शेरवानी के पास दिमाग। वे दोनों मिलकर ऐसा आदमी ढूंढ सकते हैं।”

गोगा ने थूक निगलकर कहा—“मेरे घावों में बहुत पीड़ा है नेताजी।”

“तुम्हारा कोई ऐसा आदमी बाकी है, जो तुम्हारे सातों आदमियों की खबर रखे कि वे लोग पुलिस को क्या बयान दे रहे हैं?”

“क्या अब पुलिस में आपका कोई आदमी नहीं रहा?”

“ये पुलिसवाले बड़े कुत्ते होते हैं। उन्हें मालूम है कि नेता सीटों पर से उतरते-चढ़ते रहते हैं, लेकिन पूंजीपति, पूंजीपति ही रहता है और शेरवानी जैसा वोट बैंक।”

“शेरवानी आज एक नेता को सीट पर बिठा सकता है तो कल दूसरे नेता को भी उसी सीट पर बिठा सकता है। वे लोग जगताप और शेरवानी की ही फेवर करेंगे।”

“तो आप ऊपर से भी दबाव डलवा सकते हैं।”

“असम्भव है।”

“क्यों...?”

"हर पार्टी की हाईकमान जानती है कि नेता से ज्यादा महत्त्व उस क्षेत्र के पूंजीपति और शेरवानी जैसे सामाजिक कार्यकर्ता को दिया जाता है। जिस चुनाव क्षेत्र से पार्टी को अपना नेता विधानसभा में भेजना है।

"इसलिए ऊपर वाले अगर मेरे विरुद्ध जगताप और शेरवानी के गठजोड़ से परिचित हो गए होंगे तो वे लोग मेरी बातें एक कान से सुनकर दूसरे कान से उड़ा देंगे।"

"लेकिन हाईकमान को खबर कौन करेगा?"

"तुम नहीं समझोगे गोगा। हर पार्टी का अपना एक ग्रुप सिर्फ नारद मुनि का काम करता है। कभी-कभी एक ग्रुप दोनों ही पार्टियों के लिए काम करता है।"

"नेताजी! मैं तो सीधा-सादा शहरी हूं। गुण्डा ही सही। मैं नहीं जानता कि आपकी राजनीति क्या होती है। मगर आपकी बातें सुनकर तो ऐसा लगता है कि हम तो ऐसा लगता है कि हम जो कथा में राजा-महाराजाओं के बारे में पढ़ते या फिल्मों में देखते थे, वह युग आज के युग से ज्यादा अच्छा था।"

"बहुत खूब!"

"सचमुच नेताजी, आज मेरी आंख, होंठ और हाथ में जो पीड़ा की भीषणता है, वह मुझे याद दिला रही है कि गुण्डे के रूप में मैंने जिन लोगों को मारा-पीटा है, उन्हें भी ऐसी ही पीड़ा पहुंचती होगी।"

"तो जाओ, किसी मन्दिर में जाकर पुजारी बन जाओ। साधु बनो, यहां क्या करने आए हो?"

"एक नेता का आखिरी रूप देखने!" गोगा ने उठते हुए कहा–"तुमसे तो शेरवानी अच्छे हैं, जो अपने गुण्डों का भी ख्याल रखते हैं। वह सेठ जगताप अच्छे हैं, जिन्होंने मेरे सामने अपने गुण्डों के घायल होने पर उनके इलाज का पूरा खर्चा उठाया है और उनके घरों में राशन भरवाए हैं।"

"तो फिर उन्हीं के पास जाओ।"

"उन्हीं के पास जा रहा हूं। देखना, वे लोग मेरा इलाज कराएंगे। फिर मैं अपनी पूरी शक्ति लगा दूंगा कि तुम जैसा स्वार्थी नेता सीट पर न बैठ सके।"

"मूर्ख! सीट पर बैठने वाला स्वार्थी नहीं होता, बल्कि सीट पर बैठकर स्वार्थी हो जाता है। तू जिसे बिठाएगा, वही चौहान साबित होगा। कितने नेता बदलेगा तू?"

"बदलकर देखने में क्या हर्ज है? शायद तुम राक्षसों के बीच निःस्वार्थ नेता भी निकल आए, जो जनता के वोटों से नेता बनकर जनता की बहू-बेटियों और जान-माल के लिए खतरा न बने, बल्कि उनकी सुरक्षा की जिम्मेदारी पूरी करे।"

फिर वह बाहर जाने लगा तो अचानक चौहान ने हाथ उठाकर गुर्राते हुए कहा–"ठहरो...गोगा...!"

गोगा पलटकर मुड़ा तो चौहान के हाथ में रिवाल्वर नजर आया। गोगा हंस पड़ा और बोला—"खूब नेताजी। यह रिवाल्वर है, माइक नहीं, जिसे पकड़कर आप शब्दों के कारतूस चलाते हैं और जनता को डराते हैं। इसे चलाने के लिए नासिर या गोगा जैसे लोगों के हाथ चाहिएं।"

फिर वह मुड़कर चलने लगा। अचानक धांय की आवाज के साथ ही गोगा की एक जोरदार चीख वातावरण में गूंजी। उसने तड़ग भरी और फर्श पर गिरकर कुछ पल हाथ-पांव मारकर ठंडा हो गया। उसकी आंखें खुली रह गई थीं।

चौहान ने रिसीवर उठाकर डायल घुमाया और रिसीवर कान से लगा लिया।

कुछ देर बाद दूसरी तरफ से आवाज आई—"यस, कोतवाली।"

"कौन बोल रहा है?"

"एस॰ पी॰ सिटी। आप कौन हैं?"

"चौहान...एम॰ एल॰ ए॰ चौहान।"

"ओहो नेताजी, फरमाइए?"

"देखिए, शहर का एक गुण्डा—जो नासिर के गिरोह का है...गोगा। आपकी लिस्ट पर तो उसका नाम जरूर होगा।"

"जी हां, फरमाइए?"

"आज वह कहीं से कोई केस करके आया था। मुझे धमकी दे रहा था कि एक लाख रुपए उसे देकर उसकी फरारी का इन्तजाम कराऊं और पुलिस में उसका नाम न आने दूं।"

"ओह, फिर...?"

"मैंने उसे धमकी दी कि पुलिस को बुलाता हूं। उसने मेरे ऊपर चाकू से हमला कर दिया। मुझे अपनी सुरक्षा के लिए गोली चलानी पड़ गई।"

"क्या वह भाग गया?"

"नहीं, उसकी लाश यहां मेरे ड्राइंग-रूम में पड़ी है।"

"ओहो, हम लोग आ रहे हैं।"

चौहान ने रिसीवर रख दिया। आगे बढ़कर गोगा की जेब टटोली। एक जेब में चाकू मौजूद था। उसने चाकू निकालकर खोला और अपनी आस्तीन फाड़कर भुजा पर घाव बना लिया।

* * *

एस॰ पी॰ सिटी ने सम्पर्क कटने पर एस॰ एस॰ पी॰ के नम्बर मिलाए और रिसीवर कान से लगा लिया।

कुछ देर बाद दूसरी तरफ से आवाज आई—"यस, एस॰ एस॰ पी॰ हियर।"

"सर! मैं एस॰ पी॰ सिटी प्रसाद हूं।"

"कहिए...!"

"अभी-अभी नेताजी चौहान का फोन आया था।" उसने सारा ब्यौरा देकर कहा–"अब क्या करना है?"

"हूं...गोगा नासिर के ही ग्रुप का है।"

"जी हां..."

"और उसके जिन सात आदमियों ने ब्लैक टाइगर नामक किसी गुमनाम आदमी से मार खाई है। उन्होंने यही बयान दिए हैं कि उन्हें नगर के दोनों भागों में अराजकता फैलाने के लिए नेताजी चौहान ने ही अस्सी हजार रुपए दिये थे।"

"जी हां।"

"नासिर को भी चौहान और शेरवानी ने मिलकर खरीदा था।"

"जी हां।"

"इंस्पेक्टर दीक्षित और इंस्पेक्टर सिंह ने कुछ बताया?"

'सर! मैंने उन दोनों को नरमी से समझाया था कि उन दोनों का बिल्कुल वही हाल है, जो नासिर दल के आदमियों का। इसलिए उनकी उस दुर्दशा में ब्लैक टाइगर के सिवा और किसी का हाथ नहीं हो सकता और अगर वे स्वीकार कर लें तो उच्च अधिकारी उनके लिए कुछ कर सकते हैं।"

"क्या कहा उन्होंने...?"

"वही ब्यान दिये हैं दोनों ने। नेता चौहान ने उन्हें अपने इशारों पर नचाया था–यह धमकी देकर कि अगर उनके लिए काम नहीं किया तो वर्दी उतर जाएगी और उनके लिए काम करोगे तो ऊपर की आय भी होगी। असल वेतन से दुगुनी-दुगुनी रकमें दोनों को देने की ऑफर की गई थी और कुछ रकम कैश उनके घरों से बरामद भी हो गई है।"

"ठहरिए, मैं आपको थोड़ी देर बाद फोन करूंगा।"

"तो मैं अभी फोर्स लेकर न जाऊं?"

"नहीं, मेरे विचार में अब हमारे पास चौहान की गिरफ्तारी के लिये काफी सामग्री हैं। शर्त यह है कि हाईकमान उसकी पार्टी की प्रतिष्ठा बचाने पर न उतर आये।"

"आप ठीक कह रहे हैं।"

"मैं डी॰ एम॰ के पास जा रहा हूं। अगर इस बीच फिर से चौहान का फोन आये तो आप उसे बताइये कि काफी फोर्स अकरोली गई है, जहां गुण्डों के एक पूरे गिरोह ने एक मोहल्ले पर धावा बोलकर कई औरतों की लाज लूट ली है और कई निर्दोषों का खून कर दिया है।"

"ओहो, क्या यह सच है?"

"हां, अभी एस॰ पी॰ देहात के फोन से खबर मिली थी। हालात तो काबू में हैं और कुछ लोगों ने बयान दिये हैं कि वे गुण्डे कुछ ऐसे नारे लगा रहे थे, जिससे दो सम्प्रदायों के बीच

गलतफहमी पैदा होकर बात बढ़ सकती थी। लेकिन दोनों सम्प्रदायों के लोगों ने उनकी चाल सफल नहीं होने दी। बल्कि एक दूसरे की मदद की।"

"कोई गिरफ्तारी हुई?"

"नहीं, पुलिस पहुंचने से पहले ही वह फरार हो गए थे। अकरोली में भी इन्स्पेक्टर दीक्षित और सिंह की तरह का एक इन्स्पेक्टर मौजूद है।"

"ओहो...!"

"अच्छा, मैं आपको या तो फोन करूंगा या खुद ही आऊंगा। अगर डी॰ आई॰ जी॰ साहब से कांटेक्ट हो गया और चौहान की गिरफ्तारी की अनुमति मिल गई।"

"बहुत बेहतर है।"

दूसरी तरफ से सम्पर्क कटने पर एस॰ पी॰ सिटी ने रिसीवर रख दिया।

* * *

चौहान ने टेलीफोन की आवाज सुनी तो रिसीवर उठाकर कहा—"हैलो...!"

दूसरी तरफ से आवाज आई—"कौन...नेताजी...?"

"मैं ही हूं।"

"मैं...दीवान मुरारीलाल बोल रहा हूं।"

"ओहो...कहो दीवानजी?"

"बड़ा महत्वपूर्ण समाचार दे रहा हूं—इनाम के योग्य।"

"घबराओ मत। इनाम भी मिलेगा।"

"नासिर दल के जितने गुण्डे पकड़े गये हैं, उन सबको पकड़वाने वाला एक काला नकाबपोश है, जो खुद को ब्लैक टाइगर कहता है।"

"यह कोई नया समाचार नहीं है।"

"नया समाचार जो अब सुनाऊंगा।"

"तो सुनाओ न जल्दी से।"

"उन गुण्डों ने बयान दिए हैं कि शहर के दोनों भागों में अराजकता फैलाने के लिए गोगा को आपने अस्सी हजार रुपए दिए थे।"

"ओहो..."

"और आपने गोगा को गोली मारी है न?"

"हां, मैं कोतवाली फोन कर चुका हूं।"

"एस॰ पी॰ साहब ने एस॰ एस॰ पी॰ साहब को फोन किया था। एस॰ एस॰ पी॰ साहब डी॰ एम॰ साहब से मिलने गये हैं और वे लोग डी॰ जी॰ से सम्पर्क बनाएंगे।"

"क्यों...?"

"आपकी गिरफ्तारी के सिलसिले में ऊपर से ऑर्डर लेने के लिए!"

चौहान सन्नाटे में रह गया।

दूसरी तरफ से अवाज आई—"हैलो...।"

चौहान ने जवाब दिया—"मैं सुन रहा हूं।"

"अकरोली के ताजा दंगों की जिम्मेदारी भी आप पर ही डाली जा रही है, क्योंकि अकरोली के एम० एल० ए० दूसरे सम्प्रदाय के मौलाना टाइप हैं और दोनों सम्प्रदायों के लोग उनका सम्मान करते हैं। उनके ऊपर कोई सन्देह नहीं कर सकता।"

"अच्छा मुरारीलाल, शुक्रिया। तुम्हें इनाम जरूर मिलेगा।"

फिर उसने सम्पर्क काट लिया और डायल घुमाकर रिसीवर कान से लगा लिया।

कुछ देर बाद दूसरी तरफ से आवाज आई—"हैलो...!"

चौहान ने कहा—"कौन...शेरवानी साहब?"

"मैं ही हूं।"

"मैं चौहान हूं।"

"ओहो नेताजी, कहिए...?"

"आपको मालूम है। मैं इस समय एक बड़े क्राइसिस में फंस गया हूं।"

"मालूम है...!"

"लेकिन मेरी सीट छीन गई और मैं अदालत के कटघरे में खड़ा हुआ तो लपेट में आप और जगताप भी आएंगे।"

"फिर...?"

"अगर हम लोगों के बीच कुछ मतभेद हैं भी तो क्यों न उन्हें भुलाकर इस समय हम तीनों मिलकर वर्तमान संकट का मुकाबला करें? सम्भव है, हमारे मतभेदों की बुनियादें गलत-फहमियों पर ही आधारित हों।"

"शायद आप ठीक कह रहे हैं।"

"तो मैं आपके पास आ रहा हूं। आप और मैं जगताप के पास चलेंगे।"

"ठीक है।"

"और आप अपने किसी ऐसे खास आदमी को अपने सम्प्रदाय के लोगों में कन्वेसिंग के लिए भेज दीजिए, जो उन लोगों को समझा सके कि मेरी गिरफ्तारी और नगर की अराजकता किसी अपोजीशन लीडर की चाल है, जो अपने अपराध को मेरे सिर थोपे दे रहा है।"

"फिर...?"

"सम्भव है, मेरी गिरफ्तारी की नौबत आ जाए। ऐसे में अगर आप एक आवाज निकाल देंगे तो आपका सारा सम्प्रदाय मेरे समर्थन में सड़कों पर आ जाएगा और जगताप और

जगताप साहब की आवाज पर हमारा सम्प्रदाय, इस तरह पार्टी हाईकमान के दिल में अगर गलतफहमी भी पैदा हो गई होगी तो जनता में मेरी लोकप्रियता देखकर या तो गलतफहमी समाप्त हो जाएगी या फिर वे लोग नीतिवश मेरे विरुद्ध कोई कार्रवाई नहीं करेंगे।"

"ठीक है, आप आ जाइए।"

"तब तक आप जगताप साहब को फोन कर दीजिए।"

"अभी नहीं..."

"क्यों...?"

"पहले हम दोनों कुछ तय कर लें। फिर जगताप साहब के पास चलेंगे।"

"ठीक मैं आ रहा हूं।"

चौहान ने रिसीवर रख दिया।

* * *

चौहान उस समय अपनी विख्यात कार में जाने की जगह एक काली-पुरानी मौरिस माइंस में कोठी से निकला, ताकि कोई उसे पहचान न सके। शीशे चढ़ा रखे थे।

कुछ देर बाद ही गाड़ी शेरवानी की कोठी के फाटक पर पहुंची। चौकीदार ने चौहान की एक झलक देखी और फाटक खोल दिया।

गाड़ी अन्दर जाने पर फाटक बन्द हो गया और गाड़ी बरामदे में रुक गई, जिसे खुद चौहान चलाकर लाया था।

उसने घंटी बजाई। दरवाजा भी खुद शेरवानी ने खोला और मुस्कराकर बोला—"खुश आमदीद...तशरीफ लाइये!"

चौहान अन्दर घुसा और शेरवानी ने दरवाजा बन्द कर लिया। चौहान ने कहा—"मैं अपने यहां किसी को खबर करके नहीं आया कि मैं कहां जा रहा हूं और न ही अपनी किसी ऐसी गाड़ी में आया हूं, जिसे लोग पहचान लेते।"

"वैरी गुड!"

"अब बताइये, क्या करना है?"

"वही, जो इस मौके पर करना चाहिये और इस मौके का मुझे काफी दिनों से इन्तजार था।"

चौहान ने शेरवानी के वाक्य में व्यंग्य को महसूस किया और बोला—"शायद अभी तक मेरी समझ से किसी गलतफहमी में पड़े हैं।"

"सच्चाई गलतफहमी नहीं होती नेताजी।"

"कैसी सच्चाई?"

शेरवानी ने एक अखबार का मुड़ा हुआ कागज निकालकर खोला और उसे सीधा करके चौहान की तरफ रुख करके बोला–"इसे पढ़िये...क्या लिखा है?"

चौहान ने बुदबुदाने के अन्दाज में पढ़ा–"मुझे नासिर के गुण्डों ने नेता चौहान के कहने पर मारा है।"

चौहान ने चौंककर कहा–"इसका क्या मतलब हुआ?"

"यह तहरीर मेरे भानजे और मुंहबोले बेटे ने मरते समय अपने खून से लिखी है।"

"क्या कह रहे हैं आप?"

"नेताजी! यह कागज मेरे बेटे की लाश की छाती पर रखा हुआ था। मेरी छाती में ज्वालामुखी खौल रहा था।

"मैंने नासिर को तो ठिकाने लगा दिया था। बस, आपसे बदला लेने की सोच रहा था, जो आप आपने खुद ही जुटा दिया।"

अचानक उसने रिवाल्वर निकाला और चौहान की तरफ तानकर गुर्राते हुए बोला–"आपको ऊपर वाले ने इस वक्त एक तोहफा बनाकर भेजा है। आपके घर किसी को नहीं मालूम कि आप कहां गए हैं और आप ऐसी गाड़ी में आए हैं, जिसे कोई नहीं पहचानता। मेरा चौकीदार वफादार है और मेरा वफादार नौकर आपके लिए एक क्यारी में गड्ढा खोद रहा है।"

"शेरवानी...!"

"नेताजी! आपकी लाश यहां इस तरह दफन कर दी जाएगी, जैसे नासिर की लाश। आज तक लोग नासिर को लापता समझते हैं। अब आपकी पार्टी, आपके रिश्तेदार और कानून के रक्षक सभी आपको फरार समझेंगे, क्योंकि आपके वारंट निकलने वाले हैं।"

चौहान ने खुद को शांत रखते हुए कहा–"शेरवानी साहब! आप जरूर किसी बड़ी गलतफहमी का शिकार हैं।"

"खूब! क्या यह कागज और मेरे बेटे के खून से लिखी वह तहरीर भी गलत है।"

"जरा ठंडे दिमाग से विचार कीजिए। आपका भानजा कितने दिन लापता रहा?"

"पूरे पांच दिन!"

"और उसके बाद उसकी कफन में लिपटी हुई लाश कोई आपके दरवाजे पर छोड़ गया?"

"हां...!"

"और उस लाश की पोस्टमार्टम रिपोर्ट से पता चला कि वह पांच दिन पहले मार दिया गया था। क्यों, ठीक है न?"

"हां...!"

"आखिरी पांच दिन वह लाश कहां रही? और पांच दिन बाद वह लाश किस उद्देश्य से आपके पास पहुंचाई गई?"

शेरवानी कुछ न बोला।

नेता ने फिर से कहा—"दूसरी बात, पोस्टमार्टम की रिपोर्ट के अनुसार शौकत कैसे मरा था?"

"गला घोंटने से!"

"उसके शरीर पर कोई जख्म था?"

"नहीं, लेकिन अन्दरूनी मार लगी हुई थी।"

चौहान मुस्कराया और बोला—"और यह कागज जिस पर लाल तहरीर है। आपके कहने के अनुसार आपके भानजे ने खून से लिखी थी, जबकि खून निकला ही नहीं होगा।"

शेरवानी कुछ न बोला।

चौहान ने फिर से कहा—"क्या आपने नासिर को मारकर उसका कफन सिलवाकर उसे गड्ढे में दबाया था?"

"नहीं...!"

"आप इतने समझदार, बुद्धिमान आदमी, इतना बड़ा धोखा कैसे खा गए? जिस किसी ने भी वह लाश आप तक पहुंचाई थी। उसी ने आखिर पुलिस को क्यों खबर नहीं कर दी? लाश पुलिस तक क्यों नहीं पहुंची? और फिर पांच दिन तक कहां रही?"

"ओह...!"

"शेरवानी साहब! यह जरूर किसी ऐसे आदमी की चाल है, जिसने एक अनजान आदमी ब्लैक टाइगर के नाम से खड़ा किया है, जो आपके और मेरे गुन्डों की मरम्मत कर रहा है।"

"जिसने आपके बेटे को भी खून किया और हम दोनों के बीच गलतफहमी की दीवार खड़ी करने के लिए लाश और कागज आप तक पहुंचाने का नाटक रचा था।"

शेरवानी ने भर्राई हुई आवाज में कहा—"शायद आप ठीक कह रहे हैं।"

चौहान ने कहा—"अब जरा इस कागज को ध्यान से देखिए। इस पर क्या शौकत की ही तहरीर है? आप तो उसकी तहरीर पहचानते होंगे।"

शेरवानी ने ध्यान से कागज देखा और बोला—"ओहो! यह लिखाई तो शौकत की नहीं है।"

"आपने पहले जुनून में विचार ही नहीं किया होगा।"

"यही हुआ है।"

अब यह भी विचार कीजिए कि खून का रंग सूखकर थोड़ा काला पड़ जाता है। लेकिन यह रंग लाल ही है। इसका मतलब है यह खून नहीं है।"

शेरवानी ने चौंककर कहा—"ओहो...!"

चौहान ने ठंडी सांस ली और मुस्कराकर बोला—"शेरवानी साहब! मैं तो अपनी छाती पर इतना बड़ा दाग लिए बैठा हूं। फिर भी मैंने आपसे या सेठ साहब से कोई बदले की कार्रवाई नहीं की।"

"क्या मतलब?"

"आपने और जगताप ने मिलकर प्रेमप्रताप को दीपा के सम्बन्ध में बहकाया। मेरे बेटे चेतन को नहर के किनारे ले जाकर गोली मारी। इन्स्पेक्टर दीक्षित आप लोगों के हुक्म पर वहां पहले पहुंच गया था जो प्रेमप्रताप हरिजन लड़की से होने बच जाती।"

शेरवानी का चेहरा सफेद पड़ गया।

चौहान ने कहा—"लेकिन इन्स्पेक्टर दीक्षित को बेहोश करके किसी ने प्रेमप्रताप को बचाया। मैंने प्रेमप्रताप को मारने के लिए नासिर का गिरोह भेजा, उससे भी प्रेमप्रताप को बचा लिया गया। क्या इससे यह साबित नहीं होता कि सेठ जगताप ने लाला सुखीराम वाले केस के बाद अपने बेटे को आवागर्दी ने निकाल लिया। उसके दो एय्याश दोस्त चेतन और शौकत का खात्मा करा दिया।

"उन्होंने ही किसी को ब्लैक टाइगर बनाकर अपके गुन्डों का और मेरे गुन्डों का सफाया शुरू करा दिया है, ताकि आपके वोट बैंक का महत्त्व भी समाप्त हो जाए। और मैं भी सीट खो बैठूं।"

"उसके बाद जगताप साहब का अपना कोई आदमी सीट पर बैठे और वह आदमी शायद लखनलाल हो, हरिजन लखनलाल, जो उनका समधी भी हो जाएगा।"

शेरवानी की आंखें फैली हुई थीं।

उसने कहा—"ये बातें तो मैंने सपने में भी नहीं सोची थीं।"

शेरवानी साहब! अब भी कुछ नहीं बिगड़ा है। हम दोनों का सामान्य शत्रु एक ही है। सेठ जगताप से अगर हम दोनों हाथ मिला लें तो उसे मैं रास्ते से हटा दूंगा।"

शेरवानी ने रिवाल्वर जेब में रखा। फिर चौहान की तरफ हाथ बढ़ा दिया। दोनों ने हाथ मिला लिया और चौहान ने मुस्कराकर कहा—"अब हम एक और एक ग्यारह हैं। हमारी शक्ति का कमाल देखिए।"

उसने रिसीवर उठाया और डायल घुमाकर जगताप का फोन नम्बर मिलाने लगा।

* * *

अमर चुपचाप पिछले बरामदे से निकलकर कम्पाउंड में आया और कम्पाउंड की दीवार फलांगकर वह एक गली में एक जगह रखी हुई मोटरसाइकिल पर सवार होकर चल पड़ा। मोटरसाइकिल की गति काफी तेज थी और उसका रुख जगताप के बंगले की तरफ था।

जगताप के बंगले के फाटक पर मोटरसाइकिल रुकी तो चौकीदार ने उससे पूछा—"क्या काम है?"

अमर ने उसे करीब बुलाया और बोला—"छोटे मालिक को बोलो, अमर बाबू मिलना चाहते हैं।"

"कौन अमर बाबू?"

"तुम सिर्फ नाम लोगे तो वह समझ जाएंगे।"

"मैं यहीं से खबर करता हूं।"

चौकीदार ने एक्सटेंशन के फोन पर अन्दर से संपर्क बनाकर जब अमर के बारे में बताया तो दूसरी तरफ से जो भी जवाब मिला हो। बहरहाल, फाटक तुरन्त खुल गया।

अमर की मोटरसाइकिल बरामदे में रुकी ही थी कि प्रेमप्रताप निकल आया। उसने आगे बढ़कर बेचैनी से उससे पूछा—"क्या बात है अमर, इतनी रात में!"

"तुम्हारे डैडी क्या कर रहे हैं?"

"किसी का इन्तजार कर रहे हैं। अभी फोन पर किसी ने जाने को कहा था। मैं अपने कमरे में था।"

"आने वाले कोई और नहीं, शेरवानी और चौहान हैं।

"ओहो...!"

"दीपा तो यहीं होगी?"

"हां, मेरे बराबर का ही कमरा है।"

"और उसके सशस्त्र गार्ड?"

"वे टैरेस पर रहते हैं। जरा से संदेह पर वह फायरिंग शुरू कर सकते हैं।"

"उन लोगों को दीपा के द्वारा खबर करा दो। इस समय तुम्हारी और सेठ साहब की जिन्दगी खतरे में है। वे लोग शेरवानी और चौहान के आते ही उन्हें निहत्था करके मेरे फोन या पुलिस का इन्तजार करें।"

"तुम कहीं बाहर जा रहे हो?"

"हां, मेरे पास समय कम है।"

"ठीक है, अमर तुम्हारा शुक्रिया।"

अमर ने उसका हाथ थपथपाया और मोटरसाइकिल स्टार्ट करके वापस आया। फाटक से मोटरसाइकिल निकली तो वह काली कार भीतर प्रवेश कर रही थी, जिसमें शेरवानी और चौहान थे।

अमर मोटरसाइकिल निकालता ले गया। प्रेमप्रताप बड़ी तेजी से वापस मुड़ा और सीधा अपने कमरे की तरफ आया। दीपा उसे बाहर ही मिल गई। प्रेम ने उसे बताया कि अमर क्या कहकर गया है और दीपा बड़ी तेजी से टैरेस पर चली गई।

प्रेम नीचे आया तो चौहान और शेरवानी ड्राइंग रूम में पहुंच चुके थे। वे लोग जगताप से हाथ मिला रहे थे। प्रेम वहीं झाड़ में रुक गया।

अचानक चौहान ने रिवाल्वर निकालकर जगताप की तरफ तान लिया और मुस्कराकर बोला—"सेठ साहब! हमारी भेंट का उद्देश्य यह था।"

जगताप ने हैरत से कहा—"इसका क्या मतलब हुआ?"

"इसका मतलब हुआ, हमारी आपकी आखिरी मुलाकात। अच्छा होगा कि आप अपने बेटे प्रेमप्रताप को भी यहीं बुला लें, ताकि मैं उससे भी अपने बेटे चेतन का हिसाब बराबर कर लूं।"

"देखो, चौहान। बच्चों का हिसाब उन्हीं के साथ रहने दो। अपने बच्चों को हमने खुद बिगाड़ा था अपने स्वार्थ के लिए और हमें उसका बदला भी मिल गया।"

"बदला तुम्हें कहाँ मिला? मुझे और शेरवानी साहब को मिला। हम दोनों के बेटे मारे गये। तुम्हारा बेटा तो फिर भी जिन्दा है।"

"और मैं उसे खोना नहीं चाहता। तुम्हें मारना हो तो मुझे ही मार दो। मैं अब इस गन्दे राजनीति के खेल से बहुत तंग आ चुका हूं। जिसमें दिन-रात की शांति बरबाद हो गई है। तुम जैसे दोस्त, दुश्मन बन गए हैं। तुम्हारी मिसालें भी मेरे सामने हैं कि तुम दोनों अपने-अपने बेटे खो चुके हो। अब मेरे लिए तो मेरा बेटा ही मेरी दौलत है। उसे मारने से तुम्हारे बेटे जिन्दा नहीं हो सकते। अब भी समय है कि संभल जाओ। अपने बेटे की मौत से शिक्षा लो।"

"खूब! यह उपदेश तुम हमें इसलिए दे रहे हो कि तुम्हारा बेटा जिन्दा है। लेकिन हम उसे तुम्हारी आंखों के सामने मारेंगे।"

अचानक पीछे से उन दोनों की गर्दनों पर बन्दूकों की नालें आकर रख गईं। फिर लखनलाल की आवाज कानों में आई—"मूर्खों! सेठ साहब ने तुम्हें इतनी अच्छी सलाह दी है, तब भी तुम्हारी आंखें नहीं खुलीं। क्या तुम भूल गए थे कि अब प्रेम हमारा होने वाला जवांई है और सेठ साहब हमारे होने वाले सम्बन्धी?"

उसने चौहान के हाथ से रिवाल्वर लिया और शेरवानी की जेब खाली कर ली।

"फिर वह शेरवानी से बोला—"जाओ, शेरवानी साहब! अगर इस बंगले में तुम्हारा खून हो गया तो बात दो सम्प्रदायों की बन जाएगी! बेहतर हो कि तुम यहां से निकल जाओ।"

शेरवानी दांव-पेंच वाला आदमी था। मगर बहादुर नहीं था। उसने चुपचाप खिसक लेना ही उचित समझा। उसे दो बन्दूकधारी उसकी गाड़ी तक छोड़ आए। जैसे ही उसकी गाड़ी बाहर निकली, चन्द सेकेंड बाद ही पुलिस की गाड़ियां अन्दर आईं। दर्जनों अफसर और लगभग पचास पुलिस वाले थे।

एस० एस० पी० ने बन्दूकधारी से पूछा—"यहां चौहान और शेरवानी साहब आए हैं?"

"चौहान अन्दर हैं। शेरवानी साहब अभी वापस गए हैं।"

एस॰ एस॰ पी॰ ने एस॰ पी॰ सिटी ने कहा–"आप शेरवानी साहब को देखिए।

एस॰ पी॰ सिटी कुछ गाड़ियां लेकर फौरन लौट पड़ा। बाकी अफसर अंदर आए और जब उन्होंने चौहान के हाथों में हथकड़ियाँ डलवाईं तो चौहान का चेहरा सफेद हो गया।

उसने कहा–"यह सेठ जगताप भी तो हमारे अपराधों में बराबर के भागीदार हैं। इन्हें क्यों छोड़ा जा रहा है। उनका बेटा मेरे चेतन का खूनी भी है।"

एस॰ एस॰ पी॰ ने कहा–"चौहान साहब! अपने बेटे के बारे में आप खुद घोषणा कर चुके हैं कि उसने आत्महत्या की थी और आपका बयान टी॰ वी॰ पर भी आ चुका है। न ही उसका खून होने के नाते प्रेमप्रताप के विरुद्ध कोई सबूत है।"

"जहां तक जगताप की गिरफ्तारी का सवाल है। हमारे पास जब भी उनके खिलाफ गवाह या सुबूत मिल गए तो हम उन्हें नहीं छोड़ेंगे। अभी तो आप खुद गिरफ्तार हो जाइए।"

कुछ देर बाद जैसे ही एक खुली जीप में चौहान को बाहर लाया गया। अचानक सैकड़ों जन सामान्य की भीड़ ने जीप को घेरे में लेकर चौहान को बाहर खींच लिया।

जब तक पुलिस वाले उसे बचाने की कोशिश करते वह भीड़ के बिल्कुल बीच में पहुंच चुका था और पुलिस की हवाई फायरिंग और लाठीचार्ज से जब भीड़ छंटी तो चौहान की जगह हाड़-मांस का ढेर था। उसे इतनी बुरी तरह से मारा गया था कि सिर्फ हथकड़ियों से पहचाना जा सका, वरना कपड़ों के चीथड़े भी उसके बदन पर बाकी नहीं रहे थे।

* * *

शेरवानी की गाड़ी जैसे ही उसकी कोठी के फाटक पर रुकी, उसके संप्रदाय के लोगों की एक जबरदस्त भीड़ वहां मौजूद थी।

शेरवानी ने नीचे उतरते हुए ऊंची आवाज में पूछा–"आप लोगों को मुझसे कोई काम है।"

अन्दर से एक डी॰ एस॰ पी॰ निकला और बोला–"शेरवानी साहब! आपकी कोठी से नासिर की लाश बरामद हो चुकी है और आपकी गिरफ्तारी का वारंट मौजूद है। एस॰ पी॰ साहब ने वायरलैस पर खबर दी है, वह भी आ रहे हैं।"

उसने जैसे ही शेरवानी के हाथों में हथकड़ियां डालीं, एक आदमी ने चिल्लाकर कहा–"यह सिर्फ नासिर का ही कातिल नहीं, दर्जनों बेगुनाहों का भी खूनी है।"

दूसरा चिल्लाया–"एक तरफ यह खुद को हमारी नजरों में फरिश्ता साबित करता रहा। दूसरी तरफ इसने नासिर जैसे गुन्डों का गिरोह आम पब्लिक को परेशान करने के लिए बना रखा था।"

"इसके दोनों चेहरे हमारे सामने आ चुके हैं। इसने हमें धर्म के नाम पर बहकाकर हमारे वोटों का गलत इस्तेमाल कराया है।"

"इसे सिर्फ इतनी सी सजा कम नहीं।"

"यह कानून का नहीं, हमारा मुजरिम है।"

"इसे सजा हम देंगे।"

"मारो...मारो...!"

फिर अचानक सैकड़ों लोगों ने शेरवानी को पुलिस से छीन लिया। पुलिस वालों ने पहले लाठी चार्ज किया। फिर हवाई फायरिंग की। फिर जब जमीन पर फायरिंग करने लगे लगे तो जन...समूह तितर-बितर हो गया और बीच में शेरवानी नजर आया।

मगर वह शेरवानी के बजाए मांस और हड्डियों का ढेर नजर आ रहा था। उसके शरीर के कपड़ों की धज्जियों बिखरी पड़ीं थीं। और उसे सिर्फ उन हथकड़ियों से पहचाना जा सकता था, जो उसके हाथों में पुलिस ने डाल दी थीं।

* * *

अमर ने मोटरसाइकिल फार्म से काफी दूर छोड़ दी। वह फार्म-हाऊस की बाड़ फलांगकर अन्दर पहुंच गया। वह चौहान का फार्म-हाऊस था।

एक कॉटेज सरीखे कमरे में दस बदमाश बैठे थे। जिनके आगे शराब की बोतलें रखी थीं। कबाब और चिकन तन्दूरी थे और वे बड़ी मस्ती में बातें कर रहे थे।

"अरे! मैंने जिस औरत को नंगा किया था, वह बड़ी मजेदार थी।"

"अरे मैंने जिस मर्द का गला काटा, उसकी गर्दन से खून बकरे की तरह निकला था...हा...हा...हा...।"

"मैंने पूरी पांच दुकानें जलाई थीं।"

"अबे, यही तो तूने नहीं देखा। उनमें राधा और बुद्धा की दुकानें न होतीं तो यह बलवा सांप्रदायिक दंगा बन गया होता और चौहान साहब से डबल इनाम मिलता।"

"अकरोली का सबसे भयानक सांप्रदायिक दंगा।"

अचानक अमर ने अपने कंधे पर लटके बैग से एक दस्ती बम निकाला और उसकी सेफ्टी पिन खींचकर सामने वाली दीवार से मार दिया।

जोरदार धमाके से बम फटते ही उनमें से चार बुरी तरह घायल होकर चिल्लाने लगे। बाकी छः को साधारण घाव आए, अमर ने सामने आकर एक हाथ में दस्ती बम और दूसरे हाथ में रिवाल्वर लेकर गुर्राते हुए कहा—"जो बयान तुम लोगों ने एक-दूसरे को दिए हैं, वही पुलिस को दोगे...नहीं...अगर कोई भी हरकत करेगा तो मैं बेहिचक गोली मार दूंगा। मेरे पास हैंड-ग्रेनेडेस भी हैं।"

"ब...ब...ब्लैक टाइगर?"

"हां, तुम्हारा बाप...ब्लैक टाइगर।"

सब के हाथ अनायास उठ गए। ठीक उसी समय पुलिस की गाड़ियों के सायरन गूंजने लगे और उनके चेहरे और ज्यादा विवर्ण हो गए।

* * *

अमर आई॰ जी॰ के सामने पहुंचकर अटेंशन हो गया और बोला–"सर! आज मेरा काम पूरा हो गया है।"

आई॰ जी॰ ने मुस्कराकर प्रशंसा भरे स्वर में कहा–"तुमने एक साधारण सिपाही होकर भी जिस प्रकार जुर्म की तलवार से कानून के दुश्मनों की रंगे काटी हैं, वह प्रशंसनीय है। आज हरिनगर से लगे सारे जिलों के बच्चे-बच्चे की जुबान पर ब्लैक टाइगर का नाम है।"

"क्योंकि तुमने इस पूरे इलाके से ही अराजकता नहीं मिटाई, बल्कि स्वार्थी नेताओं, नेता बनाने वालों और पूंजीपतियों के चेहरे भी बेनकाब किए हैं, जो एक तरफ अपने इन फ्लूएंस से पुलिस के हाथ काट देते हैं, दूसरी ओर गुन्डों और बदमाशों की फौज से काम लेकर जनता के जीवन की शांति छीन लेते हैं।

"हम तुम्हारे लिए किसी बड़े पद की सिफारिश करने के बारे में सोच रहे हैं।"

"नहीं सर! मुझे कोई पद नहीं चाहिए। एक साधारण सिपाही जो कर सकता है, वह करना किसी ऊंचे पदाधिकारी के वश में नहीं होता।"

"मैंने पदाधिकारियों की भी लाचारी देखी है। जो कर्तव्य निभाता चाहते हैं। मगर विवश हैं। मुझे सिर्फ अपनी बहाली का हुक्म चाहिए। मैं नहीं चाहता कि आपके सिवा किसी को भी यह भेद मालूम हो कि मैं ही ब्लैक टाइगर था। और हां, मेरे होने वाले बहनोई के विरुद्ध जो झूठा केस बनाया गया था, वह समाप्त कर दिया जाये।"

"उसकी तुम चिन्ता नहीं करो।"

"शुक्रिया, सर!"

अमर एक बार फिर से अटेंशन हो गया और आई॰ जी॰ उसके बहाली के आदेश पर दस्तखत करने लगा।

***

www.ingramcontent.com/pod-product-compliance
Ingram Content Group UK Ltd.
Pitfield, Milton Keynes, MK11 3LW, UK
UKHW041835190726
13854UKWH00002B/549

9 789352 780327